CLAUDIA ROMES

BEETHOVENS GELIEBTE

atb aufbau taschenbuch

CLAUDIA ROMES

BEETHOVENS GELIEBTE

ROMAN

Sie lebt für die Künste, doch in der Liebe findet sie keine Freiheit

aufbau taschenbuch

MIX
Papier | Fördert gute Waldnutzung
FSC® C083411

ISBN 978-3-7466-3845-4

Aufbau Taschenbuch ist eine Marke
der Aufbau Verlage GmbH & Co. KG

1. Auflage 2022

Satz Greiner & Reichel, Köln
Druck und Binden CPI books GmbH, Leck, Germany
Printed in Germany

www.aufbau-verlage.de

Für meine Großmutter Maria Klemmer.
Du führtest mich zu dieser Geschichte.

PROLOG

Bonn, November 1780

Der Abend war gerade erst angebrochen. Die Kerzen brannten in ihren Halterungen, im Kamin knisterte ein herrliches Feuer, und fratzenhafte Schatten tanzten auf den grob gemauerten Wänden des Zehrgartens. Babette hielt den Atem an. Aufgeregt verharrte sie unter einem der Tische im Hinterraum der Gaststube ihrer Eltern.

»Sei still, Jänchen!«, flüsterte sie, als ihre kleine Schwester Marianne kichernd zu ihr ins Versteck krabbelte. »Du verrätst uns noch.«

Sie legte ihr eine Hand über den Mund, als sich das Getrampel eiliger Füße näherte. Wenig später beugte sich Ludwig zu ihnen herunter, und die Mädchen schreckten kurz zusammen.

»Scht«, machte er mit dem Zeigefinger vor den gespitzten Lippen. Rasch stellte er sich vor sie, sobald Matthias den Raum betrat.

»Wo können sie nur sein?« Ungeduldig wippte Babettes Bruder mit der Fußspitze.

»Keine Ahnung.« Ludwig klang erstaunlich überzeugend.

Matthias atmete hörbar aus. »Na, dann werde ich in der Küche nachsehen. Behältst du solange den Gastraum im Auge?«

»Sicher«, antwortete Ludwig knapp.

Sobald Matthias gegangen war, kamen Babette und ihre Schwester unter dem Tisch hervor. Während die kleine Marianne sofort davonsauste, ging Babette auf Ludwig zu. Mit ihren neun Jahren überragte sie ihn um einen Kopf, und das, obwohl er fast ein Jahr älter war.

»Danke, dass du uns nicht verraten hast«, sagte sie und klopfte sich den Staub vom Rock ihres Kleides.

»Er gewinnt ja sonst immer.« Ludwig zuckte die Schultern. »Irgendwann wird das langweilig.«

Sie nickte lächelnd mit einem Anflug leiser Genugtuung, denn Matthias beanspruchte Ludwig oftmals für sich. Dabei war der älteste Spross der Beethovens auch Babettes Freund. Die Tatsache, dass er ihr geholfen hatte, das Spiel zu gewinnen, zeigte, dass er keinen Unterschied machte.

Stühle wurden gerückt. Die ersten Gäste kehrten im Hinterraum des Gasthauses ein. Beamte, Gelehrte, Künstler und Musiker verliehen dem Zehrgarten ihren Zauber. Einer von ihnen zückte seine Violine und spielte. Für einen Moment standen Babette und Ludwig da und lauschten still der Musik. Wann immer sie im Zehrgarten zu hören war, fühlte sich Babette in eine völlig andere Welt versetzt. Ihr war dann, als würde aus Phantasie Wirklichkeit, als würden Kreativität und schöpferische Kraft lebendig. Jedes Musikstück erzählte eine Geschichte. Sie musste nur aufmerksam zuhören.

»Hier steckst du also!« Johann van Beethovens Erscheinen durchschnitt die behagliche Stimmung mit der Wucht eines Fallbeils. Wütend riss er seinen Sohn am Arm herum. »Hätte ich mir denken können, dass du dich nur rumtreibst und faulenzt. Hatten wir nicht abgemacht, dass du endlich deine Noten beherrschst?« Seine undeutliche Aussprache verriet, dass er wieder getrunken hatte. Babette wich vor ihm zurück. Ihr fiel auf, dass Ludwigs Unterlippe zitterte.

»Aber Papa, ich habe doch nur …«, begann er.

»Deine Zeit vergeudet!«, unterbrach Johann ihn schroff. »Mach nur weiter so, Bursche. Sei ein Nichtsnutz. Dann wird aus dir nie ein anständiger Musikus.«

Der Geiger hatte den Bogen sinken lassen, die anderen Gäste hielten in ihren Gesprächen inne.

»Pänz.« Johann nickte betreten in die Runde. Er begriff, dass er für Aufsehen gesorgt hatte, und tat seine zweifelhafte Fürsorge mit einem halbherzigen Lächeln ab, bevor er seinen Sohn am Arm hinauszog.

»Wartet!« Beunruhigt lief Babette ihnen nach. Sie bahnte sich einen Weg durch das gefüllte Gasthaus, vorbei an ihren Eltern, die mitten im geschäftigen Treiben Bier und Wein ausschenkten. Zielstrebig ließ sie den köstlichen Duft von gebratenem Huhn, Speck und Zwiebeln hinter sich und wich den Einkehrenden aus. Auf dem von Fackeln erhellten Marktplatz vernahm sie Ludwigs Wimmern.

»Du tust mir weh«, hörte sie ihn sagen und spürte sogleich Wut in sich aufwallen.

»Lasst ihn los!« Ihre Forderung war zu leise, zu kraftlos. Sie hatte eingeschüchtert geklungen. Johann reagierte nicht auf sie. Noch einmal schickte Ludwig ihr einen angstvollen Blick über seine Schulter zu, dann zerrte ihn sein Vater die Straße hinunter, nach Hause. Babettes Herz klopfte in düsterer Vorahnung. Wochen würden vergehen, ehe sie sich wiedersehen konnten. Harte, nicht enden wollende Tage, in denen ihr Freund erbarmungslos gescholten werden würde, um dem Wunsch seines Vaters nach Größe zu entsprechen.

Erster Teil

Ich will dem Schicksal in den Rachen greifen,
ganz niederbeugen soll es mich gewiss nicht!
Ludwig van Beethoven

KAPITEL 1

Bonn, Juli 1787 bis Ende 1789

Es war ein verregneter Sommer. Über der Stadt hatte sich eine graue Wolkendecke aufgespannt, die seit Tagen nicht aufbrechen wollte – als spiegelte sie die Trauer um Maria Magdalena wider, die der Schwindsucht erlegen war.

»Stärke«, bläute Anna ihrer Tochter ein, nachdem sie in der Wenzelgasse 476 angekommen waren. Nervös knetete Babette ihre Finger. Für sie waren Beileidsbekundungen ein Graus. Dabei mangelte es ihr nicht an Mitgefühl, sondern an den richtigen Worten, um ihm Ausdruck zu verleihen. Vielleicht, so dachte sie, waren Worte in einer solchen Situation nicht genug. In dem Moment vernahm sie ein melancholisches Klavierspiel und richtete ihren Blick zum Fenster des oberen Stockwerks hinauf, von wo es herzukommen schien.

»Er wird doch nicht etwa …«, murrte ihre Mutter, deren Blick ebenfalls die Fassade des Hauses hinaufgeklettert war. Dreimal klopfte sie fest an die Tür der Beethovens.

»Bestimmt spielt Ludwig für seine Geschwister. Um sie aufzuheitern. Das könnte doch sein, Maman?«

Ihre Mutter hatte die Hände in ihre ausladenden Hüften gestemmt und sah sie ungläubig an. »Wenn Johann den armen Jungen jetzt zwingt zu üben, dann kann er was erleben.«

Babette fuhr ein Schauder über den Rücken. Noch immer hatte sie vor Augen, wie Johann Ludwig gescholten hatte, nur weil er eine Note nicht lang genug gespielt hatte. Da war sie elf und Ludwig zwölf Jahre alt gewesen. Die Gewalt, zu der sein Vater fähig war, machte ihr auch jetzt noch Angst. Körperliche Züchtigungen kannte sie von ihren Eltern nicht.

»Dieser Mann«, zischte ihre Mutter durch zusammengebissene Zähne und pochte erneut gegen die Tür. Babette senkte den Blick. Am liebsten wäre sie zu Hause geblieben, aber ihre Mutter hatte darauf bestanden, dass sie mitkam. Es wäre an der Zeit, etwas zurückzugeben, hatte sie gemeint. Anna Maria Koch hatte eine ausgeprägte soziale Ader. Daneben war sie eine der wenigen, die sich trauten, Johann van Beethoven offen die Meinung zu sagen. Ihre Familien waren seit Jahren eng befreundet, was ihr das Recht gab, sich in Angelegenheiten der Beethovens einzumischen – jedenfalls wenn es nach ihr ging. Bedauerlicherweise prallten die gut gemeinten Ratschläge bei Johann ab wie ein Ball an einer Mauer, seit er zu trinken angefangen hatte. Anna befürchtete, dass sich seine Trunksucht nun, nach dem Tod seiner geschätzten Gattin, weiter verschlimmern würde.

»Schön, nicht?«, sagte Babette verträumt.

Als wäre es Teil der Melodie, fügte sich das Geräusch des zunehmenden Regens, der prasselnd auf den Pflastersteinen aufkam, in das Lied, und Babette führte ihre Gedanken über die unzureichende Wirkung von Worten fort. Musik, dachte sie, und ein wohliges Gefühl breitete sich in ihr aus, während sie dem spontanen Zusammenspiel von Piano und Natur lauschte. Musik konnte tröstender sein als tausend Worte.

Vor einigen Jahren hatte Ludwig etwas ganz Ähnliches zu ihr gesagt. Nun, da seine liebe Mutter gestorben war, musste sie immerzu daran denken. Erst jetzt hatte sie verstanden, was er gemeint hatte.

Das Klavierspiel wurde jäh von lautem Kindergeschrei unterbrochen. In Anna rief es den Mutterinstinkt auf den Plan. Sie war eine Löwin, die ihre Familie erbittert verteidigte und bis aufs Blut kämpfte. Nachdem die Kinder ihrer Freundin zu Halbwaisen geworden waren, fühlte sie sich verantwortlich.

»Johann!« Sie hämmerte jetzt energischer als zuvor gegen die Tür, doch niemand machte auf. Es regnete heftiger, und die beiden Frauen drängten sich näher ans Haus heran.

»Wir sollten ein andermal wiederkommen«, schlug Babette leise vor. »Offenbar ist ihnen nicht nach Besuch.« Sie hielt den Korb, in dem sich ein Früchtekuchen, frisches Brot, Käse, Schinken und Milch befanden, fest in Händen. Auf Wein hatten sie absichtlich verzichtet. Den hatte Johann sicher zur Genüge. Das Geschrei von Ludwigs einjähriger Schwester durchdrang den tosenden Niederschlag und das Rattern vorbeifahrender Fuhrwerke. Es klang herzzerreißend.

»Armes Gretchen«, murmelte Babette und tauschte einen besorgten Blick mit ihrer Mutter. Die kleine Maria Margaretha war zierlich und verletzlich. Sie erinnerte Anna an deren früh verstorbene Schwester, die ihr Patenkind gewesen war. Beharrlich pochten ihre Fäuste gegen die Tür, als ginge es um Leben und Tod.

»Johann?«, rief sie so laut, dass die vorbeigehenden Passanten stehen blieben. »Hier ist Anna.«

Nach einer Weile hörten sie Schritte, dann öffnete jemand. Endlich!

»Louis!«, begrüßte Babette ihren Freund erleichtert.

Scheu blickte er erst sie, dann ihre Mutter an. »Verzeiht, dass wir euch warten ließen.« Sein für gewöhnlich dunkler Teint war einer unnatürlichen Blässe gewichen, was die Pockennarben in seinem Gesicht deutlicher hervorhob. Das gelockte dunkelblonde Haar wirkte ungekämmt. Die dunklen Ringe unter seinen Augen zeugten von schlaflosen Nächten.

»Wir machen uns Sorgen um euch.« Anna kam gleich auf den Punkt. Ludwig stand mit steifem Körper da, als wüsste er nicht, was er sagen sollte. Unentschlossen sah er zwischen den Frauen hin und her. Ob er wohl merkte, wie unangenehm Babette der Besuch war? Sie rang sich ein mattes Lächeln ab, doch seine Miene blieb starr.

»Wir wollten wissen, ob wir euch in irgendeiner Weise unterstützen können?«, fuhr ihre Mutter fort. »Es tut uns so unendlich leid. Deine liebe Mama war eine gute Frau. Sie wird sehr fehlen.«

Fahrig strich er sich das Haar zurück, senkte seinen Blick und nickte beklommen. »Bitte«, sagte er höflich, aber widerstrebend und bedeutete ihnen einzutreten. Anna und Babette folgten ihm die schmale Treppe hinauf, von dessen Ende ihnen Gretchens lautes Weinen entgegendrang.

»Ich fürchte, es ist etwas unordentlich«, mahnte Ludwig, kaum gegen das Geschrei ankommend.

»Mach dir deswegen keine Gedanken.« Anna berührte ihn tröstend am Arm, sobald sie den oberen Treppenabsatz erreicht hatten, und betrat noch vor ihm das Wohnzimmer. Die Luft war stickig. Es roch nach überreifem Obst, Schweiß und Exkrementen.

»Kann ich euch etwas anbieten?«, fragte Ludwig. Anna winkte ab, sie hielt sich ein Taschentuch vor die Nase und riss ein Fenster auf. Babette stand wie angewurzelt in der Tür und klammerte sich an ihren Korb. Neben ihr klaubte Ludwig Kleidungsstücke und Papier vom Boden. Es war das reinste Chaos.

»Johann?« Anna rüttelte unsanft an dessen Schulter, und er ließ ein Stöhnen hören. Den Kopf auf seine Hände gestützt, saß er mit geschlossenen Augen am Tisch. Vor ihm stapelte sich schmutziges Geschirr. Sicher war die Magd der Familie der schwierigen Situation nicht gewachsen.

»Seit wann ist er schon so?«, fragte Anna Ludwigs jüngeren Bruder Kaspar. Hilflos zuckte dieser die Schultern, während er seine Schwester, deren Wangen rot leuchteten, im Arm schaukelte.

»Schon den ganzen Tag«, antwortete Ludwig höhnisch.

»Holt Wasser!« Anna nahm Kaspar das immer noch schreiende Kind ab. »Wir müssen ihn nüchtern kriegen.«

Ludwig brachte Karaffe und Becher aus dem Nebenzimmer. Sein elfjähriger Bruder Nikolaus half ihm, dem betrunkenen Vater Wasser einzuflößen.

»Sie vermisst Mutter«, verriet Kaspar, der sich nicht von seiner Schwester lösen wollte und deshalb dicht bei ihr blieb. Die Verzweiflung war ihm anzusehen, sie ließ Babette schlucken. Angesichts dieser Tragik konnte sie sich kaum rühren. Ihr Herz schlug so schnell, dass sie fürchtete, jemand könne es hören. Sie fühlte sich fehl am Platz. Warum hatte ihre Mutter sie mitgenommen? Sie war ihr keine Hilfe.

»Schhhh, ist ja gut«, machte Anna. Gretchens Weinen ging von einem Wimmern in ein Schluchzen über. Müde kuschelte sie das Gesicht gegen Annas üppige Brust. Ihre Brüder standen hilflos daneben. Jeder für sich hatte auf seine Weise mit dem Verlust der Mutter zu kämpfen, aber keiner von ihnen mehr als das kleine Mädchen, das Anna in ihren Armen wiegte. Bekümmert blickte sie auf das zarte Kindergesicht herab.

»Sie bekommt Zähne.« Nikolaus hatte den Versuch aufgegeben, seinem Vater Wasser zu reichen, dessen Kopf nun vollständig auf der Tischplatte auflag, und war neben sie getreten. »Die Zähne machen allen kleinen Kindern Probleme. Das hat Mutter jedenfalls gesagt.«

»Gib ihr doch noch mal die Veilchenwurzel«, wies Ludwig ihn an und ging zum Tisch. »Vater?« Energisch rüttelte er an dessen Schultern. »Wir haben Besuch!«

Ächzend hob Johann den Kopf. Seine Augen waren gerötet und dunkel gerändert. »Ist das so?«, lallte er und schaute benommen auf, dann grinste er anzüglich. »Die Koch-Frauen. Welch Freude, euch zu sehen.«

Er stemmte sich hoch, stieß gegen den Tisch und brachte einen Krug ins Rollen, der sogleich auf dem Boden zerschellte.

Johann torkelte zurück, sah auf die Scherben hinab und fasste sich an die Stirn. »Bitte verzeiht … Ich … schätze, ich bin heute in keiner besonders guten Verfassung. Feg das doch mal eben auf, Nikolaus, ja?«

»Vielleicht solltest du weniger trinken«, sagte Anna streng. »Deinen Kindern zuliebe.«

Mit trübem Blick taumelte er ihr entgegen. »Warum bist du noch mal herkommen?«, fragte er mit verwaschener Sprache. »Kann mich nicht erinnern, dich eingeladen zu haben, Anna.«

Vorsichtig übergab sie Gretchen an Kaspar. »Um euch unser Beileid auszusprechen und unsere Hilfe anzubieten.«

Er sank zurück auf seinen Stuhl. Seufzend rieb er sich über das unrasierte Kinn. »Ja. Es ist zweifellos die dunkelste Stunde unseres Daseins.« Von seinem Sohn, der zu seinen Füßen die Scherben in einen Eimer legte, nahm er keine Kenntnis.

»Zweifellos«, stimmte Anna ihm milde zu. »Wenn es irgendetwas gibt, was wir für euch tun können, dann …« Sie wandte sich an Ludwig und seine Brüder und wies Babette an, an ihre Seite zu kommen. Johann entging nicht, an wen sich ihr Angebot in erster Linie richtete. Sein missfälliger Blick fiel auf den Korb, den Babette Ludwig hinhielt.

»Nein.« Mit einem verächtlichen Kopfschütteln winkte er ab. »Wir wollen eure Almosen nicht. Darauf sind wir nicht angewiesen.«

»Das ist kein Almosen«, versicherte Anna. »Nur eine kleine Aufmerksamkeit, ein Geschenk an euch.«

»Nehmt's wieder mit.«

»Aber Johann, die Kinder müssen essen. Margaretha braucht gute Milch, damit sie für den kommenden Winter gewappnet ist.«

»Sie ist meine Tochter! Ich weiß genau, was sie braucht. Sie braucht ihre Mutter.«

»Ich bitte dich inständig, sei vernünftig! Lass uns helfen. Hätte Maria das nicht auch gewollt?«

»Maria hätte gewollt, weiterleben zu dürfen«, zischte er. »Und jetzt entschuldigt mich. Mir ist nicht wohl. Ich werde mich zurückziehen. Louis wird euch hinausbegleiten.« Er wankte zur Schlafzimmertür und ließ sie hinter sich zufallen. Für einen Moment standen alle ratlos da. Babette und Anna tauschten einen sorgenvollen Blick.

»Es geht ihm sicher bald besser«, versuchte Kaspar, das Verhalten seines Vaters zu rechtfertigen. Er hatte seine Schwester in ihr Bettchen gebracht und zugedeckt. Anna ging noch einmal zu ihr. Die Kleine hatte sich derart verausgabt, dass sie tief und fest eingeschlafen war.

»Bitte wendet euch an uns, wenn etwas ist«, sagte sie an Ludwig gerichtet, der breitbeinig dastand. Babette stellte den Korb auf eine Anrichte und half Nikolaus dabei, die restlichen Scherben des zerbrochenen Krugs aufzusammeln, damit sich niemand verletzte. Auch jetzt noch fühlte sie sich unwohl. Die vorherrschende traurige Stimmung war kaum zu ertragen.

»Danke«, durchbrach Ludwig das angespannte Schweigen, das im Raum hing. »Ich muss mich für Vater entschuldigen. Er ist … nicht er selbst.«

Kurz schien sich die Stille fortzusetzen. Erneut tauschte Babette einen vielsagenden Blick mit ihrer Mutter, die sichtlich um Fassung rang. Maria war kaum gestorben, da hatten Ludwig und Kaspar den Vater sturzbetrunken in einer Wirtsstube am Rheinufer aufgelesen, nachdem Anna ihn aus dem Zehrgarten verwiesen hatte. Die Art und Weise, wie er mit dem Tod seiner Frau umging, war bereits in aller Munde. Wahrscheinlich war sein Hang zum Alkohol auch der Grund, weshalb der Kurfürst ihm keine Vorschüsse mehr gewährte. Als Tenor der Hofkapelle hatte er sich zuletzt unzuverlässig gezeigt. Er hatte das Vertrauen seines Arbeitgebers verspielt, und seine Kinder waren die Leidtragenden. Anna betrachtete Ludwig schweigend. Er war selbst noch ein Junge. Plötzlich hatte er mit den Sorgen und Problemen eines Familienoberhauptes zu kämpfen. Er musste sich um seine Geschwister kümmern, den Lebensunterhalt verdienen. Dabei sollte er sich auf seine Musik konzentrieren. War das nicht auch einmal Johanns Wunsch gewesen? Er hatte ein Wunderkind, einen zweiten Mozart aus ihm machen wollen. Stattdessen hatte er einen überforderten Jugendlichen geschaffen, der unter spontanen Gefühlsausbrüchen litt.

»Ich verlasse mich darauf, dass du dich meldest, wenn ihr etwas braucht«, sagte Anna nachdrücklich und schloss sorgfältig das Fenster.

Ludwig nickte, schob leise den Stuhl seines Vaters an den Tisch und stützte seine Hände auf die Lehne.

Als die Magd der Beethovens von ihrem Einkauf zurückkehrte, ging Anna sofort mit ihr in die Küche, um mit ihr zu sprechen. Babette trat neben Ludwig und berührte ihn tröstend am Arm. Er schaute scheu zuerst auf ihre Hand, dann in ihr Gesicht. Einen Augenblick lang verharrten sie still beieinander. Er nickte leicht, deutete ein Lächeln an, das von Dankbarkeit zeugte.

Zögerlich nahm Babette ihre Hand zurück. Sie waren im gleichen Alter und einander vertraut. Als Kinder hatten sie regelmäßig zusammen gespielt und musiziert. Häufig hatte er ihren Gesang am Klavier oder mit der Bratsche begleitet. Daran dachte sie noch immer gerne zurück. Unter anderem hatte ihr das geholfen, über den Tod ihres Vaters hinwegzukommen. Kurz überlegte sie, ihn nach einem baldigen Duett zu fragen, das auch ihm vielleicht eine Ablenkung verschaffen würde, stellte dann jedoch ein anderes Thema vornan.

»Matthias lässt sich entschuldigen. Er sah sich gezwungen, der Einladung eines Professors für Philosophie zu folgen.«

»Soll er. Unbedingt.« Ludwig rang sich ein mattes Lächeln ab. »Ich weiß, wie wichtig das für ihn ist. Ich habe selten einen aufgeweckteren Geist als seinen erlebt.«

Sie nickte schmunzelnd. Dass er trotz seines Kummers seiner hohen Meinung über ihren Bruder Ausdruck verlieh, rührte sie. Die Wertschätzung beruhte auf Gegenseitigkeit. Beide jungen Männer waren auf ihre Weise von der Kunst besessen und freuten sich füreinander, auch wenn die bisherigen Erfolge eher klein ausfielen.

»Er kommt vorbei, sobald er kann.« Babette machte sich daran, so leise wie möglich das Geschirr vom Tisch aufzusammeln, um Gretchen nicht zu wecken.

Ludwig packte mit an. »Ihr müsst ja denken, wir vernachlässigen alles.«

»Aber nicht doch.« Babette lud Tassen und Besteck auf die gestapelten Teller und trug die Sachen in die Küche, wo die Magd sie entgegennahm. Anna war unterdessen zurück in den Salon gekommen, verschwand jedoch sofort wieder im Kinderzimmer, wo sie mit Nikolaus vor Gretchens Bett über deren Schlaf wachte.

»Sehr aufmerksam von euch.« Ludwig nahm den Korb, den Babette ihnen mitgebracht hatte, und trug ihn in die Küche. Wenig später kehrte er mit einem Lappen in der Hand zurück.

»Das mit Wien …«, sagte Babette hastig und unterbrach sich, als er grob mit dem Lumpen über den Tisch wischte. »Tut mir leid, dass du dein Studium abbrechen musstest.«

Er hielt in der Bewegung inne, schaute kurz zu ihr auf. Eine Mischung aus Verwunderung und Trauer spiegelte sich in seinen bernsteinfarbenen Augen. Schnaufend wandte er den Blick von ihr ab und schlug den Lappen aus. Unauffällig ballte Babette eine Hand zur Faust. Sie hätte ihn nicht daran erinnern sollen, dass er nicht nur den Tod seiner Mutter zu verarbeiten hatte, sondern auch die eingebüßte Gelegenheit, von Mozart persönlich unterrichtet zu werden. Bis vor wenigen Monaten galt er als aufgehender Stern. Als musikalischer Genius, dem eine glorreiche Zukunft prophezeit war. Babette wusste, dass er an seiner Geburtsstadt hing, er hatte jedoch stets betont, dass sie ihm zu wenig Möglichkeiten bot. Wien war die Hochburg der schönen Künste. Alles, was Rang und Namen hatte, versammelte sich dort. In der kaiserlichen Hauptstadt konnte aus einem armen Musiker wie ihm ein Maestro werden. Obwohl auch Bonn eine namhafte Stadt war, die sich damit rühmte, eine populäre Hofkapelle zu besitzen, konnte er hier sein volles Potenzial kaum entfalten. Schon jetzt war Ludwig das, was ihm Neefe bot, nicht genug. Immer öfter geriet er deswegen mit seinem Lehrer in Streit, der ihm Ungeduld vorwarf.

»Sicher wird sich dir eine neue Gelegenheit bieten«, setzte Babette in der Hoffnung hinzu, er würde es ihr nachsehen, so geradeheraus gewesen zu sein.

»Nein. Eher nicht.« Zähneknirschend knetete er den Lappen in seinen Händen. In seinen Augen erkannte Babette die Enttäuschung. Als wäre sein Traum für immer verloren. Ihn so zu sehen, schnürte ihr das Herz zu. Wie furchtbar musste er sich fühlen. Eingesperrt wie ein Vogel im Käfig, ohne einen Wald, in dem seine Stimme von allen gehört werden konnte.

»Vielen Dank für eure Freundlichkeit und den Besuch«, sagte er ein wenig ungehalten, nachdem Anna aus dem Kinderzimmer zu ihnen gekommen war. Babette starrte ihn reumütig an. Strafend biss sie sich auf die Unterlippe. Wie töricht von ihr zu glauben, ihr plumpes Gerede könne seinen Schmerz lindern. Wahrscheinlich hatte sie ihn nur schlimmer gemacht.

»Wenn ihr uns jetzt entschuldigen würdet.« Ludwig vermied es, sie beide anzusehen.

»Selbstverständlich.« Anna strich Nikolaus Trost spendend über den Schopf, dann Kaspar.

Ludwig begleitete die beiden Frauen bis zur Haustür.

»Bis bald«, sagte Babette, doch Ludwigs Miene zeigte keinerlei Regung. Höflich nickend verabschiedete er sich, dann schloss er die Tür hinter ihnen.

»Denkst du, er schafft es?« Babette wollte sich nicht anmerken lassen, wie besorgt sie um ihren alten Freund war.

Ihre Mutter wirkte nicht weniger beunruhigt. »Mitnichten«, raunte sie, die Augen auf die verschlossene Haustür geheftet. »Der Zustand seines Vaters ist alarmierend. Wir werden regelmäßig nach dem Rechten sehen müssen.«

Babette nickte. Langsam machten sie sich auf den Heimweg.

»Der Verlust ist ein harter Schlag für Louis«, sagte Anna, während sie sich bei ihrer Tochter unterhakte, die bereits einen Kopf größer war als sie. »Der arme Junge, noch keine siebzehn, muss nun die ganze Verantwortung für seine Familie tragen, seinen Vater eingeschlossen.«

Babette kniff die Lippen zusammen. Allein bei der Vorstellung, sie wäre an seiner Stelle, verkrampfte sich ihr Magen. Von jetzt auf gleich erwachsen werden, dachte sie und schmiegte sich enger an ihre Mutter, als sie die Straße entlanggingen. Vor ihnen glänzte das regennasse Kopfsteinpflaster. Ludwig hatte keine Wahl. Trotzdem fragte sie sich, ob eine solche Last nicht etwas in einem zerstörte.

»Er darf die Musik nicht aufgeben«, sagte sie melancholisch.

»Nein«, stimmte ihre Mutter ihr zu und legte ihre Hand bestärkend über Babettes. Gemeinsam spazierten sie die schlecht gepflasterten Gassen zwischen Markt und Rhein hinunter, die bei den Bombardements von 1689 stark beschädigt worden waren und noch immer auf ihre vollständige Wiederherstellung warteten. Die Häuser hingegen, so unregelmäßig in Größe und Breite, waren erneut aufgebaut worden. In diesem alten Teil der Stadt mit seinem Festungscharakter war die Armut allgegenwärtig. Babettes Mutter kam häufig mit ihr und den Geschwistern hierher. Dann verteilten sie Lebensmittel und Kleidung an die Bedürftigen. Anna hatte ihren Kindern früh beigebracht, dass es ihre Pflicht sei, für andere da zu sein. Der Blick für die Menschen, denen es weniger gut ging, bewahrte davor zu vergessen, wofür man dankbar sein sollte.

Im Vorbeigehen reichte sie einer bettelnden Frau zwei Gulden. Der Anblick des rußverschmierten Jungen an ihrer Hand ließ sie aufseufzen. Anna lächelte, als er sie ansah, und erhielt ein Lächeln von ihm zurück. Seine Mutter bedankte sich überschwänglich bei ihnen, bevor sie ihren Weg fortsetzten.

»Wie ungerecht das Leben doch ist.« Babette blickte den beiden nach. »Was könnte aus diesem Kind werden, wäre es reich geboren worden. Wenn jeder dieselben Möglichkeiten hätte …«

»Ich weiß, Bärbchen. Ich weiß.« Ihre Mutter tätschelte ihre Hand und ermutigte sie zum Weitergehen. Im Laufe der Jahre hatte sie ihrer ältesten Tochter so manche Kosenamen gegeben. Im Gegensatz zu Freunden, die Betty sagten, nannte sie sie meist liebevoll Bärbchen. Vor allem aber war sie Babette.

Sie gingen spontan weiter in Richtung Rheinviertel, wo sich ihnen ein starker Kontrast zum Norden der Stadt zeigte. Nicht nur, was die Gebäude und Straßen betraf, sondern auch die Bewohner. Anna schlug diesen Weg absichtlich ein. Nichts führte ihnen mehr vor Augen, wie groß der Graben war, der die Gesellschaft spaltete.

Die Regenwolken waren endlich weitergezogen, und eine laue, salzige Brise kam vom Rhein herauf und durchspülte die Gassen.

Unwillkürlich dachte Babette wieder an die Beethovens. Sie wusste nicht, warum sie derart mit Ludwig fühlte. War es, weil sie ihn für seinen Ehrgeiz und seine Zielstrebigkeit bewunderte? Die Inbrunst, mit der er seine Träume verfolgte? »Ich wünschte, er würde einfach weitermachen«, sagte sie, halb zu sich selbst.

Anna nickte. Sie schien zu wissen, von wem ihre Tochter sprach. »Dass Ludwig wegen der Krankheit seiner Mutter zurückgekehrt ist, zeigt, welch gutes Herz er besitzt. Kaum jemand hätte die anstrengende, zehntägige Fahrt auf sich genommen. Und Wien aufgegeben.«

Babette seufzte. Ihre Mutter hatte sich stets für Ludwig stark gemacht und seine ablehnende Haltung der Gesellschaft gegenüber verteidigt. Er war ein Freigeist und konnte nicht anders, als an jeglichem Zwang und aller Autorität Anstoß zu nehmen. Anna war einer der wenigen Menschen, die den Blick in sein Innerstes gewagt hatten. Die den Knaben sahen, der es seinem Vater immer hatte recht machen müssen.

»Wir werden Gertrud bitten, ein paar Lebensmittel zusätzlich auf dem Markt einzukaufen«, fuhr ihre Mutter fort. Es war unschwer zu merken, dass sie gedanklich bereits tief in den Plänen steckte, wie sie die Familie ihrer toten Freundin unterstützen könne.

»Ich hörte, Louis musste sich für die Reisekosten Geld leihen«, sagte sie kopfschüttelnd. »Geld, das er vielleicht nie zurückzahlen kann. Sein Vater trinkt die Familie noch in die Mittellosigkeit. Gott allein weiß, was in Johann vorgeht. Er wird seinem Sohn keine Hilfe sein. Mir ist bewusst, dass es sich nicht ziemt, so etwas zu sagen, aber …« Sie machte eine Pause, schaute sich um, ehe sie fortfuhr: »Oft ist es besser, wenn der Vater zuerst geht, nicht die Mutter.«

Babette überraschte ihre gnadenlose Ehrlichkeit nicht. Sie sprach aus, was sie dachte. Zu jeder Zeit.

»Weißt du, Maria war mir eine wertvolle Freundin«, erzählte Anna, als sie das Ufer erreichten. »Sie hatte eine klare Meinung zur Ehe. Eine Meinung, die sich in ihrem Leben in vielerlei Hinsicht widerspiegelte.«

»Was sagte sie darüber?«

Anna holte tief Luft, bevor sie Marias Worte wiederholte: »Was ist heiraten? Ein wenig Freud. Aber nachher, eine Kette von Leiden.«

»Wie trübsinnig«, flüsterte Babette.

»So ist es mit zerschmetterten Hoffnungen. Ich darf gar nicht daran denken, dass ihr Mann gerade ihre Kleider verkaufen lässt, um an Geld zu kommen. Es bricht mir das Herz, dass den Kindern nichts von ihr bleiben wird außer die Erinnerung.«

Babette schluckte schwer, sinnierend über Marias entmutigendes Eheresümee. Sie konnte nicht bestreiten, dass auch sie sich nach der Liebe sehnte. Mit ihrer Freundin Eleonore von Breuning sprach sie oft darüber, wie es wohl wäre, zu einem Mann zu gehören. Gemeinsam tauschten sie sich aus, besprachen, was sie nur aus Büchern kannten. Dabei war Eleonore eindeutig die Romantischere. Während sie es kaum erwarten konnte, eine Familie zu gründen und einen eigenen Haushalt zu führen, hatte es Babette damit überhaupt nicht eilig. Sie wusste von den tragischen Entwicklungen ehemals aussichtsreicher Verbindungen. Im Gegensatz zu vielen anderen Frauen ihres Alters beschäftigten sie eher Dinge wie Politik, Literatur und Wissenschaft. Anstatt zu sticken, las sie viel. So hatte *Die Leiden des jungen Werther* eine nachhaltige Wirkung auf ihre Sicht auf die Liebe. Von den Gästen des Zehrgartens wusste sie außerdem, dass Enttäuschungen und Eifersucht manch einen in tiefste Verzweiflung stürzen konnten. Die Gaststätte ihrer Mutter war wie ein Sieb, in dem alles hängenblieb, was in der Stadt passierte. Manchmal war ihr, als würde das Leben selbst in der Wirtsstube zugegen sein – genau wie seine Vergänglichkeit. Es wurde auf Geburten und Verlöbnisse angestoßen, gleichzeitig wurden an denselben Tischen Verluste und Trauer ertränkt. Weil Babette ihre Mutter bereits früh im Gasthaus unterstützt hatte, hatte sie es nicht vermeiden können, von Angelegenheiten zu erfahren, die über das Vorstellungsvermögen eines jungen Mädchens hinausgingen. Dazu zählten Dutzende zerschmetterte Hoffnungen und Träume. Obwohl sie sich dessen bewusst war, konnte ein Teil von ihr es dennoch nicht erwarten, ihre eigenen Erfahrungen zu machen. Herauszufinden, ob ihr die Liebe, auf die ihre Freundin nichts kommen ließ, zum Verhängnis werden konnte.

Der Wind jagte die Wolken vor sich her, und die Sonne kam zwischen ihnen hervor. Sie erreichten die Rheinpromenade, und Babette ließ ihren Blick über das Wasser gleiten, das in feinen Wellen ans Ufer floss. Es roch nach Algen, Salz und Erde. Der Regen der vergangenen Tage hatte den Pegel ansteigen lassen. Doch es bestand kein Grund zur Sorge. Auf Hochwasser war man am Rhein bestens vorbereitet. Man kannte die Eigenheiten des Flusses und begegnete ihm mit Respekt, Ehrfurcht und Dankbarkeit.

Ein kleines Boot tuckerte langsam hinüber zur anderen Seite, wo das Leinen der Wäscherinnen auf der großen Uferwiese im Sonnenlicht leuchtete.

»Der Sommer kommt nun endlich«, sagte Anna, schloss für einen Moment die Augen und atmete tief durch. »Du wirst sehen, es bleibt trocken, und die Sonne lässt sich nicht mehr vom Himmel verdrängen.«

Babette war es ein Rätsel, worauf die Wetterprognosen ihrer Mutter beruhten, die sie mit einer beeindruckenden Selbstverständlichkeit unter die Leute brachte. Vielleicht bezweckte sie damit, die Menschen zu beruhigen, die dazu neigten, an dem, was sie nicht beeinflussen konnten, zu verzweifeln. Immerhin behielt sie in den meisten Fällen recht.

Zwischen zwei Bootsanlegestellen unweit des Stadtpalais kamen sie zum Stehen. Eine Schar Lachmöwen zog schreiend über den Belderbuscher Hof hinweg und ließ sich im seichten Wasser nieder.

»Nichts geht wirklich verloren. Ein Ende bedeutet auch immer einen Anfang.« Annas Blick war nun auf die bewaldete Uferregion gerichtet, wo die mit frischem Grün bewachsenen Äste uralter Bäume sich im Wind bewegten.

Sofort wusste Babette, an wen sie dachte. Die Weisheit ihres Vaters wirkte nach und begleitete auch sie in den unterschiedlichsten Momenten.

»Dein Papa kam oft hierher, um Kraft aufzutanken«, sagte Anna. »Er war überzeugt, der Rheinstrom könne uns neue Energie übertragen, wenn unsere aufgebraucht ist.«

Babette drückte bestärkend ihre Hand.

»Du und Vater … ihr wart doch glücklich, oder nicht?«, fragte sie. Sie war erst elf, als er starb. Manchmal kam ihr die Zeit, in der er noch lebte, furchtbar lange her vor.

»Das waren wir.« Annas Blick schweifte zum barocken Palais, über dem der Himmel in einem einnehmenden Blau erstrahlte. »Wir begegneten einander auf Augenhöhe, teilten Interessen und Ziele und die Liebe zu euch Kindern.«

Babette betrachtete ihre Mutter von der Seite. Sie war eine

lebhafte Frau, die sich ihren Platz in einer von Männern dominierten Gesellschaft erarbeitet hatte. Augenblicke wie diese, in denen sie ihre Gefühle offen zeigte, waren selten. Obwohl ihr Vater die Familie zu früh verlassen hatte, war Babette dankbar für den Weg, den er ihnen ermöglicht hatte. Er hatte es vom einfachen Hofbottelier zu seiner eigenen Gaststätte gebracht und damit etwas hinterlassen, das stets an ihn erinnerte.

»Wenn er dich nur sehen könnte. Er wäre so stolz auf dich.«

»Na ja.« Babette senkte das Gesicht. »Ich war dir eben keine so große Hilfe.«

Anna legte den Kopf schief. »O doch. Ich habe dich mitgenommen, weil ich wusste, wie stark du bist. Und es hat Louis viel bedeutet, dass du dabei warst – auch wenn er es nicht so zeigen konnte.« Sie lächelte ihr liebes, mütterliches Lächeln. »Ich bin wahrlich mit Glück gesegnet, denn ich habe die besten Kinder, die sich eine Frau nur vorstellen kann.«

Anna legte den Arm um sie. Gemeinsam widmeten sie sich der gewellten Oberfläche des Rheins, die von einer auftauchenden Schellente durchstoßen wurde. Anschließend spazierten sie weiter am Ufer entlang durch das Michaelstor, an der Franziskaner Kirche vorbei und über die Stockenstraße zum Markt, der in die Sternstraße auslief.

Die Sonne schien auf sie herab, und Babette weigerte sich, nach Hause zu gehen. An der frischen Luft fühlte sie sich frei, die Bewegung bekam ihrem Körper gut. Sie schlug sich in ihrer schlanken Statur nieder.

»Möchtest du dir den restlichen Tag freinehmen?«, fragte Anna. Zögerlich schaute Babette ihre Mutter an. Es war abgemacht, dass sie Matthias' Abendschicht im Zehrgarten übernahm, damit sich dieser auf sein geplantes Studium konzentrieren konnte.

»Nein.« Babette schüttelte den Kopf. »Ich denke, ein wenig Ablenkung wird mir guttun.«

Anna nickte. Sie gingen schweigend nebeneinanderher, bis zu der mit Wasserspeiern versehenen Steinpyramide, die in der Mitte des Marktplatzes stand – ein verschnörkelter Springbrunnen, den die Bürger zu Ehren des Kurfürsten Max Friedrich errichtet hatten.

»Guten Morgen, meine Liebe«, tönte es auf einmal von der Seite, und Babette erkannte Berta Ließem, eine Bekannte ihrer Mutter. Während sich die beiden unterhielten, schlenderte Babette allein umher. In Gedanken war sie bei ihrem Vater, mit dem sie die Errichtung der Marktfontaine angesehen hatte. Obwohl sie damals erst sechs Jahre alt gewesen war, erinnerte sie sich noch genau an das Spektakel. Das Aufsehen, das der Bau unter den Bonnern erregt hatte, die für die Finanzierung des Denkmals herhalten mussten, war ihr ebenso im Gedächtnis. Früher hatte sie die Worte, die auf der Seite in Deutsch und lateinischer Sprache geschrieben standen, nicht verstanden. Heute konnte sie ein leichtes Grinsen nicht zurückhalten, weil sie die Ironie darin herauslas.

»Wie ich sehe, bewunderst du Bonns akkuratestes Kunstwerk«, hörte sie eine vertraute Stimme sagen. Babette drehte sich um.

»Lieber Doktor«, begrüßte sie Crevelt entzückt.

»Du grubst Dein Denkmal selbst in unsre Herzen ein …«, las er die Lobeshymne auf dem Obelisken, und sein Blick glitt amüsiert daran hinauf. »Es hat meinen Vater ein kleines Vermögen gekostet. Er tobte vor Wut.«

»Hat der damalige Kurfürst eigentlich gewusst, was die Worte bedeuten?«

Grienend zuckte er die Schultern. »Wahrscheinlich nicht. Dafür war er viel zu selbstverliebt.«

Babette lachte, und sofort fühlte sie sich leichter. Johann Heinrich Crevelt war ein angesehener Doktor und enger Freund der Familie. Im Laufe der Jahre war er zu dem Mann geworden, der ihr und ihren Geschwistern einem Vater am nächsten kam. In Babettes Augen gab es keinen gutherzigeren und weiseren Menschen als ihn.

»Ihr wart bei den Beethovens?« Sein Blick war plötzlich ganz ernst.

Sie nickte. »Es war grausam, sie so zu sehen. Ludwig und die Kleinen.«

Er stützte sich auf seinen Spazierstock, den er mit beiden Händen hielt, und ließ ein zustimmendes Brummen hören. »Maria hielt die Familie zusammen – auf ihre Weise. Ich werde morgen wieder nach ihnen sehen.«

»Maman sorgt sich besonders um Margaretha. Sie ist so winzig.«

Er sah zu Anna, die noch immer vor dem Rathaus in ein Gespräch vertieft war, und Babette glaubte, dass sich sein Blick ein wenig auf ihr verlor. Wie so oft. Manchmal fragte sie sich, warum er sich derart um sie alle bemühte. Mitleid mit der armen Witwe war wohl kaum der Grund dafür. Ihre Mutter war nicht arm, in keiner Hinsicht. Aber sie war eine Frau, deren Selbstständigkeit auf manche anziehend wirkte.

Die Menschen fühlten sich wohl in ihrer Gesellschaft und hofften, in ihrem Schatten ein wenig von der Stärke zu finden, die sie ausstrahlte.

»Wir haben uns vorgenommen, so oft es geht bei den Beethovens nach dem Rechten zu schauen«, sagte Babette. »Du weißt ja, wie Johann ist …«

Wieder stimmte er mit einem Brummen zu. »Ich werde sehen, was ich tun kann.«

»Danke!«

Er lächelte und nickte ihr zum Abschied zu. Babette sah ihm nach, wie er über den Platz ging, dann reckte sie das Gesicht der Sonne entgegen. Inzwischen war der Himmel beinahe durchgehend blau. Der Spaziergang und das Gespräch mit ihrer Mutter hatten ihr neuen Mut verliehen. Sie hoffte, dass sie mit den Jahren besser verstehen würde, was sich hinter dem Tod verbarg. Welche Pläne das Schicksal verfolgte, wenn es Kindern einen Elternteil entriss. Ihnen einen Vater hinterließ, der nicht für sie sorgen konnte. Babette beschäftigte auch das strenge Urteil ihrer Mutter, das diese über Johann verhängt hatte. Ging sie zu hart mit ihm ins Gericht? Sie kannten auch eine andere Seite von ihm. Bei gemeinsamen Ausflügen der Familien war er zumeist fröhlich und gesellig gewesen. Hatte sie das vergessen? Nachdenklich beobachtete sie ihre Mutter aus der Ferne. Es war nur verständlich, dass Anna das Erbe ihrer Freundin verteidigte und den Mann, der ihr Kummer im Leben bereitet hatte, verurteilte. Vielleicht hätte sie es an ihrer Stelle genauso getan. Mehlschwalben stießen im Sturzflug über die Dächer hinweg, um dann in einer galanten Kurve nach oben zu steigen. Ganze Kolonien von ihnen bewohnten die Stadt. Sie waren eine große Familie und blieben perfekt aufeinander abgestimmt, selbst wenn ein Vogel verstarb.

»Maman sagt, wenn du nur dasitzt, ohne zu spielen, kannst du ebenso gut mit uns Tee trinken.« Marianne machte es sich auf der Récamiere bequem. Babette drehte sich auf dem Hocker sitzend zu ihr um. Ihre Schwester betrachtete sie prüfend, dann legte sie den Kopf schief und seufzte. »Immer noch traurig wegen der Beethovens?«

Seit sie vor zwei Wochen die Familie besucht hatte, musste Babette immerzu daran denken, was sie verloren hatten. Was Ludwig verloren hatte. Ihre melancholische Stimmung zeigte sich, indem sie stundenlang am Klavier saß und auf die schwarzen und weißen Tasten starrte. Als könnten sie ihr eine Antwort darauf geben, wieso die Welt so ungerecht war.

»Du wirst sehen, es wird alles gut werden.« Marianne kam zu ihr und lächelte bestärkend.

Babettes Lippen bildeten eine Linie, sie nickte aber.

»Ich sag Maman Bescheid.« Mit ihren zwölf Jahren besaß Marianne schon eine gewisse Reife, die an eine junge Dame erinnerte. Sie hatte große Ähnlichkeit mit ihrer Mutter und schlug auch vom Wesen her stark nach ihr.

»Eine schöne Tasse Tee wird uns guttun.« Wie aufs Stichwort betrat Anna den Raum. Guste, die Hausdienerin und Teil der Familie Koch, trug ein Tablett herein, darauf befanden sich eine dampfende Teekanne und Tassen des feinsten Porzellans, das Babette je gesehen hatte. Unten fiel die Haustür ins Schloss. Wenig später betrat Matthias eiligen Schrittes den Salon. »Hallo«, sagte er ganz außer Atem, übergab Mantel und Hut an Guste und trat an die Sitzgruppe heran.

»Wie schön, dass du da bist, Junge!« Anna drückte ihm einen Kuss auf die Wange. »Ach, hol uns doch bitte noch eine Tasse und das Gebäck aus der Küche«, bat sie Guste, als diese den Raum verlassen wollte.

»Ich mach schon.« Marianne sauste los.

»Ist das etwa das Meissener Porzellan?« Matthias stand über den Tisch gebeugt und stützte schockiert die Hände in die Hüften.

»Ist es«, antwortete seine Mutter stolz.

»Das kostet uns die Einkünfte eines ganzen Monats«, belehrte er sie.

»Beruhig dich, Junge.« Sie rollte die Augen. »Ich habe nicht vor, es zu behalten.«

Matthias atmete laut aus. Kopfschüttelnd sank er anschließend auf einen Stuhl.

»Ich wusste, es würde dir gefallen.« Anna war Babettes staunender Blick auf das blaue Blumenmotiv der Tassen aufgefallen.

»Das Porzellan ist traumhaft«, sagte sie.

Ihre Mutter nickte selbstgefällig, schenkte ihnen ein und reichte Babette die erste Tasse. »Heute werden wir wie bei Hofe Tee trinken. Allerdings sollten wir versuchen, nichts zu zerbrechen.«

Babette sah zu ihrem Bruder, der immer noch verständnislos dreinblickte. Sie konnte sich ein Lachen nicht verkneifen. Der Porzellanhandel, den sie neben dem Zehrgarten betrieben, hatte ihnen schon so manchen Blick auf wahre Kostbarkeiten gewährt. Babette erfreute sich an schönen und wertvollen Dingen, auch wenn ihre Mutter eine noch größere Vorliebe dafür besaß.

»Was führt dich so früh nach Hause?«, fragte Anna ihren Sohn.

»Mein blauer Mantel«, antwortete er, während er mit großer Achtsamkeit an seinem Tee nippte. »Ich esse heute Abend mit Reicha bei den Breunings.«

Anna verzog bedauernd das Gesicht. »Der ist beim Schneider.«

Matthias ließ ein Stöhnen hören.

»Wir werden schon einen Ersatz finden«, sagte sie.

»Wird Ludwig auch da sein?« Die Frage war einfach so aus Babette herausgeplatzt.

»Nun, ich denke schon.« Matthias schob seine Tasse vorsichtig in die Tischmitte. »In letzter Zeit ist er ziemlich oft da.«

»Wie geht es ihm?«, erkundigte sich Anna. Matthias war der Einzige von ihnen, der Ludwig momentan regelmäßig sah.

»Er ist verschlossen. Gibt nicht viel von sich preis. Ein Eigenbrötler wie eh und je. So kennen wir ihn ja alle.«

Babette nickte leicht. Noch immer konnte sie ihn vor sich sehen. Den Jungen, der er einst gewesen war. Wie er vor Jahren unter einem silbrig leuchtenden Mond neben seinem Fenster auf dem Dach gesessen hatte. Aus einem inneren Impuls heraus hatte sie damals, als sie mit ihrer Mutter am späten Abend aus dem Theater gekommen war, nach oben geblickt und ihn gesehen. Er hatte einfach nur dagesessen und in die Sterne geschaut – als suchte er die Nähe des Himmels.

Vieles aus Ludwigs Kindheit blieb, trotz der guten Beziehung ihrer Familien, verhüllt wie hinter einem Theatervorhang. Blaue Flecken oder eine geschwollene Lippe hatten manchmal erahnen lassen, was bei ihm zu Hause geschehen war. Besonders schlimm hatte er ausgesehen, wenn Johann nachts aus der Wirtsstube gekommen war, ihn aus dem Bett gezerrt und zum Üben gezwungen hatte. Der Alkohol hatte ihn von sämtlicher Zurückhaltung befreit. Er hatte bedenkenloser und härter zugeschlagen. Ob Ludwig sich ihm mittlerweile widersetzte?

Babette war so in ihre Gedanken vertieft, dass sie nicht merkte, wie ihre Mutter einen Ersatz für den fehlenden blauen Mantel aufgetrieben hatte. Vorsichtig ließ Matthias sich von ihr in den bodenlangen grauen Gehrock helfen, ging zu dem schmalen Spiegel zwischen den Bücherregalen und glättete achtsam den Kragen.

»Er steht dir!« Babette hatte das Kleidungsstück sofort wiedererkannt.

»Dein Vater hätte gewollt, dass du ihn bekommst.« Akribisch krempelte Anna die etwas zu langen Ärmel nach innen.

»Es fühlt sich gut an, ihn zu tragen.« Matthias betrachtete sich von allen Seiten. Für einen Moment starrte sich Babette an ihrem Bruder fest, in dessen breitschultriger Statur und markanten Gesichtszügen sie ihren lieben Papa wiederfand. Matthias ähnelte ihm auf vielfältige Weise. Er war ebenso tüchtig wie freundlich und besaß wie er ein außerordentliches künstlerisches Geschick.

»Ich kann die Gebäckdose nicht finden«, jammerte Marianne vom Flur aus.

»Ach ja. Die hatte ich versteckt.« Kichernd ging Anna ihr entgegen.

Später saßen sie beieinander, tranken blumigen Tee aus kostbaren Tassen, aßen Walnussbutterplätzchen, und auch Guste gesellte sich dazu. Babette genoss das harmonische Beisammensein mit ihrer Familie. Nichts konnte besser die Wogen glätten oder Trübsinn mildern.

Nahtlos ging der Sommer in den Herbst über. Zwischenzeitlich hatte sich die finanzielle Lage der Beethovens so verschlechtert, dass Johann sogar das unersetzliche Porträt seines Vaters hatte verpfänden müssen.

Im November wurde die Familie von einem weiteren Schicksalsschlag heimgesucht, den Anna bereits erahnt hatte. Gretchen erlag einem kurzen, schweren Fieber. Das letzte weibliche Wesen der Beethovens folgte ihrer Mutter ins Grab. Zum ersten Mal wurde am Tag der Patronin der Musik, St. Cäcilia, den die Familie für gewöhnlich fröhlich beging, Trauermusik im Haus gespielt. Das Unglück riss den Beethovens den Boden unter den Füßen weg. Es führte dazu, dass Johann kaum noch nüchterne Momente erlebte. Er hatte die Kontrolle über sein Leben endgültig verloren und ließ niemanden mehr an sich heran. Fassungslos erfuhr Babette, dass Ludwig gerade noch rechtzeitig die Strafversetzung seines Vaters hatte verhindern können. Johanns unrühmliches Verhalten hatte schlussendlich die Geduld des Kurfürsten überstrapaziert, und seine Dienstunfähigkeit stellte Ludwig vor neue Herausforderungen. Seine Stelle als zweiter Hoforganist, hinter Neefe, musste der Familie als Einkommen genügen. Ständig befand er sich im Spagat zwischen der Musik und seiner familiären Verpflichtung, was ihn zunehmend gesellschaftsscheu machte. Die Kochs standen ihm zur Seite, als er den Entschluss fasste, seine jüngeren Brüder vorzeitig in die Ausbildung zu schicken. Nikolaus ging in die Lehre bei der Hofapotheke, während Kaspar Musiker werden sollte. Dass Ludwig trotz dieser Umstände regelmäßig in den Zehrgarten kam, erleichterte Babette, denn so hatte sie ein Auge auf ihn. In ihrem Lesezirkel hatte er unter anderen Künstlern und Musikern, Studenten und Professoren der neugegründeten Universität seinen Platz gefunden. Einen Ort, an dem er einfach nur Ludwig sein konnte.

Kapitel 2

Bonn, 1790

Krähen spähten von den Dächern der kurfürstlichen Residenz auf den Marktplatz hinab, der sich allmählich leerte. Die doppelte Freitreppe des Rathauses war von nebligen Schwaden verhüllt, die sich langsam bis zu der von Satyrn gehaltenen Uhr über der zweigeschossigen Fassade hinauftasteten.

Schräg gegenüber, zur rechten Seite gelegen, reihte sich der Zehrgarten ein. Aus der sich öffnenden Tür der Gaststube mit dem wappenförmigen Stein darüber strömten Stimmengewirr und Gelächter ebenso wie aufgestauter unsichtbarer Dunst. Flink huschte Babette hinein. In der Hand hielt sie eine Schale mit frischem Wasser aus dem Brunnen, die sie in der Küche an ihre Magd Hanne weiterreichte, bevor sie zum Ausschank zurückkehrte. Krüge und Gläser warteten darauf, mit Bier und Wein gefüllt zu werden.

»Das ist sehr hübsch«, sagte Marianne und tippte auf den Scherenschnitt in Babettes Stammbuch, das diese aufgeschlagen auf dem Tresen liegen gelassen hatte.

»Findest du?« Babette trocknete sich die Hände an ihrer Schürze ab.

Ihre Schwester nickte begeistert. »Absolut!«

Babette lächelte gezwungen, während sich ihr Blick zum Hinterraum flüchtete. Sie hatte gehofft, die frische Luft würde sie auf andere Gedanken bringen. Innerlich war sie jedoch noch immer bei Professor Schneiders gestriger Rede über Freiheit und Gleichheit – und die Unterdrückung der Bevölkerung durch die Monarchen. Die leidenschaftliche Verteidigung seiner Überzeugungen imponierte ihr nachhaltig, genau wie seine Courage. Die Gefahr, in die er sich mit seinen Worten bringen könnte, schien ihn nicht zu interessieren. Seit in Frankreich die Revolution ausgebrochen war, kamen vermehrt unangekündigt Wachleute zu ihnen in die Gaststube, um Menschen wie Eulogius Schneider, die mit dem Umsturz sympathisierten, von öffentlichen Reden abzuhalten.

»Dann bist du bald fertig?«, holte ihre Schwester sie ins Hier und Jetzt zurück.

»Er ist noch nicht ganz ausgereift.« Babette trat neben sie.

Marianne schnitt eine Grimasse. »Du bist zu streng mit dir. Er ist perfekt. Ich könnte das nicht.«

Babette kniff die Augen zusammen. Das Album war ihr Herzensprojekt. Es machte ihr große Freude, es mit Erinnerungen zu füllen. Gedichte, Zitate und Scherenschnitt-Silhouetten von Freunden und Verwandten darin zu sammeln.

»Für die Herren in der linken Ecke.« Gertrud schob ihnen zwei Teller hin und verschwand so schnell zurück in ihre Küche, wie sie gekommen war. Der köstliche Duft von gebratenem Huhn stieg den Schwestern in die Nase.

»Mhm, das könnte ich jetzt auch vertragen.« Marianne fuhr sich mit der Zunge über ihre Oberlippe.

»Sag bloß, du hast noch nichts gegessen?« Babette verstaute

ihr in blaue Seide geschlagenes Buch im Regal hinter der Theke.

»Doch, schon.« Schulterzuckend trug Marianne die Bestellung aus. Kurz schaute Babette ihr schmunzelnd nach, ehe sie sich dem Ausschank widmete. Übereilt reihte sie Krug für Krug vor sich auf, so dass sie aneinanderprallten und das Bier überschwappte. Hanne verlor keine Zeit, alle Bestellungen an die Tische zu bringen. Zwischendrin schickte Babette ihren Blick ungeduldig zur Tür. Wann würde ihre Mutter endlich aus dem Armenhaus zurückkommen und sie ablösen? Die Vorfreude auf einen spannenden Abend voller geistreicher Gespräche ließ ihr Herz aufgeregt pochen. Auf keinen Fall wollte sie Vorträge wie die von gestern Abend verpassen. Manchmal konnte sie es immer noch nicht recht glauben. Innerhalb eines Jahres war sie nicht nur Teil, sondern gar zum Mittelpunkt des Lesezirkels geworden, den ihre Mutter als Pendant zur Lesegesellschaft, in der nur Männer zugelassen waren, ins Leben gerufen hatte. Studenten und Professoren, Hofbeamte, Künstler und Musiker der Bonner Hofkapelle – sie alle scharten sich um sie, sobald sie den Hinterraum betrat, dem sie den Namen »klassischen Boden« gegeben hatten. Es war ein stimmungsvolles Miteinander, eine gesellige Runde, in der jeder jeden zu Wort kommen ließ. Als sie ein Kind war, hatten sich die strengen Nonnen der welschen Jungfern aus Lothringen, bei denen sie in die Schule ging, bemüht, sie zu einer tugendhaften Dame auszubilden. Neben Englisch und Französisch hatten sie ihr dabei auch den untergeordneten Platz der Frau in der Gesellschaft vermitteln wollen. Damals hatte sie nicht damit gerechnet, jemals eine solche Ungezwungenheit genießen zu können wie in ihrem Zirkel. Zweifellos ging diese auch auf die Französische Revolution und deren Idee von Gleichberechtigung zurück, die viele Bonner infiziert hatte. Der Wunsch nach Aufklärung trieb die Menschen an und nicht zuletzt die Hoffnung auf eine neue, bessere Welt.

Ein lautes Scheppern durchbrach die hastige Geschäftigkeit in der Wirtsstube. Doch die darauffolgende Ruhe hielt nicht lange an.

»Herrje.« Marianne schaute betroffen auf den zerbrochenen Teller herab, dann in das Gesicht ihrer Mutter, die in diesem Moment das Gasthaus betreten hatte.

»Besser das Porzellan als deine Knochen.« Anna zog Mantel und Hut aus und legte beides locker über ihren Unterarm. Unterdessen kam Babette ihrer Schwester routiniert mit Besen und Eimer in Händen entgegen.

»Das Essen geht natürlich aufs Haus«, sagte Anna an den Mann gewandt, vor dessen Tisch das Geschirr zu Bruch gegangen war.

Dieser protestierte mit erhobenen Händen. »Das kann doch jedem passieren.«

Kurz musterte Babette den feinen Herrn, der das Missgeschick ihrer Schwester mit einem beruhigenden Lächeln abtat. Sein Gesicht hatte freundliche jungenhafte Züge. Seine Augen strahlten aber eine hochgeborene Weisheit aus. War er auf der Durchreise? Ein Stammgast? Er war ihr zuvor noch nicht aufgefallen.

Marianne fegte die Scherben zusammen, wischte grob den Boden und kehrte grummelnd zu ihrer Mutter und Schwester zurück, die beim Ausschank standen.

»Was bin ich für ein Tollpatsch. Und das ausgerechnet vorm Belderbusch«, murrte sie.

Babette wollte gerade etwas erwidern, da stieß ihre Mutter sie sanft in die Seite. »Sieh nur!«

Ratlos folgte sie ihrem Blick zur Tür. Ein Raunen ging durch den Raum, als Männer der kurfürstlichen Leibgarde die Stube betraten. Zwischen ihnen befand sich kein Geringerer als Maria Theresias jüngster Sohn, seine Durchlaucht höchstpersönlich: Maximilian Franz. So wie man ihn kannte – in einem schlichten grauen Überrock.

»Jetzt haben wir's geschafft. Ein für alle Mal!« Atemlos schlug sich Anna eine Hand auf ihr Herz. So lange hatte sie auf einen Besuch des Kurfürsten gehofft, denn damit machte er den Zehrgarten endgültig zum gesellschaftlichen Dreh- und Angelpunkt der Stadt. Sein Erscheinen war eine besondere Auszeichnung. Eine Ehre. Flink wie ein Wiesel kam sie hinter der Theke hervor und machte ihm ihre Aufwartung. Babette hielt Mariannes Hand fest in ihrer umklammert. War das ein Traum? Perplex hörten sie, wie ihre Mutter seiner Durchlaucht Wein und Stockente auf Kosten des Hauses anbot, und sahen zu, wie er sich interessiert von ihr durch den Gastraum führen ließ.

»Wird er am heutigen Lesezirkeltreffen teilnehmen?«, fragte Marianne Babette mit zittriger Stimme. Diese blinzelte ratlos.

»Deswegen ist er hier.« Matthias war zu seinen Schwestern gekommen. Er verzog das Gesicht und lehnte sich zu Babette vor. »Das sollst du doch nicht machen«, sagte er mit übertriebener Ernsthaftigkeit und in angestrengt hoher Stimmlage, so dass er ähnlich wie das Fräulein Neubusch klang, eine langjährige Freundin ihrer Mutter, die sich früher gerne als Gouvernante der Kinder aufgespielt hatte. Marianne kicherte und auch Babette konnte es sich nicht verkneifen, wurde aber rasch wieder ernst.

»Jänchen kann den Ausschank händeln«, schlug Matthias vor und nahm Babette zur Seite. »Ich habe ein Gespräch belauscht, das der Kurfürst mit seinem Sekretär geführt hat. Wie es scheint, hast du beim Empfang im Schloss vor drei Wochen Eindruck auf ihn gemacht.«

Sie kräuselte ungläubig die Stirn. »Er wird mich wohl kaum bemerkt haben. Ich stand ganz hinten im Saal.«

»Mutter wird schon dafür gesorgt haben, dass du ihm aufgefallen bist.« Er grinste verschmitzt. Marianne kicherte hinter vorgehaltener Hand.

»Wir sollten uns ihm vorstellen.« Matthias hielt Babette seinen Arm hin. Unbeholfen sah sie an sich herunter.

»Hätte ich gewusst, dass er heute …«

»Du bist eine Wirtstochter«, mischte sich ihre Mutter ein, die gerade eilig zu ihnen hinter den Schanktisch gehuscht kam. »Der Kurfürst ist wahrer Bescheidenheit nicht abgeneigt.« Sie drehte Babette an den Schultern zu sich und kniff ihr in die Wangen. »Wir haben andere Qualitäten. Sei die Frau, zu der ich dich erzogen habe. Titel und Macht werden vererbt. Aber wir Kochs haben etwas, das nur die wenigsten von sich behaupten können.«

»Einen vollen Weinkeller?«, scherzte Matthias, und die Mädchen lachten.

Anna legte den Kopf schief. »Charisma«, sagte sie nachdrücklich. »Der Kurfürst möchte Bier. Er gibt sich wie immer anspruchslos. Aber es kann sicher nicht schaden, wenn ich ihm auch den besten Wein aus unserem Lager bringen lasse.«

Babette nickte.

Die Ankunft von Max Franz hatte die meisten Gespräche im Wirtshaus zum Verstummen gebracht. Niemand schien mutig genug, sie fortzuführen. Hatten sie Angst, etwas Falsches zu sagen? Die Stimmung war ungewohnt angespannt. Babette begriff, dass sie das ändern musste.

Fahrig nahm sie ihre Schürze ab und drückte sie ihrer Schwester in die Hand, die laut seufzte. »Ach, wie ich wünschte, ich würde ihm ebenso auffallen.«

»Oh, ich bin sicher, das wirst du.« Anna verpasste ihrer Jüngsten einen leichten Knuff mit dem Ellenbogen. Babette klammerte sich regelrecht an Matthias fest, während sie gemeinsam ins Hinterstübchen gingen, wo ihre Mutter dem Kurfürsten den besten Tisch zugewiesen hatte.

»Also, wenn ich es nicht besser wüsste, liebe Schwester, würde ich sagen, du bist nervös«, bemerkte Matthias, ohne sie anzusehen.

Babette schluckte mühselig. Sein Gespür war ebenso feinsinnig wie das ihrer Mutter. Nichts konnte sie vor ihm verbergen.

»Du machst das schon, Bärbchen.« Matthias bettete seine Hand über Babettes, die etwas steif seinen Arm umfasste.

Vor ihnen lichtete sich die Menge. Babette hob das Kinn, setzte ihr charmantestes Lächeln auf und ging zum Kurfürsten, der, umringt von seinen stehenden Pagen, auf einem Stuhl mit hoher Lehne saß.

»Da ist sie ja, die Tochter des Hauses«, begrüßte er Babette wohlwollend. Matthias widmete er sich nur kurz, aber ebenso höflich.

»Durchlaucht.« Babette schluckte und verbannte dabei jegliche Nervosität aus ihrer Haltung. »Es ist uns eine Ehre, Euch in unserem bescheidenen Gasthof empfangen zu dürfen.« Sie verneigte sich tief vor ihm. Aus der Nähe betrachtet, war seine Erscheinung noch eindrucksvoller. Babette fiel die feine silberfarbene Perücke auf – das Einzige an ihm, das seinen Reichtum verriet.

»Nun, ich habe schon vieles über den Zehrgarten gehört. Er ist wahrlich in aller Munde. Es war längst an der Zeit, dass ich mich einmal selbst von seiner einladenden Wirkung überzeuge. Ebenso von der Wohltat Eures Lesezirkels, Demoiselle Koch. Gestatten Sie mir, ihm heute Abend beizuwohnen. Ich brenne darauf, Teil dieser werten Runde zu sein.«

Unwillkürlich legte Babette ihre Hand über ihr galoppierendes Herz, während sie erneut in eine Verbeugung sank. »Das würde uns mit größter Freude erfüllen.«

Er nickte strahlend und wandte sich dann genüsslich dem Bierkrug zu, den Anna ihm vorgesetzt hatte.

Der klassische Boden füllte sich mit von Hofdienern ausgewählten Teilnehmern des Lesezirkels. Darunter Crevelt, Gerhard Wegeler sowie der exzentrische Graf Waldstein, der am kurfürstlichen Hof gastierte. Die Runde war deutlich kleiner als gewöhnlich, würde dem Kurfürsten jedoch den besten Eindruck vermitteln.

»Ich habe unsere Mutter lange nicht so strahlen sehen«, sagte Matthias, der neben Babette getreten war, die auf der gepolsterten Bank zur rechten Raumseite Platz genommen hatte.

»Vom heutigen Abend wird das Tageblatt sicher berichten und das Intelligenzblatt.« Zufrieden ließ sie ihren Blick schweifen. Zufall oder nicht, Professor Schneider war dem Zirkel an diesem Abend ferngeblieben. Für einen Moment überlegte sie, ob es einen Zusammenhang zwischen seinen aufwiegelnden Reden und dem Besuch des Kurfürsten gab. Hatte Max Franz eine Begegnung provozieren wollen? Seine Volksnähe, die ihm die Sympathie der meisten Bürger sicherte, war der Presse stets eine Erwähnung wert. Vielleicht hatte er auf eine Konfrontation, eine Aussprache gehofft. Für den Zehrgarten spielte der Grund seines Besuchs keine Rolle. Was auch immer die Presse schreiben würde, die Wirtsstube würde im selben Artikel wie Max Franz genannt werden. Die Reklame konnte nicht besser sein.

Stolz überblickte Babette den klassischen Boden. Nie zuvor hatte sie sich wichtiger gefühlt. Schon nach kurzer Zeit stellte sie fest, dass sich die Befürchtung, der Besuch des Fürsten könne die heitere Gesellschaft zum Erliegen bringen, als unnötig erwies. Die Stimmung war ausgelassen, die Gespräche anregend, obgleich man von politischen Themen absah. Es wurde auf den Kurfürsten angestoßen, der die Runde mit seinem trockenen Humor speiste und Interesse für das zeigte, was Crevelt über die Ausbaufähigkeit der städtischen Wohlfahrt zu sagen hatte. Max Franz' Aufenthalt im Zehrgarten dauerte nicht lange an, machte dafür aber umso mehr Eindruck.

Nachdem er gegangen war, füllte sich der klassische Boden schnell und zuvor angesprochene Themen wurden weiterdiskutiert. In der Wirtsstube tanzten die Leute zum fröhlichen

Geigenspiel eines Hofmusikanten. Anna war immer noch wie berauscht vom unerwarteten hohen Gast. Zur Feier des Tages bewirtete sie den Lesezirkel mit bestem Wein und gutem Essen, das sie nicht anschreiben ließ. Sie war sicher, der Besuch des Kurfürsten hatte bereits dafür gesorgt, dass sich ihre Einnahmen zukünftig verdoppeln würden.

Kapitel 3

Nach fast drei Jahrzehnten im Dienst der Fürsten Esterhazy war der österreichische Komponist Joseph Haydn in Pension geschickt worden. Was ihm die Möglichkeit gab, im Dezember unter dem Dirigenten Johann Peter Salomon in London eine Reihe von Konzerten zu leiten. Salomon, der in Bonn geboren und ein enger Freund der Beethovens war, hatte Ludwig bei dem bekannten Komponisten ins Gespräch gebracht. Auf der Reise nach England hatte der Dirigent deshalb halt in Bonn gemacht, wo er und Haydn vom Kurfürsten hochherrschaftlich empfangen worden waren. Beim Hof-Diner war es endlich zu der von Ludwig langersehnten Begegnung mit Haydn gekommen. Jahre zuvor hatte dieser bereits eine seiner Kompositionen begutachtet, woraus aber leider nichts Weiteres erfolgt war. Beim persönlichen Treffen war es Ludwig nun gelungen, Haydn neugierig zu machen. Das Lob des Meisters schien in ihm aufgeräumt zu haben. Es war, als hätte er die Last der vergangenen Jahre abgestreift und zu seiner alten Energie zurückgefunden. Babette freute sich für ihn, auch wenn sie ihn im Lesezirkel vermisste. Akribischer denn je verfolgte er nun sein Ziel, ein ebenso großer Musiker zu werden wie Mozart. Die Arbeit daran hielt ihn auch vom Theater und von Soireen fern. Er igelte sich ein, um an neuen Liedern zu schreiben, etwas Außergewöhnliches zu erschaffen. Gerüchte, die im Zehrgarten hochkochten, ließen jedoch vermuten, dass sein Rückzug nicht die Besuche bei den Breunings betraf, die maßgeblich an seinem Ruhm beteiligt waren. Ein wenig fühlte sich Babette deshalb außen vor. Ihre Freundin Eleonore schien immer bestens informiert zu sein. Nicht nur, was Ludwigs musikalische Fortschritte anging, sondern auch seine seelische Verfassung. Wann immer sie sich zum Tee trafen, schwärmte sie ihr von Ludwig vor, was Babette zähneknirschend über sich ergehen ließ. Ihr war, als würde Eleonore ihn für sich vereinnahmen. Und das löste in ihr eine Unruhe aus, mit der sie nicht umzugehen wusste.

Es war fast zehn Uhr am Abend. Draußen regnete es in Strömen. Ungestüm und schnellen Schrittes manövrierte sich ein Mann in dunklem Umhang an den tanzenden Gästen vorbei. Mit ihm kehrte eine Stille ein, die jener glich, welche die Anwesenheit des Kurfürsten heraufbeschworen hatte. Doch sie war anderer Natur. Köpfe wurden geschüttelt. Verständnislos, abwertend. In der Zarge zum klassischen Boden stieß Babette mit ihm zusammen. Hastig riss sich der Mann den triefnassen Hut vom Kopf.

»Louis!« Babette strahlte, froh darüber, ihn endlich wiederzusehen.

Schnaubend presste er die Lippen aufeinander, nickte.

»Geht es dir und deiner Familie gut?«

Wieder nickte er nur.

»Du glaubst nicht, wer hier war. Der Kurfürst!«

Er hob leicht die Brauen, sagte aber nichts. Natürlich hatte er davon gehört oder gelesen. Die Meldung im Tageblatt war noch größer ausgefallen, als sie es sich erhofft hatten.

»Was rede ich hier und halte dich unnötig auf«, sagte sie kopfschüttelnd. Sie wollte sich bereits zum Gehen wenden, da hielt er sie an der Hand zurück, zog sie an die Seite, um den Durchgang freizuhalten.

»Nicht doch«, murmelte er nachdrücklich.

Sie lächelte erleichtert, und für einen Moment standen sie einfach nur da und sahen einander an.

»Hast du vielleicht Hunger? Ich könnte dir noch was bringen. Alles, was du willst. Maman ist bester Laune, weil die Geschäfte so gut laufen. Bezahlen musst du sicher nicht.«

Seine Miene verfinsterte sich noch mehr. Er senkte den Kopf, und nasse Strähnen seines widerspenstigen Haars verdeckten seine Augen.

»Verzeih mir.« Babette biss sich auf die Lippe, weil sie ihre Worte nicht vorsichtiger gewählt hatte. »Ich wollte nicht …«

»Nur Wein«, unterbrach er sie scharf und ließ sie stehen.

Gerhard Wegeler und Christoph von Breuning hatten ihm am Stammtisch in der Ecke des Raums einen Platz freigehalten. Babette verharrte an Ort und Stelle. Den Blick peinlich berührt auf ihn geheftet, schlossen sich ihre Finger reflexartig um ihr silbernes Medaillon, welches das Bildnis ihres Vaters beinhaltete und ihr Trost- und Mutbringer war. Wieso konnte sie nicht feinfühliger sein?, schimpfte sie sich innerlich. Manchmal hatte sie Angst, genauso geschwätzig zu werden wie ihre Mutter, deren Neugier sie bereits in Schwierigkeiten gebracht hatte. In einer geheimen Beschwerdeschrift vor einigen Jahren nannte sie ein Bonner Illuminat »Vorwitz Teufel«. Ihre Mutter hatte das damals wenig betroffen gemacht, doch Babette hatte es nicht vergessen.

»Es kommt einem Wirbelsturm gleich, wenn er den Raum betritt.« Matthias hielt auf dem Weg ins Hinterstübchen bei ihr an. Zwei Weinkrüge in Händen, deutete er schmunzelnd mit dem Kinn auf Ludwig. »Es haben sich Gäste beschwert, weil er sie nass gemacht hat.«

»Er ist sich dessen nicht bewusst«, antwortete sie sanftmütig.

Ihr Bruder ließ ein zustimmendes Brummen hören. Beide sahen es Ludwig nach, wann immer er zur späten Stunde ins Gasthaus stürmte. Grimmig und gehetzt, als wäre er auf der Straße Opfer eines Raubüberfalls geworden. Die meisten, die ihn kannten, waren seine Unbeholfenheit gewöhnt und brachten es nicht einmal mehr zur Sprache. Doch es gab Leute, die mit Ludwigs Gemüt nichts anzufangen wussten. Die sein herausragendes Talent leugneten und der Auffassung waren, er würde seinem Vater in die Merkwürdigkeit folgen.

»Er sieht nicht gut aus«, bemerkte Babette besorgt.

Matthias nickte nachdenklich. »Bestimmt hat es mit seinem Vater wieder Probleme gegeben. Kein Wunder, dass er lieber überall sonst ist. Dass er überhaupt noch zum Arbeiten kommt, wundert mich schon manchmal.«

»Ich werde ihm etwas zu essen bringen«, sagte Babette. »Von Wein allein kann niemand leben. Und erst recht nicht komponieren.«

»Er sieht aus, als könnte er was vertragen. Aber ich auch.« Er grinste.

»Hier finde ich euch also.« Eine junge Frau mit aufwändig hochgestecktem schwarzem Haar baute sich vor ihnen auf. Ihr anzügliches Lächeln war auf Matthias geheftet.

»Elisabeth«, begrüßte Babette ihre Freundin, überrascht, sie so spät noch im Zehrgarten zu sehen. »Du hier?«

»Ich begleite Vater.«

»Fräulein Bona.« Matthias verneigte sich knapp vor ihr.

»Ich habe das eben unfreiwillig mitangehört.« Elisabeth lächelte unschuldig. »Wenn ihr könntet, würdet ihr all die armen verlorenen Seelen da draußen speisen.«

»Das würden wir«, antwortete Babette entschlossen. Seufzend legte sie den Kopf schief, während sie ihr Weinglas in beiden Händen hielt und mit den Zeigefingern sanft dagegen klopfte.

Ein lautes Poltern unterbrach ihr Gespräch. Alle Blicke richteten sich auf Ludwig, dem Wegeler gerade vom Boden zurück auf die Füße half. Nachlässig stellte Ludwig danach seinen umgeworfenen Stuhl hin und nahm wieder darauf Platz.

»Grundgütiger.« Elisabeth schüttelte amüsiert den Kopf. »Seht ihn euch nur an.«

Ohne es zu wollen, folgte Babette Elisabeths Weisung. »Er bemüht sich so.«

»Oh, daran zweifle ich nicht, Verehrteste.«

»Er hat es nicht leicht«, setzte sie nach.

»Sicher.«

»Nicht jedem ist das Privileg vergönnt, in eine intakte Familie hineingeboren zu sein.«

Elisabeths Augen weiteten sich, sie schnalzte mit der Zunge. »So habe ich das nicht gemeint.«

Babette atmete tief durch. »Ich weiß. Ist schon gut.«

Elisabeth lächelte beruhigt. Die Freundschaft zu den Kochs war ihr wichtig, deren gut situierter Lebensstandard das Resultat harter Arbeit war – wie einst bei ihrem Großvater, den es vom Lago Maggiore nach Bonn verschlagen hatte, um sich eine Existenz aufzubauen. Ihre Boutique befand sich wie der Zehrgarten am Markt. Sie hatte Respekt vor hartarbeitenden Bürgern – auch wenn Babette sie manchmal daran erinnern musste. Gegenüber Ludwig hatte sie hingegen Vorurteile. Babette war der Ansicht, dass sie darauf zurückzuführen waren, dass sie ihn nicht richtig kannte.

»Matthias …« Elisabeth hielt ihn davon ab, seinen Weg ins Hinterstübchen fortzusetzen. »Wann zeigst du mir das Bild, an dem du gerade arbeitest? Stephan von Breuning meint, es sei ganz exzellent.«

Babette grummelte innerlich aufgrund Elisabeths Hartnäckigkeit und der Geduld ihres Bruders.

»Ja, ähm … sehr gerne … bald«, stammelte er. »Wenn ihr mich jetzt entschuldigen würdet.« Er verschwand zum Stammtisch. Auch Babette entschuldigte sich und ging zielstrebig in die Küche. Sie füllte einen Teller mit Blut- und Leberwurst, dazu gestampfte Rüben und Apfelkompott.

»Soll ich das für dich warm machen?«, fragte Gertrud, die in der Küche das Kommando hatte. Seit sich Babettes Mutter mehr auf die Geschäftsführung konzentrierte, gingen die ebenso deftigen wie gehaltvollen Speisen, die täglich serviert wurden, auf sie zurück.

»Nein, musst du nicht.«

»Dann geht es mal wieder um Leben und Tod.« Sie verzog tadelnd den Mund.

»So ähnlich.« Babette zuckte die Schultern, und die alte Köchin lächelte nachgiebig.

»Ist noch Brot da?« Babette strich Freitag über das zerzauste schwarz-weiße Fell. Gierig schleckte der Kater neben dem Kamin seine Milch.

»Da muss ich erst nachsehen«, murrte Gertrud wenig begeistert, eine Hand in ihre ausladenden Hüften gestützt.

»Wärst du so freundlich?« Babette klimperte flehend mit den Wimpern. Schlürfend setzte sich Gertrud in Bewegung. Hinter ihrem Rücken verfütterte Babette ein Stück Schinken an Freitag. Marianne hatte den Namen des Katers in Anlehnung an den Tag vor vier Jahren gewählt, an dem er ihnen zugelaufen war. Seitdem verdiente er sich sein Bleiberecht als erfolgreicher Jäger von Mäusen und Ratten, die er vom Zehrgarten fernhielt.

»Du wirst deine arme Mutter noch ruinieren mit deiner Gutherzigkeit«, nuschelte die Köchin auf ihrem Weg in die angrenzende Speisekammer.

»Von wem habe ich das wohl?«, rief ihr Babette belustigt nach.

»Himmelherrgott. Geh beiseite, Mädche.« Mit einem kräftigen Wink scheuchte Gertrud die neue Aushilfe umher. »Stehst da wie ein Maibaum. Sollen wir etwa alle um dich herumlaufen?«

Das junge Mädchen blickte eingeschüchtert zwischen ihr und Babette hin und her.

»Das wird schon.« Babette schenkte ihr ein aufmunterndes Lächeln.

»Geh! Tu uns allen einen Gefallen und mach dich nützlich, Hilde. Die Rüben für morgen schälen sich nicht von allein.«

»Sehr wohl.« Demütig rauschte sie davon.

»Du bist zu streng zu den Neuen«, sagte Babette, als Gertrud Hilde kopfschüttelnd nachblickte. »Außerdem meinst du das gar nicht so.«

Babette kannte sie seit vielen Jahren. Sie war eine Rheinländerin, wie sie im Buche stand, mit einem so ausgeprägten Dialekt, der sie in die Küche verdammt hatte, weil auswärtige Gäste Mühe hatten, sie zu verstehen. Im Grunde war sie aber herzensgut, mit einem weichen Kern, der sich unter einer steinharten Schale verbarg.

»Geduld und Nachgiebigkeit haben noch niemanden weitergebracht. Besser, sie lernt es jetzt von mir als von irgendeinem Mann.«

Babette runzelte die Stirn über ihre Wortwahl.

Gertrud hielt ihr eine Brotkante hin. »Ich backe in aller Früh. Der Sauerteig muss noch ruhen.« Stöhnend fasste sie sich an den unteren Rücken.

»Es ist spät geworden. Der liebe Doktor hat gesagt, du sollst dich nicht übernehmen.« Babette drückte ihr eine Flasche Franzbranntwein in die Hand. »Geh nach Hause. Ich helfe Hilde beim Aufräumen.«

Babette verließ mit dem Teller die Küche und füllte am Ausschank ein Glas mit Wein. Inzwischen hatte sich der Gastraum des Zehrgartens geleert, während die hintere Stube noch belebt war. Mitten im Raum hatten sich Studenten, darunter auch Matthias, um Crevelt gescharrt. Gespannt verfolgten sie den Bericht über das neueste Exponat in seiner Sammlung: ein einäugiges Ziegenjunges. Der gute Doktor hatte eine Schwäche für Skurriles, das er studierte und erforschte. Sogar sein Garten an der Endenicher Straße stellte eine Art Museum dar, das Babette gerne besuchte, wobei einige Präparate auch Ekel in ihr auslösten. Ungerührt von Crevelts Schilderungen seines Konservierungsverfahren, saß Ludwig neben ihnen an einem Tisch, vertieft in seine Notizen.

»Mit den besten Grüßen vom Zehrgarten.« Babette setzte ihm das Essen und den Wein vor.

Verwundert schaute er auf. Es war nicht das erste Mal, dass seine Freundin ihm etwas brachte, das er nicht bestellt hatte. Wie jedes Mal fand er keine Worte. Stattdessen klopfte er seine Taschen nach Geld ab, das er nicht hatte, weil er so gut wie alles für seine Familie und den Haushalt aufwendete.

»Das geht aufs Haus«, sagte Babette. »Darf ich mich einen Moment zu dir setzen?«

Ludwig nickte stumm.

»Wie geht es deinen Brüdern? Ich hoffe doch, beide sind wohlauf? Ich habe sie länger nicht gesehen.«

»Es geht ihnen gut.« Er drehte die Gabel mehrmals in der Hand.

»Du warst eine Weile nicht hier.«

»Es gab viel zu tun.«

»Das dachte ich mir.«

Konzentriert stocherte er in seinem Essen, ohne die Gabel an den Mund zu führen. Babette schlug ein Bein über das andere und wippte mit dem Fuß. Für gewöhnlich hielt sie Gespräche mühelos am Laufen. Bei Ludwig aber stieß sie manchmal an ihre Grenzen. Sie wollte so gerne wissen, was in ihm vorging.

»Wirst du nun wieder öfter kommen?«, fragte sie vorsichtig.

Er ließ die Gabel sinken, lehnte sich zurück und nickte mit einem leichten Lächeln. »Ich bin froh, wieder hier zu sein, unter Freunden. Einen solchen Ort des Rückzugs zu haben bedeutet mir viel.«

»Du bist jederzeit höchst willkommen!« Augenblicklich entspannte sie sich. Sie war erleichtert von ihm zu hören, dass der Zehrgarten ihm etwas bedeutete, dass *sie* ihm etwas bedeutete.

Für einen Moment sahen sie sich in die Augen, und die Befangenheit, die sich nach dem Tod seiner Mutter in ihre Freundschaft eingeschlichen hatte, schien überwunden.

Kapitel 4

Bonn, Anfang 1791

Elisabeth und Katharina Bona gehörten neben Eleonore von Breuning zu Babettes ältesten Freundinnen. Die Nachmittage vertrieben sich die jungen Frauen oft gemeinsam in der gemütlichen Stube der Kochs mit Gesprächen und Gesellschaftsspielen.

An einem schneereichen Donnerstag war das Ritterballett, für dessen musikalische Umsetzung Graf Waldstein Ludwig engagiert hatte, Hauptgesprächsthema. Die ganze Stadt sprach davon, welch große Erwartungen in das Stück gesetzt wurden, das auf dem Maskenball am Fastnachtssonntag im Redoutensaal dem Bonner Adel vorgeführt werden sollte. Unter den Freundinnen herrschte Uneinigkeit darüber, ob Ludwig für ein derart wichtiges Projekt bereit war. Nur in einer Sache stimmten alle überein: Jede von ihnen wäre gerne bei der Aufführung dabei.

»Ich finde es schon ziemlich gewagt, dass er ihm den Auftrag erteilt hat«, befand Katharina, die alle meist nur Tringen nannten.

»Wieso überrascht mich das nicht?« Elisabeth kicherte zynisch.

»Waldstein wäre gewiss nicht da, wo er ist, wäre er weniger

risikofreudig. Und Ludwig auch nicht.« Babette nahm vornehm ihren Tee ein.

»Gewiss«, schlossen sich die Schwestern Bona gleichsam an. Keine von beiden klang jedoch wirklich überzeugt.

»Dennoch …«, Elisabeth seufzte theatralisch, »Ludwig ist ein unerfahrener Musiker.«

»Am Anfang ist doch jeder unerfahren, Elisabeth«, entgegnete Marianne aufklärend.

»Das ist Ludwigs Möglichkeit, allen zu zeigen, wie gut er ist.« Eleonore kostete vom türkischen Honig, der auf einer gläsernen Etagere auf dem kleinen runden Glastisch zwischen ihnen stand. Genüsslich verzog sie das Gesicht.

»Du musst es ja wissen.« Tringen wechselte einen vielsagenden Blick mit ihrer Schwester, dann kicherten beide.

Eleonore hielt mit der Süßigkeit in der Hand inne, schluckte schwerfällig, räusperte sich und blickte unsicher zu Boden. Bevor Babette nachfragen konnte, was die Bona-Schwestern derart amüsierte, drangen Stimmen vom Flur zu ihnen vor. Alle horchten auf.

»Erwartet ihr noch weiteren Besuch?«, erkundigte sich Elisabeth leise.

Babette und Marianne betrachteten einander stirnrunzelnd, als sie deutlich einen Mann sprechen hörten.

»Wahrscheinlich ein Studienfreund unseres Bruders.« Babette nahm einen großen Schluck Tee. Die Tür ging auf, und Guste kündigte einen Gast an. Abrupt erhob sich Babette aus ihrem Sessel, als sie Ludwig sah, der mit unterwürfiger Miene den Salon betrat. Marianne, Eleonore und die Bonas standen in gemäßigterem Tempo auf.

»Guten Tag.« Zerstreut schaute sich Ludwig unter den jungen Frauen um. Offenbar hatte er nicht damit gerechnet, sie so zahlreich anzutreffen.

»Louis, wie schön, dass du uns besuchst«, erwiderte Babette aufrichtig. »Wie geht es dir?«

»Sehr gut. Danke.«

»Eben erst haben wir von deinem Auftrag gesprochen: das Ritterballett.« Flüchtig deutete sie zu ihren Freundinnen und zu Marianne. Alle hatten sich wieder hingesetzt. Bis auf sie.

»Gratulation, lieber Ludwig!«, sagte Elisabeth. »Wir freuen uns wirklich außerordentlich für dich.«

Seine Augen strahlten stolz, doch seine steife Körperhaltung verriet weiterhin Unsicherheit.

»Darf ich dir eine Tasse Tee anbieten?« Babette bedeutete ihm, Platz zu nehmen.

»Danke, nein. Ich wollte nicht stören.«

»Das tust du nicht«, versicherte sie ihm.

»Matthias … ich begleite ihn zu einer Vorlesung«, erklärte er sich schnell und lächelte verlegen.

Babette atmete ernüchtert aus. Für einen winzigen Moment hatte sie gedacht, er wäre ihretwegen gekommen. Wie töricht!

»Woher nehmt ihr Männer nur immer eure Motivation für diese Vorlesungen?« Neugierig lehnte sich Tringen vor. »Ich kenne kaum einen Mann in dieser Stadt, der keine Vorlesungen der Universität besucht.«

»Wäre ich ein Mann, würde ich wahrscheinlich auch keine auslassen.« Babettes kecke Aussage entlockte Ludwig ein Grinsen.

»Das glaube ich dir sofort«, bestätigte Eleonore.

»Ah, hier finde ich dich, mein Lieber.« Matthias trat durch die Tür. »Ich hätte es wissen müssen, dass du dich freiwillig der Gesellschaft der Damen auslieferst.« Er klopfte ihm brüderlich auf die Schulter. »Wenn wir nicht zu spät kommen wollen, dann sollten wir jetzt los.«

»Gewiss«, pflichtete Ludwig ihm bei und wandte sich wieder den Frauen zu. »Ich wünsche noch einen schönen Tag.« Er verneigte sich leicht, nahm seinen Hut von Guste entgegen und trat auf den Flur.

»Meine Damen«, verabschiedete sich Matthias augenzwinkernd und schloss leise die Tür hinter sich. Langsam sank Babette zurück auf ihren Stuhl. Vorerst blieb es still im Raum, bis Matthias und Ludwigs Schritte verhallt waren.

»Wie sonderbar!« Elisabeth legte eine Serviette auf dem Tisch zurecht und türmte zwei gewürfelte Stücke türkischen Honig auf. »Wer zweifelt sonst noch daran, dass er zufällig in den Salon gestolpert ist?«

»Bestimmt wollte er nur höflich sein und uns begrüßen«, bemerkte Eleonore.

»Sicher.« Elisabeth ließ ein hohes Glucksen hören. »Zumal er ja auch wusste, dass Babette Besuch hat.«

»Worauf willst du hinaus?« Eleonore schaute sie fordernd an.

»Auf gar nichts«, beteuerte sie. Unschuldig schob sie sich ein Stück Honig in den Mund.

»Findest du nicht, dass er etwas eigenwillig ist?«, hakte Elisabeth wenig später bei Babette nach, die neben ihr saß.

»Nun ja, Ludwig hielt noch nie viel von Förmlichkeiten, wenn es das ist, was du meinst.«

»Das meine ich.« Sie tupfte sich den feinen Puderzucker mit der Serviette vom Mundwinkel ab.

»Wie er dich angesehen hat …«, warf Tringen ein. »Und Lorchen … Es war, als wären wir anderen gar nicht da.«

Babette machte schmale Augen. Die beiden neigten dazu, zu viel in gewöhnliche Begegnungen hineinzuinterpretieren, und witterten Affären, wo keine waren.

Eine ungewöhnlich langanhaltende Stille trat zwischen die Freundinnen, in der die Bona-Schwestern Babette und Eleonore kritisch beäugten, darauf wartend, dass eine von ihnen die Liaison preisgeben würde, die sie hinter Ludwigs Verhalten vermuteten.

»Gibt es etwas, das wir wissen sollten?« Elisabeth rutschte näher zu Babette heran, nahm ihre Hand und starrte sie förmlich in den Boden. Unterdessen nahm Tringen Eleonore ins Kreuzverhör.

»Ich habe keine Ahnung, was ihr meint. Und Lorchen auch nicht«, zischte Babette. Manchmal war ihr der Eifer der beiden unheimlich.

»Sie sind nur gute Freunde«, pflichtete Marianne ihrer Schwester bei. Hastig schenkte sich Babette Tee nach und trank in der Hoffnung, ihre Freundinnen würden endlich mit diesem Unsinn aufhören, doch weit gefehlt.

»Also wenn ich es nicht besser wüsste, würde ich behaupten, ihr seid einander zugetan.« Elisabeths Unterstellung hatte zur Folge, dass sich Babette an ihrem Tee verschluckte. Hüstelnd wandte sie sich ab. Marianne klopfte ihr auf den Rücken.

»Du bist ihm doch nicht etwa verfallen?«, setzte Tringen nach.

»Selbstverständlich nicht«, wehrte sich Babette heiser.

»Gut. Ich hatte auch nicht geglaubt, dass du zu diesen leicht zu beeindruckenden Frauen gehörst.« Schmunzelnd sah Elisabeth über den Tisch hinweg zu Eleonore, die sich an der Etagere festgestarrt hatte.

»Ludwig und Babette kennen sich, seit sie Kinder sind«, erklärte Marianne.

Elisabeth zuckte grinsend die Achseln. »Ich dachte nur, weil sie ihn stets verteidigt und im Zehrgarten mit Fürsorge nur so überschüttet.«

»Sie ist eben eine wahre Freundin.« Eleonore setzte sich neben Babette und bettete ihre Hand über ihre. »Und die aufopferndste und loyalste Frau, die ich kenne.« Sie lächelte sanft, und Babette wurde warm ums Herz. Zu erfahren, wie Eleonore sie sah, erfüllte sie mit Glück.

»Und doch bin ich nicht so recht überzeugt«, sagte Elisabeth, immer noch auf ein Geständnis hoffend.

»Du irrst dich in Bezug auf Ludwig und mich«, stellte Babette nochmals klar.

Während Tringen aufgegeben hatte, blieb Elisabeths Blick noch eine Weile bohrend auf sie gerichtet. »Ich bin sicher, Christoph wird froh sein, das zu hören.«

Babette betrachtete sie übelnehmend. Eleonores ältester Bruder umschwärmte sie bereits seit einiger Zeit. Trotzdem blieb eine offenkundige Erklärung seinerseits aus. Ursächlich war wahrscheinlich ihre Herkunft. Seine Mutter wünschte sich für alle ihre Kinder eine reiche Heirat. Babette bedauerte das nicht. Sie schätzte Christoph, aber er sowie seine jüngeren Brüder waren eher wie Familie für sie.

»Nicht, dass es sonst noch zum Duell käme«, fuhr Elisabeth mit einem lang gezogenen Seufzer fort. Die Bona-Schwestern kicherten haltlos. Babette rollte mit den Augen.

»Du liest zu viele Romane«, sagte Eleonore. »Hier duelliert sich niemand.«

»Was für eine dumme Vergeudung das auch wäre.« Babette hatte nur Kopfschütteln dafür übrig.

Marianne zuckte die Schultern. »Aber romantisch ist es irgendwie schon.«

»Was könnte daran romantisch sein, wenn zwei Männer die Pistole gegeneinander ziehen?«, empörte sich Babette. »Sich gegenseitig töten. Ich würde niemals zulassen, dass sich jemand meinetwegen duelliert. Und wenn irgendein Mann trotz allem auf die Idee käme … Er hätte meinen Respekt auf ewig verloren. Solche Dinge sind völlig veraltet. Ich meine, wieso traut man uns Frauen so wenig zu? Wir können für uns selbst entscheiden. Wir sind nicht auf Männer angewiesen.« Ob im Zehrgarten, vor den überwiegend männlichen Besuchern, ihren Freundinnen oder ihrer Schwester, Babette wurde nicht müde, ihr modernes Frauenbild zu verteidigen. Sie war überzeugt, dass eine Frau keinen Mann brauchte, um sich stark zu fühlen. Sie waren es bereits – von Geburt an.

Am späten Abend saß Babette in ihrem Nachthemd, mit angezogenen Knien, an ihrem Fenster. Der Kirchturm von St. Remigius stach zwischen den Dächern der umliegenden Häuser hervor. Im Hintergrund kündigte ein sternklarer Himmel einen weiteren bitterkalten Morgen an. Sie ließ den Nachmittag mit all seinen Andeutungen und Fragen Revue passieren und riskierte einen Blick in die ungewisse Zukunft. Was würde sie für sie alle bereithalten? Sie hoffte, dass es nicht zu einem Krieg mit Frankreich kommen würde. Dass die friedlichen Tage nie endeten – nun, da sie mit ihrem Lesezirkel so weit gekommen war und die Gunst des Kurfürsten genoss, der sie in seinen Briefen an Crevelt überaus lobend erwähnte. Nie hätte sie das zu träumen gewagt.

Trotz ihrer Erfolge hatte sie noch keine Vorstellung davon, wer sie einmal sein wollte. Ihre Mutter wünschte sich, dass sie heiratete, und zwar schon bald. Einen reichen mächtigen Mann, angesehen in der Gesellschaft und der Welt. Babette widersprach ihr nicht, sie wusste, wie wichtig es ihrer Mutter war, große Pläne zu verfolgen. Manchmal glaubte sie sogar, dass es jene Zielsetzungen waren, die ihrer Mutter erst Antrieb verliehen. Insgeheim spielten für Babette jedoch andere Kriterien bei einem Mann eine Rolle. Er musste ihr ebenbürtig sein, ein gutes Herz und einen wachen Verstand besitzen. Sie wollte ihre Leidenschaft für Kunst und Musik mit ihm teilen können sowie ihre Vorstellungen von einer Welt ohne gesellschaftliche Unterschiede.

Willkürlich musste sie an Ludwig, dann an Christoph denken und schließlich an all die jungen Herren ihres Freundeskreises. Sie erinnerte sich an ein Gespräch vor ein paar Monaten im Zehrgarten, das wie kaum ein anderes die Gemüter erhitzt hatte und sie nachhaltig beschäftigte. Darin war es um die Idee gegangen, die Gesellschaft, in der sie lebten, anzupassen, sie moderner und gerechter zu gestalten. Es war Ludwig gewesen, der vor allen anderen ihre Meinung unterstützt hatte. Inbrünstig und leidenschaftlich. An diesem Abend hatten sie sich lange unterhalten. Ludwig und sie träumten beide von einer Welt frei von gesellschaftlichen Konventionen. Weder Stand noch Geschlecht sollten eine Rolle spielen, wenn es darum ging, sein Leben nach seinem Potenzial zu gestalten. Sie hatten eine bedeutende Gemeinsamkeit, dasselbe rebellische Wesen. Und für einen Moment überlegte Babette, ob es jene Übereinstimmungen waren, in denen die Bona-Schwestern mehr als nur Freundschaft vermuteten. Babette jedenfalls hielt nichts davon, ihre Gefühle zurückzuhalten, und doch musste sie sich manchmal bremsen, um nicht klüger zu erscheinen als die Männer. Noch waren sie es, die den Ton angaben, die über Recht und Unrecht urteilten. Ihnen zu gefallen war der einzige Weg, respektiert und gehört zu werden. Das Theater, der Ort, an dem die Schauspieler gänzlich mit ihrer Rolle verschmolzen, hatte ihr gezeigt, wie sie sich dennoch selbst treu bleiben konnte. Bonn war ihre Bühne.

KAPITEL 5

An Christi Himmelfahrt besuchte Babette mit ihren Geschwistern das Grab ihres Vaters. Ihre Mutter hatte ihnen einen Strauß Maiglöckchen aus Godesberg mitgegeben, wo sie gemeinsam einige Wochen bei Tante Catharina und deren Mann Georg Sutor verbracht hatten. Anna war noch dortgeblieben, um ihre Schwester im neuen Gasthaus zu unterstützen. Ihr Schwager, der auch Hofkonditor war, war vom Kurfürsten zu einem der wichtigsten Helfer bei der Einrichtung des neugegründeten Kurortes bestimmt worden. Max Franz hielt große Stücke auf die Familie und Catharinas Fähigkeiten als Konditorin, deren Kirschkuchen er über die Landesgrenzen hinaus rühmte. Erst vor einem Jahr hatte er den Godesberger Mineralbrunnen erworben, in dessen Umgebung er Parks hatte anlegen lassen. Dort hatte er auch mit dem Bau eines glanzvollen Ball- und Konzertsaals für Besucher begonnen: der Redoute. Obwohl der Kurort noch nicht fertiggestellt war, hatte sich seine Schönheit schon jetzt erahnen lassen. Für Babette war es faszinierend gewesen zu sehen, wie etwas derart Großes Stein um Stein heranwuchs, und sich malerisch um den Bergfried der mittelalterlichen Burganlage mit seinen Weinstöcken schloss. Einmal mehr hatte sich Max

Franz für sie als vorbildlicher Herrscher erwiesen, weil er die Schönheit einer Gegend erkannt hatte, noch bevor sie für andere sichtbar wurde. Babette konnte es nicht erwarten, in das fertige Kurstädtchen Godesberg zu reisen und die neu errichtete Pracht zu bewundern.

Nun zurück in der Stadt, hielten die schwarzen Wolken den Nachmittag über an. Der Regen zwang die Koch-Geschwister dazu, sich in die gemütliche Stube zurückzuziehen.

Marianne stickte an einem Taschentuch mit floralem Muster und ihren Initialen, das sie vor einer Woche begonnen hatte. Matthias hatte es sich im Sessel vor dem Kamin bequem gemacht. Ein Bein über das andere geschlagen, fertigte er eine Skizze der Baumschulallee an. Unterdessen spielte Babette eine sanfte Melodie auf dem Klavier, die sie in der Nacht zuvor geträumt hatte und die ihr nicht mehr aus dem Kopf gehen wollte. Verbissen ließ sie die Töne wieder und wieder erklingen, bis sie ihr richtig erschienen. Die Noten schrieb sie im Licht zweier Kerzen in ein Heft, das sich jedes Mal widerspenstig selbst umblätterte, sobald sie die Finger zurück auf die Tasten legte. Leise summte sie mit, um die erträumte Melodie nicht zu verlieren. Babette mochte diese Zeiten der Muße. Als Kinder hatten sie regnerische Nachmittage oft auf diese Weise verbracht. Seit Matthias studierte, waren sie seltener geworden. Erst dadurch wusste Babette sie wirklich zu schätzen.

»Hast du morgen wieder Vorlesung?«, fragte Babette ihren Bruder.

»Um neun«, antwortete er, ohne von seiner Zeichnung aufzusehen.

»Verrätst du uns das Thema?« Marianne durchtrennte einen Faden mit den Zähnen.

Er zauderte. »Es ist … geheim. Professor Schneiders Vorlesungen sind – wie soll ich sagen – recht speziell. Wie ihr wisst, ist er ein begeisterter Anhänger der Revolution und verheimlicht seine Meinung nicht. Was dem Kurfürsten nicht unbedingt gefällt.«

»Dann ist es tatsächlich so gefährlich für ihn?« Gespannt hielt Marianne inne.

»Das kann es werden, wenn er nicht aufhört, öffentlich darüber zu sprechen.«

Babette blieb still. Unwillkürlich musste sie daran denken, wie sich der Professor im Zehrgarten über die Revolution geäußert hatte. Er war deswegen bereits abgemahnt worden. Indem er weitermachte, riskierte er, seine Professur zu verlieren.

»Ich überlege, das Fach zu wechseln«, sagte Matthias, bevor eine von ihnen nachfragen konnte, ob das in seinem Sinne war. »Auch wenn mich die Literatur und Philosophie faszinieren, fühle ich mich auch zum Recht hingezogen.«

»Du könntest beides machen.« Babette dachte laut. Gleichzeitig fragte sie sich, ob seine Entscheidung etwas mit Schneiders Reden zu tun hatte. Hatte ihr Bruder etwa Angst, versehentlich als Revolutionssympathisant wahrgenommen zu werden?

Er starrte vor sich ins Leere, dann nickte er schulterzuckend. Babette betrachtete ihn nachdenklich. So unentschlossen kannte sie ihn gar nicht. War es das, was Frankreichs Umwälzung mit ihnen allen irgendwann machte? Sie selbst bemühte sich, nicht zu oft darüber nachzudenken, was beim Sturm auf die Bastille passiert war. Noch hatte sie die Hoffnung, dass sich die Menschen wieder beruhigen und zum Altbewährten zurückkehren würden, sobald sie alle Möglichkeiten abgewogen hätten. Moderne Ideen waren gut, weil sie neue Wege eröffneten. Im Gegensatz zu Frankreich wurden sie in Bonn jedoch von einem gerechten und bemühten Herrscher regiert, weshalb sie nicht sagen konnte, dass Monarchie grundsätzlich verkehrt war.

Es klopfte an der Haustür, und die Geschwister blickten gleichzeitig auf.

»Das ist sicher Crevelt. Er hat versprochen, mir Lavendel zu bringen, für meine Kissen.« Marianne legte ihre Stickerei zur Seite, sprang aus dem Sessel und verschwand in den Flur.

»Ich bitte Guste, uns Tee zu machen.« Matthias folgte ihr.

Eisern setzte Babette ihr Spiel fort. Sie war endlich mit dem Anfang des Liedes fertig und konnte sich dem Mittelteil zuwenden, doch der stellte sich als Herausforderung dar. Mehrmals hintereinander begann sie das Stück von vorn, geriet aber immer an derselben Stelle ins Stocken. Frustriert ließ sie nach einer Weile die Hände in den Schoß fallen. Sie strich Noten aus, ersetzte sie, ohne wirklich zufrieden zu sein.

»Hoffnungslos.« Verärgert über sich selbst schnaufte sie.

»Das ist es nicht«, hörte sie Ludwigs Stimme hinter sich. Ruckartig drehte sie sich zu ihm um.

»Bitte. Versuch's noch mal«, sagte er in der Tür stehend. Er kam auf sie zu, bevor Babette fragen konnte, seit wann er ihr Klavierspiel belauschte und was ihn hergeführt hatte.

»Der Anfang hat was«, meinte er.

Babette biss sich beschämt auf die Unterlippe.

»Was … was machst du hier?«, fragte sie zaudernd.

»Ich begleite Doktor Crevelt. Wir haben beide mit Neefe zu Mittag gegessen.«

»Und wie lange bist du schon hier?« Ihr stieg die Hitze ins Gesicht.

»Höchstens ein paar Minuten.« Er zuckte die Schultern. »Aber lange genug, um zu hören, dass Hoffnung besteht.«

»Wofür genau?« Niemand außer ihrer Familie wusste, dass sie selbst Melodien erfand, und das sollte auch so bleiben.

»Für deine Komposition. Sie ist einfach, aber gut. Sofern man ihr die rechte Zuwendung erteilt.«

»Meine … Komposition?« Sie lachte verhalten. »Wer sagt denn, dass ich nicht das Stück eines anderen Musikers einübe?«

»Mit Verlaub.« Ludwig kam an ihre Seite. Babette rutschte auf, und er setzte sich neben sie auf den Klavierhocker. »Ich kenne alle nennenswerten Stücke. Diese Aneinanderreihung von Tönen ist mir neu.«

Kurz hob sie die Brauen, dann ließ sie überführt die Schultern hängen. »Es ist nur eine belanglose Improvisation.«

»Mit Potenzial.«

»Du machst dich über mich lustig.«

»Das käme mir nie in den Sinn!« Er lächelte sie an. Es war ein aufrichtiges, ermunterndes Lächeln, das ihr neuen Mut verlieh. »Allerdings kam ich nicht umhin zu bemerken, dass du an einer Stelle hängengeblieben bist. Erlaube mir?«

Abwägend überblickte er ihre niedergeschriebenen Noten, strich mit der Feder eine Tonabfolge durch und ersetzte diese mit einer Selbstverständlichkeit, die Babette schlucken ließ. Es war, als hätte er sofort erkannt, worin das Problem lag.

Er strahlte selbstgefällig. »Ja. So sollte es gehen. Probieren wir es aus?«

Völlig entgeistert nickte sie. Ludwigs Finger tanzten über die schwarzen und weißen Tasten ihres alten Pianofortes. Ungläubig lauschte Babette ihrer Musik. Er hatte sie binnen weniger Minuten perfektioniert. Wie war so etwas möglich?

»Es ist hübsch«, lobte er, nachdem der letzte Ton verhallt war. »Es erinnert mich an einen Sonnenaufgang am Rhein.«

»Daran habe ich auch gedacht«, erklärte sie und behielt das mit dem Traum für sich.

»Wenn sich die Musik visualisiert, hast du einiges richtig gemacht.«

Sein Lob trieb ihr die Hitze ins Gesicht. Schnell wandte sie sich ab, damit er nicht sah, wie rot sie wurde.

»Achte auf das Tempo«, fuhr er autoritär fort. Plötzlich kam sie sich wie in der Schulbank vor. Sie lächelte unter vorgehaltener Hand.

»Für den Schluss würde ich ein dramatisches Finale empfehlen. So in etwa.« Erneut bewegten sich seine Finger mit flinker Präzision über die Klaviatur.

»Wie machst du das nur?« Babette starrte gebannt auf seine Hände.

Er tippte sich leicht gegen das linke Ohr. »Ich höre ganz genau hin. Der Rest kommt von allein.«

Für einige Sekunden verharrten sie nebeneinandersitzend, vertieft in den Blick des anderen. Babette konnte nicht fassen, wie talentiert er war. Ein warmes Gefühl breitete sich in ihrer Magengrube aus, als ein sanftes Lächeln über sein Gesicht huschte.

»Bravo!« Hinter ihnen applaudierte jemand. Gleichsam drehten sie sich zur Tür. Abrupt erhob sich erst Babette, dann Ludwig.

»Wundervoll!« Crevelt stellte sein Klatschen ein. »Ich wusste gar nicht, dass du Unterricht bei Ludwig nimmst, Bärbchen.«

»Ich auch nicht.« Babette wich Ludwigs Blick aus.

Marianne huschte an Crevelt vorbei, ein Strauß schmalblättriger Blumen in der Hand. »Sieh nur, was der gute Doktor mir mitgebracht hat.« Sie schnupperte an den duftenden Blüten, dann hielt sie diese ihrer Schwester unter die Nase. »Aus der Provence.«

»Die Franzosen sprechen Lavendel eine ausgleichende Wirkung zu. Ich verwende ihn bereits seit einigen Monaten in meiner Praxis. Er ist das Mittel der Wahl bei innerer Unruhe und Gereiztheit«, erklärte Crevelt.

»Ach, soll ich dir vielleicht auch ein Duftkissen nähen?«, neckte Marianne Ludwig, der grimmig dreinschaute.

Babette stieß ihre Schwester ermahnend mit dem Ellenbogen an. Für einige Sekunden hing betretenes Schweigen im Raum.

»Meine Empfehlung«, sagte Ludwig schließlich, verneigte sich knapp und verließ eilig das Haus. Wenig später schloss sich ihm Crevelt an, der noch Hausbesuche zu erledigen hatte.

Perplex blieb Babette zurück. Obwohl sie sich schon so viele Jahre kannten, hatte sie erst jetzt hautnah erlebt, was Ludwigs Talent ausmachte. Seitdem er es mit ihr geteilt hatte,

hatte sich etwas in ihr losgelöst. Plötzlich fühlte sie sich bestärkt in ihrer Musik.

Bis spät in die Nacht saß sie am Klavier und vollendete ihr Werk. Die letzten Noten flossen nur so von der Feder aufs Papier. Es war leicht, sanft und hoffnungsvoll wie ein Sonnenaufgang. Ludwig hatte den Impuls gesetzt, ihr den Weg gezeigt, den sie nicht gesehen hatte. Mit seiner Unterstützung hatte sie etwas erschaffen, das alle Zeiten überdauern könnte. War es das, was ihn am Komponieren reizte? Nie zuvor war sie stolzer auf sich gewesen oder dankbarer.

Am nächsten Morgen spielte sie das Lied ihrer Familie beim Frühstück vor, und die zeigte sich begeistert. Auch jetzt noch spürte Babette die immense Kraft der Inspiration in sich, die Ludwig in ihr entfacht hatte. Es war wie Magie.

»Einzigartig, Kind«, rühmte ihre Mutter bereits zum wiederholten Mal. »Ich habe ja immer gewusst, dass meine Tochter das Zeug zur Pianistin hat.«

»Komponistin, Maman. Es heißt Komponistin«, verbesserte Matthias sie und schenkte sich Kaffee nach.

»Sie schreibt und spielt. Also ist es gleich«, beharrte Anna und lehnte sich mit geweiteten Augen vor. »Du musst unbedingt im Zehrgarten spielen, Bärbchen. Die Stadt soll wissen, dass es neben Beethoven noch andere große Talente gibt. Weibliche.«

»Nein. Vergleich mich bitte nicht mit ihm. Ich reiche nicht im Geringsten an Ludwig heran, und das will ich auch gar nicht.« Kopfschüttelnd klappte Babette die Abdeckung der Klaviatur herunter und kehrte auf ihren Platz am Tisch zurück. »Diese Musik, sie ist nur für uns.«

»Aber Bärbchen, du kannst …«

»Ich meine es ernst, Maman«, unterbrach Babette sie milde. Sie wusste, dass ihre Mutter zur Selbstüberschätzung neigte, besonders wenn es um ihre Kinder ging. »Ich bin weder Pianistin noch Komponistin. Die Musik ist nur eine Liebelei für mich, nicht mehr und nicht weniger.« Achtlos entfaltete sie ihre Serviette und legte sie auf ihren Schoß.

Mit hochgezogenen Brauen hielt ihr Bruder mit dem Löffeln seiner Hafersuppe inne und tauschte einen unschlüssigen Blick mit Marianne, die betreten an ihrer Tasse nippte. Es war ungewohnt, dass Babette ihrer Mutter so bestimmt widersprach.

Anna war die Verunsicherung anzusehen. Sich räuspernd, faltete sie ihre Hände vor sich auf dem Tisch und lächelte besänftigend in Babettes Richtung. »Wie du meinst, Bärbchen.«

Bevor Babette am späten Nachmittag in den Zehrgarten ging, widmete sie sich nochmals ihrer Komposition. Den Titel des Liedes hatte sie in geschwungenen Buchstaben an den Kopf des Papiers gesetzt. Vorsichtig strich sie mit den Fingerkuppen über Ludwigs Handschrift. Unerwartet breitete sich dabei wieder ein seltsam warmes Gefühl in ihrer Magengrube aus. War es Bewunderung? Stolz? Verbundenheit?

KAPITEL 6

Am Samstagabend war der Zehrgarten brechend voll. Babette war seit Stunden auf den Beinen. Sie half Gertrud, die immer noch Hilde anlernte, in der Küche und unterstützte Hanne und ihre Mutter und Schwester beim Bedienen. Als endlich alle Tische versorgt waren, führte sie ihre Pause in die Hinterstube, wo Eleonores Bruder Christoph sie überschwänglich empfing.

»Wir dachten schon, du hättest uns vergessen.« Er verneigte sich theatralisch vor ihr.

»Wie könnte ich?«

Er lächelte breit, während er ihr bedeutete, auf dem Sofa Platz zu nehmen. Sie wollte gerade seiner Einladung nachkommen, da hörte sie, wie sich jemand hinter ihr lautstark räusperte. Ruckartig drehte sie sich um.

»Lieber Onkel!« Freudig streckte sie ihm ihre Hände entgegen. Jakob Klemmer war der jüngere Bruder ihrer Mutter und als Bereiter des Kurfürsten oft auf Reisen. »Wir hatten dich noch nicht zurückerwartet.«

Herzlich schloss er ihre Hände in seine. »Nun, ich entschied mich dagegen, der neue Stallmeister von Erzherzog Karl zu werden.«

»Ich hörte davon. Und ehrlich gesagt, hatte ich gehofft, du würdest nicht gehen. Wir hätten dich doch zu sehr vermisst.«

Er drückte sie gerührt an sich.

»Wie macht sich die neue Stute im kurfürstlichen Reitstall?«, mischte sich Graf Ferdinand Waldstein ein, der durch seine Beziehungen bei Hofe stets über die Neuanschaffungen des Kurfürsten informiert war.

»Besser als der junge Friesenhengst, den Ihre Durchlaucht Euch verdankt«, erklärte Jakob zynisch und führte durstig den Zinnkrug an seine Lippen, den Matthias ihm gereicht hatte.

»Frauen sind eben einfacher gestrickt.« Waldstein lachte. Jakob und Matthias schlossen sich ihm verhalten an.

»Ist es nicht vielmehr so, dass weibliche Wesen ihr Temperament eher zu zügeln wissen?« Babette konnte sich nicht zurückhalten.

Waldsteins Brauen schnellten so rasch hinauf, dass sich seine Perücke bewegte. »Wie meinen Sie das?«

Jakob und Matthias schauten betreten zu Boden.

»Wir Frauen sind nicht etwa einfacher gestrickt, lieber Graf Waldstein. Ich kann mir nicht vorstellen, dass sich Einfachheit auf ein Geschlecht zuschreiben lässt.«

»Wir reden doch immer noch über Pferde, oder?«, erkundigte sich Matthias nach einer Pause des Schweigens, die von langen, ratlosen Gesichtern geprägt war.

»Natürlich.« Babette lächelte beschwichtigend, und die Männerrunde atmete erleichtert auf. Manchmal vergaß sie, dass ihre neuzeitliche Denkweise nicht von allen verstanden wurde. Waldstein kannte sie noch nicht gut genug, um zu wissen, dass sie für die Gleichberechtigung der Frau war. Er war erst ein paarmal in ihren Lesezirkel gekommen und hielt sich hauptsächlich an Ludwig, den er im Breuning-Haus kennen- und schätzen gelernt hatte. Er förderte seine Musik und zeigte sich auch im Zehrgarten äußerst spendabel, weshalb ihre Mutter sie angewiesen hatte, ihn zuvorkommend zu behandeln.

»Ich glaube, niemand hat daran gezweifelt, dass wir über Hengste und Stuten sprachen.« Jakob tauschte seinen leeren Krug gegen einen neuen und drückte Waldstein den Wein in die Hand, den Hanne auf einem Tablett herumreichte.

»Temperament und Anmut. Das unterscheidet Hengste von Stuten.« Matthias' Studienfreund Johann Degenhardt hatte sich zu ihnen gesellt. Als Sohn eines Leutnants gab er sich gerne in den unterschiedlichsten Bereichen als Experte aus.

Die Thematik fand aber auch bei dem Rest der Gesellschaft Anklang, und Waldsteins Verwirrung wich schnell euphorischer Genugtuung. Während die Diskussion an Fahrt aufnahm, lehnte sich Christoph über Babettes Schulter. »Anmut gehört aber nicht zu den Vorzügen, mit denen sich eine Frau zurückhalten sollte. Ebenso wie mit der eigenen Meinung«, sagte er mit gesenkter Stimme.

Er hatte sie zum Lächeln gebracht.

»Und dem Talent«, fügte Matthias lauter hinzu, der die beiden flüstern gehört hatte. »Vornehme Zurückhaltung sollte keinem Talent im Wege stehen.«

Zustimmendes Gemurmel erfüllte den klassischen Boden. Babette konnte nicht fassen, wie einfach es manchmal war, Männer dazu zu bringen, sich kritisch mit einem Thema auseinanderzusetzen, dem sie zuvor aus dem Weg gegangen waren.

»Wo kämen wir hin, wenn die Frauen ihre Meinung vor uns verbergen würden? Einer harmonischen Ehe wäre das sicher nicht förderlich«, pflichtete nun auch Waldstein bei und erntete Einigkeit unter den Freunden.

Wieder lehnte sich Christoph zu Babette vor. Er kam ihr so nah, dass sie seinen warmen Atem an ihrem Hals spürte. »Wo wären wir, wenn wir auf eure wertvollen Ansichten verzichten müssten?«

Sie lächelte mit einer Mischung aus Rührung und vorsichtigem Optimismus. Im Zehrgarten trafen die unterschiedlichsten Auffassungen aufeinander. Nicht immer herrschte Einigkeit, aber jede Meinung wurde respektiert. Der Wunsch nach Aufklärung schaffte eine nie dagewesene Toleranz. Babette spürte, dass eine neue Zeit bevorstand. Und vielleicht würde es doch gelingen, die positiven Seiten der Französischen Revolution mit einer Monarchie zu verweben.

Am darauffolgenden Abend ließ sich Babette von Waldstein zu einer spontanen musikalischen Darbietung überreden. Zuvor hatte ihre Mutter ihm von ihrem Gesang vorgeschwärmt, um das letzte Eis zwischen dem reichen Adeligen und der Wirtshausfamilie zu brechen.

Waldstein, der selbst für die Musik entflammt war, begleitete sie am Klavier, das im Hinterstübchen zur Verfügung stand. Sie hatten sich auf *An die Liebe* geeinigt. Ein Stück aus einem Freimaurergesangbuch, das sich großer Popularität erfreute.

Babette verbannte sämtliche Nervosität aus ihrer Haltung und sang mit klarer Sopranstimme. Die Musik erfüllte die Wirtsstube und machte aus ihr für die Dauer des Stücks eine Kulturstätte, in der alle Anwesenden andächtig lauschten.

Babette ließ sich von der Melodie tragen, die sie wie ein Schiff über tosende Wellen hinwegtrug. Um sie herum schien alles zu verschwimmen. Inmitten ihrer Darbietung erfasste ihr Blick Ludwig unter den Zuschauern. Wie gebannt saß er da, seine Augen fest auf sie gerichtet. Und es war, als würde sie nur für ihn singen. Die letzten Töne verklangen, ihre Lippen vibrierten noch nach, und ihr Herz klopfte schneller und langsamer zugleich. Zunächst merkte sie gar nicht, wie sich die Zuhörer von ihren Stühlen erhoben, um begeistert Beifall zu klatschen. Ludwig hingegen stand nicht auf, und er applaudierte auch nicht.

»Das war wundervoll! Absolut wundervoll!« Waldstein ergriff ihre Hand, drückte ihr einen Kuss auf, und Babette warf ihm ein zaghaftes Lächeln zu im Versuch, ihre Verwirrung über Ludwig abzuschütteln.

»Ihre Stimme ist wahrlich engelsgleich.«

»Vielen Dank. Sie spielen aber auch ausgezeichnet Klavier, mein lieber Graf«, entgegnete sie. Ihr Bruder reichte ihr Wein, den sie dankbar entgegennahm.

»Das war zauberhaft.« Marianne umarmte ihre Schwester und seufzte. »Ich wünschte, ich könnte nur halb so gut singen.«

»Du hast andere Qualitäten, Jänchen«, versicherte Matthias ihr. Noch immer waren alle Blicke auf Babette gerichtet, deren Wangen ob des Lobes und der Aufmerksamkeit glühten.

Rasch nahm sie neben ihrer Schwester auf dem Sofa Platz und trank einen großen Schluck.

»Eine neue Sopranistin für die Hofkapelle«, befand Degenhardt. »Oder was meint unser Musikgenie?« Er musterte Ludwig auffordernd, dessen Miene undurchschaubar war.

»In der Tat«, murmelte er nach einer Weile. Es klang nachgiebig und desinteressiert.

Verunsichert wandte sich Babette ihrer Schwester zu, die ihr von ihrer Bekanntschaft mit einem schneidigen Soldaten berichtete. Doch Babette konnte sich nicht vollends auf Mariannes Geschichte konzentrieren. In regelmäßigen Abständen sah sie zu Ludwig hinüber, der verhalten seinen Wein trank und Wegeler hin und wieder nickend zustimmte. Hatte ihm ihr Gesang derart missfallen? Belächelte er sie vielleicht sogar?

Verbissen versuchte sie, aus seinem Verhalten schlau zu werden. Sie hatte keine Angst vor Ludwigs Kritik. Im Gegenteil. Sie sehnte seine aufrichtige Meinung herbei – nur durch sie konnte sie lernen, sich zu verbessern.

Es war weit nach Mitternacht, als die letzten Gäste den Zehrgarten verlassen hatten und Ruhe im Gastraum einkehrte. Matthias half Marianne und Hanne, die Stühle hochzustellen. Im klassischen Boden sammelte Babette Geschirr und Krüge ein. Wegeler und Crevelt hatten sich erst kurz zuvor verabschiedet. Nur noch Ludwig saß an seinem Stammtisch in der Ecke und kritzelte im Licht einer fast niedergebrannten Kerze in sein Notizbuch. Nachlässig versenkte er dabei den

Federkiel im Tintenfass und schrieb wie berauscht. Babette beobachtete ihn eine Weile aus den Augenwinkeln. Er schien ganz woanders zu sein.

»Es ist alles fertig. Eure Mutter meinte, wir können heute früher schließen«, sagte Hanne, dann bemerkte sie Ludwig, der wie gestrandet schien.

»Ist gut, danke. Geh heim.« Babette strich ihr über den Arm.

Die Magd nickte und eilte davon. Vorsichtig bewegte sich Babette auf Ludwigs Tisch zu. Sie wollte ihn nicht stören, war aber neugierig zu erfahren, woran er arbeitete.

»Eine neue Idee?«

Ruckartig schaute er zu ihr auf. Es war, als hätte er sie zuvor nicht bemerkt.

»Du komponierst?« Erst jetzt, da sie direkt vor ihm stand, erkannte sie, dass sein Papier mit Noten übersät war. »Verzeih mir. Ich wollte dich nicht unterbrechen. Ich lass dich allein …«

»Nein«, sagte er, als sie sich zum Gehen wandte. »Ist schon gut. Kann ich irgendetwas für dich tun, Betty?« Er klang höflich, doch seine verkrampfte Federhaltung verriet, dass er schwer beschäftigt war.

Sie schüttelte den Kopf.

Er hob die Brauen, während der Rest seines Gesichts reglos blieb.

Babette zuckte leicht mit der Schulter. »Na ja, ich wüsste eigentlich gerne, was du …«

Ungeduldig trommelte er mit den Fingern auf der Tischplatte, und sie vergaß, was sie sagen wollte. Offensichtlich hatte er weder Zeit noch Lust, sich mit ihr zu unterhalten.

»Was? Was wolltest du wissen?«, hakte er dennoch nach.

»Ob dir … mein Gesang gefallen hat?«

Er presste die Lippen aufeinander, ließ seine Schreibfeder sinken und betrachtete sie kurz schweigend, nur um sich dann wieder kommentarlos seinen Noten zu widmen.

Babette schlug das Herz bis zum Hals. Sie bereute es, ihn nach seiner Meinung gefragt zu haben. Die Tatsache, dass er ihr nichts zu sagen hatte, lag schwer wie ein Stein auf ihrem Herzen.

»Ich verstehe.« Sie respektierte seine Meinung, trotzdem fühlte sie sich in ihrem Stolz verletzt.

»Hm«, machte er, nachdem er eine Note korrigiert hatte und diese mit fachmännischer Skepsis beäugte.

Babette hätte gehen sollen, stattdessen blieb sie aber wie angewurzelt stehen, sich fragend, was in aller Welt in ihm vorging. Sie konnte nicht fassen, dass er sie, seine älteste Freundin, mit Ignoranz strafte, dass er ihr rein gar nichts zu entgegnen hatte. Als sie es endlich schaffte, sich zu lösen, hatte sie Tränen in den Augen. Sie hatte sich selbst für gefestigt und belastbar gehalten, aber sie war schwach und selbstverliebt. Alle bewunderten sie. Sie war der Mittelpunkt ihres Lesezirkels. Reichte das denn nicht?

Sie schluckte ratlos und wandte sich endgültig von ihm ab. Ludwig war mit seiner größten Leidenschaft beschäftigt: der Musik. Babette wusste, dass sie dagegen nicht ankommen würde.

In dieser Nacht fand sie kaum Schlaf. Unruhig wälzte sie sich im Bett umher. Sie dachte an den Abend im Zehrgarten, der so vielversprechend begonnen hatte, und an ihren Gesang. Nie zuvor war sie zufriedener mit ihrer Stimme gewesen, und doch war es alles andere als ein Erfolg für sie gewesen. Und sie wusste nicht einmal, warum. Nur, weil Ludwig sie nicht gelobt hatte? Schnaubend starrte sie zur dunklen Zimmerdecke hinauf. Wieso war ihr Ludwigs Meinung plötzlich so wichtig? Es sollte sie nicht kümmern, was er von ihr dachte, was er von ihrem Talent hielt. Und sie ärgerte sich darüber, dass sie sich überhaupt mit ihm beschäftigte. Er, der nur selten ein gutes Wort für jemand anderen übrig hatte. Selbst seine Schüler kritisierte er meist schonungslos, brachte einige dazu, alles hinzuschmeißen und nie wieder ein Instrument anzufassen. Wahrscheinlich sollte sie sogar dankbar sein, weil sie kritiklos davongekommen war.

Einige Wochen später war der Kurfürst nach einem längeren Aufenthalt in Godesberg in die Stadt zurückgekehrt. Mit ihm waren Adlige, Gelehrte sowie Kunstbegeisterte aus ganz Deutschland nach Bonn geströmt, um Schillers *Die Verschwörung des Fiesco zu Genua* im Hoftheater zu sehen. Der Andrang spülte noch mehr Geld in die Zehrgartenkasse. Die Fremdenzimmer, die sich über der Wirtschaft befanden, waren ausgebucht. Teilnehmer von außerhalb mischten sich unter die Stammgäste des Lesezirkels und teilten ihre Auffassungen zur Freiheitsbewegung, die von Frankreich herüberschwappte. Babette wusste diesen frischen Wind zu schätzen, weil er die Gruppe mit Erfahrungen und Ansichten bereicherte, die ihr normalerweise nicht vergönnt gewesen wären. Die Reisenden führten Babette aber auch vor Augen, wie gerne sie mehr von der Welt sehen würde – von dem, was außerhalb Bonns existierte.

»Es heißt, der Kurfürst plane wieder einen Maskenball im Schloss«, sagte Waldstein und lenkte damit geschickt das Gespräch von Robespierre ab, der mal wieder die Gemüter der Anwesenden für sich beansprucht hatte. Die radikale Vorgehensweise des Jakobiners gegen den Adel hatte einen Tiefpunkt der Stimmung im Zirkel herbeigeführt.

Der Themenwechsel war willkommen. Der Theaterschauspieler, der den Graf von Lavagna in Schillers Stück verkörperte, bewegte sich tänzelnd durch den Raum. »Ich würde alles geben für so eine Einladung.«

»Wer weiß.« Waldstein berührte die Wange des Bühnendarstellers. Sie war noch kreideweiß geschminkt von der abendlichen Aufführung. »Ich bin sicher, wir werden überrascht sein, was die Gästeliste angeht.«

Hektisch fächerte sich Elisabeth mit ihrem Fächer Luft zu. »Ein Maskenball im kurfürstlichen Schloss. Was für ein Spaß das wäre.«

»Oder ein Abenteuer«, warf Degenhardt ernst ein und wandte sich an Waldstein. »Denken wir nur einmal an das ereignisreiche Jahr, in dem Giacomo Casanova den Ball aufmischte.«

»Ist er wirklich so beeindruckend, wie alle sagen?« Aufgeregt nahm Elisabeth Babettes Frage vorweg.

»Nun, er ist in der Tat ein äußerst amüsanter Geselle«, antwortete Waldstein. Ein angeregtes Raunen erfüllte den klassischen Boden. Die Geschichten über den venezianischen Abenteurer beschäftigten ganz Europa. Für Babette war es eine prickelnde Vorstellung, dass er Bonn vor einigen Jahren besucht und mit seiner Verkleidung zum Narren gehalten hatte. Die Stadt hatte es ihm nachgesehen, es sogar mit Humor genommen. Eine einzigartige Haltung.

»Gibt er sich mit seiner Stellung als Bibliothekar zufrieden?«, hakte Matthias nach.

»Unvorstellbar!« Anton Reicha schüttelte ungläubig mit dem Kopf. Vor zwei Jahren hatte er sich zusammen mit Babettes Bruder und Ludwig an der Universität eingeschrieben und wich den beiden seitdem kaum mehr von der Seite.

Waldstein zuckte vielsagend die Achseln. Es war weithin bekannt, dass er Casanova auf Schloss Dux Schutz bot. In den meisten europäischen Ländern war Casanova immer noch ein Geächteter. Seine Stelle als Bibliothekar auf Dux diente nur dazu, den Schein zu wahren.

»Er ist wohlauf und schreibt an seinen Memoiren. Zweifellos wird es ein Werk, das die Welt aufrütteln wird«, berichtete Waldstein stolz.

»Zweifellos«, pflichtete Babette ihm bei. Waldstein ging mit einem breiten Lächeln zu ihr.

»Wie ich euch doch beneide. Ich wünschte, ich hätte ihn einmal persönlich getroffen, diesen Casanova.« Babette konnte nicht leugnen, dass sie beeindruckt von Casanovas Leben war. Hätte sie die Mittel gehabt, so hätte sie sich wahrscheinlich ebenso für ihn und sein Vermächtnis eingesetzt.

Waldstein nickte, dann ließ er ein lang gezogenes Seufzen hören. »Er ist unbestritten immer noch eine schillernde Persönlichkeit. Doch ich fürchte, er lebt deutlich zurückgezogener als früher. Seine Reisen liegen hinter ihm.« Er beugte sich zu ihr vor, nahm ihre Hand und deutete einen Kuss darauf an. »Solltet Ihr einmal ins schöne Böhmen kommen, so würde er Euch sicher herzlich begrüßen. Seine Sympathie für reizende Frauen ist ungebrochen.«

Babette errötete leicht und bedankte sich bei ihm, wohlwissend, dass er ihr nur schmeicheln wollte. Er wusste ebenso wie sie, dass eine derart weite Reise für sie niemals machbar sein würde.

Kapitel 7

Anna hatte feste Vorstellungen davon, wie die Zukunft ihrer Kinder auszusehen hatte. Sie war wild entschlossen, der Familie einen gesellschaftlichen Aufstieg zu ermöglichen, und sah in Babette die beste Möglichkeit dafür. Wachsam nahm sie die Blicke und Gesten der Männer wahr, die Abend für Abend im Zehrgarten um die Aufmerksamkeit ihrer Tochter buhlten. Sie hielt Babette an, den Lesezirkel nicht zu vernachlässigen, witterte sie durch ihn doch eine gute Partie. Wann immer hochrangige Professoren oder adlige Junggesellen im hinteren Raum zu Gast waren, hatte ihre Anwesenheit dort Vorrang vor den Pflichten im Familienbetrieb. Immerhin konnte man nie wissen, welch edle Herren es ins Hinterstübchen verschlagen würde. Erste Anträge hatte Babette bereits erhalten. Der Sohn eines italienischen Tuchhändlers hatte sich unsterblich in sie verliebt, da war sie gerade fünfzehn. Der Unglückliche brachte jedoch nicht die notwendigen Voraussetzungen mit, war weder besonders vermögend noch von hohem Rang.

Neben bestem Benehmen und guter Bildung hatte Anna ihren Töchtern eingeschärft, dem Verstand Vorzug vor dem Herzen zu geben, wenn es um die Wahl eines Ehemannes ging. Oft genug hatte Babette ihre Mutter in die Armenhäuser begleitet. Sie hatte erkannt, wie trostlos die Besitzlosigkeit sein konnte, und wenn sie eines mit Gewissheit sagen konnte, dann, dass Geld unentbehrlich war. Lang hatte Babette die Ansichten ihrer Mutter billigend geteilt, sie sogar für ihre eigenen gehalten. Doch seit einiger Zeit verspürte sie immer häufiger den Drang, sich selbst zu finden, das Leben auszukosten und zu erleben, mit all seinen Höhen und Tiefen. War es Dummheit oder Trotz, dass sie plötzlich das Bedürfnis hatte, sich Verbotenem anzunähern, Unmögliches zu probieren? Sie wusste nur eins: Je mehr sie dagegen ankämpfte, desto stärker wurde es.

Die Kerzen in den Wandhalterungen des klassischen Bodens waren fast niedergebrannt. Heißes Wachs tropfte zu den Seiten hinab und brachte bizarre Formen hervor. Seit Stunden hechtete Babette zwischen Küche, Ausschank und Gastraum hin und her. Ihre Beine fühlten sich schwer an. Lechzend nach einer Verschnaufpause, ließ sie ihren Blick schweifen. Ludwig saß wieder vertieft über seinem Notizbuch am Tisch in der Ecke. Seinen Platz hatte er wohlgewählt. Er lag abseits und hatte etwas Intimes. Weiter vorne im Raum unterhielten sich Gäste, lachten, stießen mit Wein und Bier an. Die vorherrschende Atmosphäre hatte wenig Entschleunigendes. Sie war eher ausgelassener Natur, laut und ungestüm, weshalb sich Babette darüber wunderte, wie konzentriert Ludwig dasitzen konnte. Ihn schien es nicht zu stören, sondern eher zu beflügeln, dass er nicht allein war. Darauf wiesen die flinken Bewegungen seiner Schreibfeder hin. Es war, als wäre der Trubel seine Muse.

Babette fühlte sich von der Ruhe, die er ausstrahlte, angezogen.

»Darf ich mich kurz setzen?«

Er schaute auf, nickte flüchtig.

Aufatmend sank sie auf den Stuhl neben ihm. Sie raffte ein wenig ihr Kleid, schlüpfte aus ihren Schuhen und schlug ein Bein übers andere. Stöhnend knetete sie ihren schmerzenden Fuß.

»Langer Tag heute?« Ludwig musterte ihr entblößtes Bein.

Sofort nahm Babette wieder eine vornehme Haltung an und strich sich räuspernd das Kleid glatt. »Ja.«

»Du musst das nicht tun. Die ganze Arbeit hier. Dafür habt ihr doch Mägde.« Flink wedelte er mit der Feder in der Hand, zur Küche hindeutend.

»In so einem Wirtshaus gibt es immer viel Arbeit. Wir helfen alle mit«, erklärte sie ihm.

Er hob kurz die Brauen, um sie dann tief über seine Augen zu senken.

»Das war schon immer so, wie du weißt.« Es irritierte sie, dass sie ihn daran erinnern musste. Immerhin kannte er sie lange genug, um zu wissen, dass sie körperliche Betätigung nicht scheute. Er antwortete nicht, schrieb weiter seine Noten und summte kaum hörbar.

»Aber manchmal bin ich einfach froh, wenn mal etwas weniger los ist und ich früher ins Bett komme.« Sie gähnte unter vorgehaltener Hand. »Darf ich fragen, woran du arbeitest?«

»Ein Klavierstück«, antwortete er abwesend.

Stille trat zwischen sie, während das Gelächter und die Gespräche der anderen Gäste auf sie einhämmerten. Babette hatte das Gefühl, dass der Zehrgarten noch nie von größerem Lärm erfüllt war. Mittendrin aber saß Ludwig van Beethoven und schrieb ein Lied. Und Babette sah ihm dabei zu. Sie dachte daran, ihn nach seinem Haushalt zu fragen, nach seinen Plänen für die Zukunft. Es war eine Weile her, dass sie sich richtig unterhalten hatten. Zweifellos hatte der Tod seiner Mutter ihn zu einem Mann werden lassen. Das war schneller geschehen, als ihr lieb gewesen war. Jetzt war er ernster, grimmiger und wortkarger als zuvor. Die Verantwortung für seine Brüder hatte aus ihm einen Menschen gemacht, der, was die Lebenserfahrung anging, weit über ihr stand. Noch immer belastete sein Vater mit peinlichen Auftritten den Ruf der Familie, indem er sich in den Gasthäusern der Stadt bis zur Besinnungslosigkeit betrank. An Ludwigs Rückkehr zu Mozart war momentan nicht zu denken. Dass er dennoch so hartnäckig an seinem Ziel arbeitete, fand Babette beeindruckend.

»Bewundernswert, dass du bei diesem Lärm arbeiten kannst.« Babette spähte auf die Notenzeilen vor ihm.

»Manchmal kann ich mich besser konzentrieren, wenn etwas um mich herum passiert«, raunte er, und ein Lächeln huschte über sein Gesicht. Für einen Moment verfing sich ihr Blick in seinem. Ungewöhnlich lang verharrten sie so beieinander.

»Ist es eine Auftragskomposition?« Sie deutete auf das Buch vor ihm, um sich aus seinem Blick zu lösen, der ihr so unerwartet die Hitze ins Gesicht getrieben hatte.

»Nein.« Er schüttelte den Kopf. »Kein Auftrag. Es ist etwas sehr Persönliches. Etwas, zu dem ich unverhofft inspiriert wurde.« Wieder nahm er sie mit seinem Blick gefangen. Babettes Herz hämmerte wie wild gegen ihren Brustkorb. Warum? War es der Müdigkeit geschuldet, dem selbstgebrannten Obstschnaps, zu dessen Kostprobe Gertrud sie genötigt hatte?

»Interessant.« Sie freute sich, dass er wieder freier mit ihr sprach. Fast wie früher, als wir noch Kinder waren, dachte sie. Fast, wiederholte die Stimme in ihrem Kopf bedauernd.

Manchmal vergaß sie, dass die Zeit alles änderte. Auch die Art und Weise, wie man jemanden sah. Nie zuvor hatte sie seine Attraktivität wahrgenommen. Seine durchdringenden Augen, das markante Grübchen im Kinn. Die Befangenheit, die sie all die Tage wegen ihm und dem Ausbleiben seiner Meinung zu ihrem Gesang geplagt hatte, nahm eine neue Form an. Und ihr wurde klar, dass sie nicht mehr dieselben waren. Aus dem Jungen war ein Mann geworden und aus ihr, dem Mädchen, eine Frau.

»Wirst du dir *Fiesco* ansehen?« Er sah an ihr vorbei in die Stube, wo zwei Theaterschauspieler im Takt von Klatschenden tanzten.

»Ich weiß es noch nicht. Gedenkst du …?«

»Wenn ich es einrichten kann«, unterbrach er sie und blätterte eifrig in seinem Notizbuch.

Sie vergrub ihre Hände tief im Stoff ihres Kleides. Hoffentlich dachte er nicht, sie erwarte von ihm eine Einladung. Manchmal plapperte sie unüberlegt los. Matthias hatte ihr das schon mehrmals vorgehalten. Sie wollte Ludwig gerade erklären, dass sie mit ihrer Frage nichts weiter bezweckt hatte, als ihre Neugierde zu stillen, da entdeckte sie Reicha, der sich geschickt an den Tanzenden vorbei bis zu ihnen manövrierte.

»Sag bloß, dich haben die Partisanen erwischt«, kommentierte Ludwig ungewohnt fesch den Anblick seines Freundes, auf dessen beigefarbener Weste ein pfirsichgroßer Rotweinfleck leuchtete.

»Ich bin aus der Schlacht heimgekehrt«, verkündete Reicha scherzhaft und stellte zwei Krüge mit Wein auf den Tisch.

»Trinkst du etwas mit uns?«, fragte er Babette.

»Nein«, antwortete sie zögernd und stand auf. »Wenn ich nicht bald gehe und Jänchen helfe, wird sie mir das nie verzeihen.«

»So?« Reicha verzog enttäuscht den Mund.

»Genießt den Abend.« Babette ließ die beiden am Tisch zurück und stürzte sich wieder in die Arbeit. Sie band sich eine Schürze um, füllte Wein und Bier nach, nahm Bestellungen auf, trug Teller mit Hühnchen und Bohneneintopf aus und vergaß darüber ihre müden Beine.

Zur späten Stunde lehnte sich ein Mann gegen die Theke, einen leeren Krug in der Hand schwenkend. Babette nahm ihn nur am Rande wahr.

»Wünschen Sie noch etwas, mein Herr?« Eifrig sammelte sie schmutziges Geschirr vom Tresen in einer Schüssel.

»Wir hätten gerne noch Wein.«

Sie schaute auf. Der Mann kam ihr bekannt vor, aber sie wusste nicht woher. Er deutete zu einem runden Tisch am Fenster, an dem sich Mitglieder der Lesegesellschaft versammelt hatten, darunter der liebe Doktor und Graf Waldstein.

»Es eilt nicht«, schob der Mann mit einem versöhnlichen Lächeln nach, als sie immer noch keine Antwort gegeben hatte. »Wir haben noch, aber ... ich beobachte Sie schon eine Weile und dachte, ich melde mich besser frühzeitig.«

Babette stellte die Schüssel ab und strich sich das Haar aus der Stirn.

»Wenn ich Sie so ansehe, bin ich fast gewillt, mit anzupacken.« Er grinste mitleidig.

Sie musste lächeln. »Freundlich von Ihnen. Aber das bekomme ich auch ohne Ihre Hilfe hin.«

»Dann vergessen Sie nie eine Bestellung?«

»Nie«, antwortete sie selbstsicher.

Er grinste nun noch breiter. »Beneidenswert. Wenn das so ist, verlasse ich mich auf Sie.«

»Das können Sie.«

Babette sah zu, wie er an seinen Tisch zurückkehrte. Die Bonner Lesegesellschaft nahm hin und wieder in der Gaststube eine Mahlzeit ein, meist nach ihren Treffen in ihren Räumlichkeiten im Rathaus, wo sie gemeinsam über Bücher und Zeitschriften diskutierten. Jeder Mann in Bonn, der etwas auf sich hielt, war Mitglied.

»Weißt du, wer das war, mit dem du da gerade geredet hast?« Marianne war mit staunender Miene an ihre Schwester herangetreten.

»Er kommt mir ein wenig bekannt vor. Aber ... nein.« Babette zuckte gleichgültig die Schultern, dann verteilte sie Bierkrüge auf zwei Tabletts.

»Das ist der Belderbusch. Der Graf!« Marianne starrte so verzückt wie indiskret in seine Richtung. Babette stieß ihre Schwester ermahnend in die Seite.

»Gaff nicht so, Jänchen.«

Marianne konnte sich nicht von ihm lösen. »Sein Onkel hat ihm ein riesiges Vermögen vermacht. Ebenso seine Tante, die Äbtissin von Vilich. Er besitzt über eine Million Dukaten.«

»So reich sieht er gar nicht aus«, bemerkte Babette schmunzelnd, kam aber nicht umhin, ihn genauer in Augenschein zu nehmen.

»Maman hatte letzten Frühling das Vergnügen, dem Klavierspiel seiner Gattin beizuwohnen. Sie soll recht extravagant sein. Ganz anders als ihr Ehemann.«

»Der Graf wirkt auf mich eher bodenständig. Ich hätte nicht gedacht, dass er so wichtig ist. Er scheint mir ein angenehmes Wesen zu haben.« Babette betrachtete ihn eingehend.

»Worüber habt ihr euch unterhalten? Du musst mir alles erzählen!« Marianne drehte sie an den Schultern zu sich.

»Über gar nichts. Oder jedenfalls nichts Besonderes.«

»Tatsächlich heißt es, er bevorzuge ein einfaches Leben.« Mariannes Kenntnisse erinnerten Babette stark an die ihrer Mutter. Unerwartet traf sie Graf Belderbuschs Blick über die Tische der anderen Gäste hinweg. Spontan erwiderte Babette sein aufrichtiges, freundliches Lächeln.

»Er wirkt weit weniger aufgeblasen als mancher von geringerer Herkunft«, sagte Marianne.

»Ja«, stimmte Babette ihr leise zu.

KAPITEL 8

Seit drei Jahren brodelte es nun schon im Westen. Frankreichs Neuordnung jedoch hatte gerade erst begonnen, und seine Ausläufer spürte man auch am Rhein immer deutlicher. Inzwischen war Paris zum Verwaltungssitz geworden, der dritte Stand hatte die Macht übernommen und Privilegien des Adels beseitigt. In Bonn sah man den Ereignissen abwartend und interessiert zu. Trotzdem entschied sich die Mehrheit dagegen, Stellung zu beziehen. Allen Warnungen zum Trotz hielt sich Professor Schneider nicht mit der Befürwortung der Revolution zurück. Indem er den Sturm auf die Bastille feierte und die Grundsätze der katholischen Kirche öffentlich infrage stellte, provozierte er schließlich seine Entlassung durch den Kurfürsten. Im Juni verließ er Bonn und reiste nach Straßburg, nicht aber ohne zuvor die Flamme der Demokratie bei einigen Studenten entzündet zu haben. Degenhardt sprach sich ebenfalls, wenn auch zurückhaltender, für die Ideen der Revolution aus und kritisierte damit Staat und Wirtschaft im eigenen Land. Im Lesezirkel, wo das Thema vielfach diskutiert wurde, hielt sich Babette bedeckt. Obwohl sie die Erklärung der Menschenrechte befürwortete, bereitete ihr eine deutsche Nachahmung Gänsehaut. Nichts

Gutes drang über die fortschreitende Radikalisierung der gewählten Volksvertreter Frankreichs zu ihnen vor. Sie waren wild entschlossen, die Monarchie für alle Zeiten auszulöschen, und schreckten dabei vor nichts zurück. Recht und Ordnung schienen ebenso wie Gnade und Barmherzigkeit vollkommen verloren gegangen zu sein. Babette hoffte inständig, die Menschen am Rhein würden wieder wertschätzen, was sie hatten: Das Privileg, unter einem gerechten Fürsten zu stehen, der wie kaum ein anderer Kunst und Bildung förderte und ihnen Raum zur Selbstentfaltung gab.

Doch in Anbetracht der leichtfertigen Äußerungen der Revolutionsverfechter schien das alles in den Hintergrund gerückt zu sein. Längst waren sie von der Idee der Entscheidungsgewalt aller Bürger angesteckt, und diese würde sich nicht so schnell aus den Köpfen vertreiben lassen. Für Babette spielten sie mit dem Feuer, denn im Grunde rechnete niemand ernsthaft damit, dass das, was in Frankreich passiert war, auch Bonn treffen könnte.

Mittlerweile orderte Anna drei Schweinehälften beim Metzger pro Woche und zwei Fässer Wein zusätzlich. Der vom Kurfürsten gestriegelte Ruf sowie die gute Hausmannskost trieben zahlreiche Reisende in den Zehrgarten. Um ihren Standard aufrechterhalten zu können, hatte sie zwei neue Mägde und einen Knecht eingestellt, der im hauseigenen Weinkeller mit anpackte. Eine solche Entlastung der Familie war längst überfällig, und nun, da die Geschäfte so gut liefen wie nie, konnten es sich die Kochs auch leisten. Matthias' Studium ließ ihm ohnehin kaum noch Zeit für den Betrieb. Seine Schwestern hatten sich um den Lesezirkel zu bemühen, und besonders für Babette, die das heiratsfähige Alter erreicht hatte, galt es, allmählich einen geeigneten Ehemann zu finden. Beinahe täglich wurde Babette von ihrer Mutter daran erinnert. Im Gegensatz zu ihrer Schwester oder ihren Freundinnen hatte sie jedoch noch nicht das Bedürfnis, sich an einen Mann zu binden. Der Gedanke erschreckte sie sogar. Sie war nervös. Ihr Magen verkrampfte sich jedes Mal, wenn ihre Mutter ihr im Zehrgarten einen Gast vorstellen wollte. Babette kam es vor, als würde ihre Uhr gnadenlos ticken und alsbald ablaufen. Sie hatte Angst, dass ihr alles, was sie in den letzten Jahren zu schätzen gelernt hatte, schon bald entrissen werden würde. Sie war noch nicht bereit, sich von ihrer Freiheit zu lösen, weil sie als Ehefrau schweigsam und tugendhaft zu sein hatte. Keinesfalls wollte sie eines Tages auf ein unterwürfiges, ein ungelebtes Leben zurückblicken.

Während sich Ludwig im Herbst mit dem Kurfürsten und den besten Musikern der Hofkapelle in Mergentheim aufhielt, wurde im Lesezirkel immer häufiger über die Veränderung, die Frankreichs Revolution in Gang gesetzt hatte, diskutiert. Viele erhofften sich einen Schritt in eine Zukunft ohne Klassenunterschiede. Eine Welt, in der jeder Mensch gleich war und Großes erreichen konnte, ungeachtet seiner Herkunft. Aber würde dies wirklich nur Positives bewirken? Babette dachte oft darüber nach, welche Schattenseiten sich hinter den vermeintlichen Vorzügen verbargen. Wie würden die französischen Truppen wohl im Falle eines Krieges den Deutschen begegnen?

Ihre Mutter, die sich endlich vorbehaltlos von der guten Gesellschaft angenommen fühlte, wollte von einem Einmarsch der Sansculotten nichts hören. Neben der Gastwirtschaft und einem Porzellanhandel hatte sie eine eigene Buchhandlung eröffnet, mit der sie ihrem Streben nach Bildung gerecht werden konnte. Der kleine Laden, der an den Zehrgarten grenzte, hatte bereits kurz nach der Eröffnung Babettes volle Aufmerksamkeit gehabt. Neben Unterhaltungsromanen und allerlei Schreibwaren verkauften sie auch Streitschriften und Werke der aufgeklärten Richtung, die in der kurfürstlichen Akademie geschätzt und vertreten wurden. Bonn war genau die richtige Stadt für ein solches Geschäft. Die Menschen lasen Kant, vertieften sich in Goethe und Schiller.

In der Buchhandlung fand Babette zwischen Novellen und Poesie einen beruhigenden Ausgleich zum Alltag in der Gaststube. Für sie waren Bücher, Musik und Malerei Schwestern im Geiste, weshalb sie sich freiwillig für die Schichten im Buchladen meldete. Das Lesen beflügelte sie ähnlich wie das Klavierspiel oder ihr Gesang. Und obwohl Matthias als das wahre künstlerische Talent der Familie galt, empfand auch sie Freude am Zeichnen verträumter Landschaftsmotive.

Am Morgen des Barbaratages blühten die Kirschzweige, die den Kaminsims im Salon des Koch-Hauses schmückten, in einem herrlich kräftigen Rosa. Ihr leicht süßlicher Duft brachte ein Stück Frühling in die Stube. Er ließ Babette, die mit ihrer Familie frühstückte, fast vergessen, welch ungemütliches Wetter draußen tobte.

»Wegeler berichtete mir gestern im Zehrgarten, dass Ludwig nun an einem Klaviertrio arbeitet. Vielleicht könntest du es mit ihm spielen, Bärbchen.« Konzentriert klopfte Marianne mit dem Messer gegen ihr weichgekochtes Ei.

»Eher nicht.« Die Ironie in der Stimme ihrer Mutter war unüberhörbar.

»Also ich mag seine Musik. Sie ist so … revolutionär«, erwiderte Marianne.

Babette stimmte ihr mit einem Lächeln zu.

»Er weiß um die Wirkung seiner Musik«, sagte Matthias, ohne von der neuesten Ausgabe des Bonner Intelligenzblattes aufzusehen.

»Wirfst du ihm Provokation vor?« Babette faltete empört die Hände vor sich auf dem Tisch.

»Was Ludwigs Musik angeht, da gehen die Meinungen weit auseinander«, antwortete Matthias kühl.

»Nichtsdestotrotz sind sich alle einig, dass sie besonders ist. Darauf kommt es an.« Babette hatte das starke Bedürfnis verspürt, sich für Ludwig einzusetzen. Ihre Inbrunst brachte ihre Familie dazu, mit Frühstück und Zeitunglesen innezuhalten und sie anzusehen.

»Ebenso wie auf die Verfechter seiner Kunst, nehme ich an.« Anna räusperte sich.

»Verfechterin?« Matthias legte die Zeitung neben seinen Teller. »Ich hatte keine Ahnung, dass du zu seinen Bewunderinnen gehörst, Bärbchen. Aber ich denke, das erklärt einiges.« Er grinste leicht, was sie skeptisch werden ließ. Bisher hatten sie nicht über den Nachmittag gesprochen, bei dem Ludwig in die Teestunde geplatzt war. Und auch nicht darüber, als er ihr beim Komponieren geholfen hatte. Noch immer wagte sie nicht, auch nur irgendetwas in seine Handlungen hineinzuinterpretieren. Warum auch? Sie sah nichts Verwerfliches daran, einer alten Freundin Guten Tag zu sagen oder ihr fachkundige Ratschläge zu erteilen, wenn man doch ohnehin im Hause war. Matthias betrachtete sie weiterhin abwartend. Ihre Schwester tat es ihm erwartungsvoll nach. Die Miene ihrer Mutter hingegen ließ Wachsamkeit und Misstrauen vermuten. Nie zuvor hatte sie eine Brotscheibe derart mit dem Messer malträtiert. Sie arbeitete das Griebenschmalz regelrecht hinein.

»Ich gebe zu, dass ich Louis für seine Arbeit und seinen unermüdlichen Ehrgeiz schätze. Ihr denn nicht?« Babette sah sich von kritischen Mienen umgeben.

»Gewiss«, antwortete ihre Mutter stockend. Sie wandte sich ihrer Scheibe Brot, oder eher das, was davon übrig geblieben war, zu und runzelte die Stirn, als wäre sie selbst überrascht von ihrer Krafteinwirkung.

»Er ist bewundernswert. Waldstein und Neefe tun wohl daran, sein Talent zu fördern.« Matthias' Wort galt im Hause Koch, aber an diesem Morgen sorgte es nicht für Entspannung.

»Sofern sie sein aufbrausendes Temperament nicht abschreckt«, warf Marianne kichernd ein. Sie sah zwischen ihren Geschwistern hin und her, die verstohlen wegschauten. Dabei war ihnen klar, dass sie auf einen geselligen Nachmittag bei den Breunings anspielte, der damit zu Ende gegangen war, dass Ludwig nach einem verpatzten Einsatz am Klavier völlig die Contenance verloren hatte. Seine Notenblätter wirbelten noch durch die Luft, nachdem er längst türenknallend aus dem Raum gerauscht war. Da dies eine von Mariannes ersten Erfahrungen mit Ludwigs Impulsivität gewesen war, konnte Babette es ihr nicht einmal verübeln, dass sie daraufhin eine zwiespältige Meinung über ihn entwickelt hatte.

Anna schüttelte den Kopf. »Dieser Bursche. Ich fürchte, er steht sich selbst im Weg. Wie nennt die Hofrätin seine berüchtigten Anfälle noch gleich?«

»Raptus«, antworteten Babette und Matthias wie aus einem Mund.

Sie nickte lang anhaltend. »Es ist doch etwas unheimlich, wenn ein Mensch so aufbraust – gleich einem wilden Tier.«

»Es ist seine Art, mit Enttäuschung umzugehen«, erklärte Matthias umsichtig.

»Mag sein. Ein Herr Mozart hätte sich das jedoch sicher nicht herausgenommen.«

»Ein Herr Mozart ist auch anders aufgewachsen«, ergänzte Babette.

Anna seufzte bitter. »Wir wissen alle, wer schuld daran hat, dass Ludwig ist, wie er ist.« Sie nannte keine Namen, das war auch nicht nötig. Jeder wusste, von wem sie sprach. Inzwischen war Johann nur noch ein Schatten seiner selbst. Zerstört von jahrelangem Alkoholkonsum und Frustration verließ er kaum das Bett.

Babette antwortete mit betroffenem Schweigen. Marianne hingegen mit einem Schulterzucken. Sie stand ihren Geschwistern in Sachen Toleranz in nichts nach, aber wie viele Menschen ging sie lieber auf Abstand zu Ludwig. Der nicht unerhebliche Altersunterschied von fünf Jahren hatte verhindert, dass sie derart eng mit Ludwig aufwachsen konnte wie ihre Geschwister, die automatisch in denselben Freundeskreisen verkehrt hatten. Sicherlich war Matthias seinen Schwestern in Bezug auf Ludwig darin voraus, dass dieser Geheimnisse mit ihm teilte, die der weiblichen Welt vorenthalten blieben. Es stand außer Frage, dass er als einer seiner engsten Freunde ihn von allen aus der Familie am besten kannte. Manchmal beneidete Babette ihn darum.

Den Nikolaustag verbrachte die Familie zu Hause. Doktor Crevelt war da, ebenso Onkel Jakob. Matthias hatte seine Freunde, die Zwillingsbrüder Gerhard und Karl von Kügelgen, eingeladen, die sich als Maler bereits einen Namen gemacht hatten und von denen man sich in der Stadt erzählte, sie hätten eine große Karriere vor sich.

Babette spielte vorweihnachtliche Lieder auf dem Klavier, zu denen gesungen wurde, danach gab es kleine Geschenke. Man saß bei Punsch und Spekulatius zusammen und tauschte sich über die Universität aus, die seit ihrer Einweihung großen Zulauf erfuhr. Zwar berichtete Matthias ihr fast täglich über seine Vorlesungen, für Babette, die einen unstillbaren Wissensdurst besaß, war das dennoch nur ein kleiner Trost. Zu gern hätte sie sich selbst an der Universität eingeschrieben. Aber für eine Frau war das undenkbar. Schon jetzt waren einige aus ihrem Bekanntenkreis der Ansicht, sie sei zu gebildet. Selbst Eleonore hatte ihr erst kürzlich geraten, sich zurückzunehmen, da sie potenzielle Verehrer abschrecken würde. Eine Weisheit, die zweifellos von ihrer Mutter stammte.

Am späten Abend vergnügte sich Anna mit den Männern beim Kartenspiel. Babette hatte es sich auf dem Diwan neben dem Kamin gemütlich gemacht und fertigte einen neuen komplizierten Scherenschnitt an, der zwei Wanderer auf einer Bergkuppe zeigte. Ihre Schwester saß ihr gegenüber und war vertieft in ein Buch. Sie tranken warmen Kräuterwein, der intensiv nach Zimt und Vanille duftete.

»Ein Jammer, dass Ludwig nicht hier ist«, bemerkte Karl, als das Knistern, Krachen und Knacken des Kaminfeuers die einzige Geräuschkulisse bildete.

»Er hat Besseres zu tun«, erwiderte Gerhard, legte seine Karte und grinste herausfordernd in Matthias' Richtung. Er war nicht unwesentlich größer als sein Bruder, besaß aber dieselben wachen dunklen Augen und trug wie er das braune Haar zu einem Zopf zusammengebunden.

»Wundert es euch etwa, dass er bereits verabredet war?«, meinte Crevelt, ohne von seinem Blatt aufzuschauen. Hellhörig geworden, hielt Babette beim Schneiden des Papiers inne.

»Nicht im Geringsten«, gab Gerhard zurück.

»Dennoch frage ich mich, wieso er den Tag nicht mit seiner Familie begeht.« Wie immer war Anna gut informiert.

»Tut er doch. Nur nicht mit der, die vom selben Blut ist wie er.« Karl trank seinen Wein in einem Zug aus.

Babette schnappte lautlos nach Luft. Mariannes Blick glitt zu ihr, rasch presste Babette die Lippen aufeinander und wandte sich wieder ihrem Scherenschnitt zu. Die Beziehung zwischen Ludwig und den Breunings war sehr eng. Seit mehr als fünf Jahren gab er Eleonore und ihrem Bruder Lorenz Klavierunterricht. Seitdem führte die Hofrätin Helene von Breuning ihn auch in die gesellschaftlichen Kreise ein. Sie förderte sein Talent, als wäre er ihr eigener Sohn. Neben dem Zehrgarten war ihr Haus am Münsterplatz sein Rückzugsort. Dass er dort nicht nur seine Tage verbrachte, sondern mitunter auch über Nacht blieb, hatte Matthias einmal mit einer Beiläufigkeit erwähnt, bei der es Babette schwindelig geworden war.

»Er sollte sich nicht zu sehr dort einrichten«, wandte Gerhard ein. »Die Leute reden schon.«

»Die Breunings geben Ludwig Halt. Warum sollte er ihre Gunst nicht annehmen? Ein Stück Sorglosigkeit in seinem Leben, in dem alles hart umkämpft ist.« Anna sortierte ihre Karten in der Hand.

»Die Hofrätin schafft ihm ein Umfeld, in dem er sich entfalten kann. Sie hat die Mittel dazu. Es wäre frevelhaft von ihm, sich dem zu verweigern. Zumal ihm die Familie guttut«, pflichtete Crevelt ihr bei.

»In jeglicher Hinsicht.« Schalk blitzte in Karls Augen auf.

Babette konnte sich dem Gespräch nicht mehr verschließen. Auch Mariannes Neugierde war geweckt, und sie sprach aus, was Babette sich niemals getraut hätte: »Ist es wahr, dass er dazu neigt, gewisse Gefühle für seine Schülerinnen zu entwickeln?«

Betretenes Schweigen folgte. Blicke wurden gewechselt.

Marianne zog unschuldig die Schultern hoch, nahm sich einen Stuhl und gesellte sich zu ihrer Mutter und Crevelt. Dieser winkte kopfschüttelnd ab. »Sicher eine Fehlinterpretation.«

Babette entgingen die steifen Mienen der Zwillinge nicht. Ihr Bruder verdeckte das Gesicht mit seinem Blatt.

»Wenn überhaupt, dann sind es nichts als belanglose Schwärmereien. Oder hat dir Lorchen irgendetwas anderes gesagt?« Ihre Mutter drehte sich zu ihr um.

Babette schluckte, dann schüttelte sie den Kopf. »Sie hat mir gar nichts gesagt.«

Zögerlich wandte sich Anna wieder dem Kartenspiel zu.

»Wahrscheinlich ist es nur natürlich, wenn man zu einem Genie wie ihm aufsieht«, meinte Jakob.

Crevelt ließ ein zustimmendes Brummen hören. »Aber das ist nichts von Bedeutung und vergeht schneller als ein Schnupfen.«

Babette atmete lautlos aus. Ihr Bruder hielt sich genau wie seine Freunde zurück. Konnte es sein, dass etwas an den Behauptungen dran war? Dass Lorchen und Ludwig ineinander verliebt, ein geheimes Paar waren? Für einen Moment starrte sie nachdenklich in die Luft. Nein, beruhigte sie sich innerlich. Das hätte Lorchen ihr sicher erzählt.

Am darauffolgenden Sonntag unternahm Babette einen Spaziergang mit ihren Geschwistern und ihrer Mutter auf der Poppelsdorfer Allee. Warm eingepackt in Mantel und Schal, gingen sie die Promenade hinab, welche die kurfürstlichen Schlösser miteinander verband. Zu allen Jahreszeiten war die Flaniermeile gut besucht, ihre Kastanienallee ein populärer Ausflugsort und Treffpunkt für Menschen der gehobenen Gesellschaft. Man zeigte sich, wurde gesehen. Was einer der Gründe war, weshalb Anna ihn gern mit ihren Töchtern besuchte. Babette war nun fast zwanzig und, wenn man den Freundinnen ihrer Mutter Glauben schenken wollte, schon beinahe über ihrer Zeit. Dabei war das Alter, in dem die Bonnerinnen in die Ehe gingen, in den vergangenen Jahren deutlich gestiegen. Viele waren bei ihrer Heirat Mitte, einige bereits Ende zwanzig oder sogar darüber hinaus. Babette hatte es auch deshalb nicht eilig, auch wenn sie mit Freuden an ein eigenes Mutterglück dachte. Aber das hatte noch Zeit. Marianne hingegen war, was ihre Zukunftspläne anging, wesentlich eifriger. Sie ließ kaum eine Gelegenheit aus, junge Männer aus guter Gesellschaft kennenzulernen, und blieb während der sonntäglichen Spazierrunden stets an der Seite ihrer findigen Mutter. Dabei vertraute sie auf deren Meinung in Bezug auf mögliche gute Partien und war überaus offen für deren Rat. Immerhin wurde Anna nicht nur in Sachen Investitionen eine feine Nase nachgesagt. Ebenso gut verstand sie es auf kluge und charmante Art, ihre Töchter mit den begehrtesten Junggesellen des Kurfürstentums bekannt zu machen.

Babette genoss die Bewegung an der frischen Luft. Zeit mit ihrer Familie zu verbringen war für sie wie ein Geschenk, das sie mit allen Sinnen auskostete.

Die Woche, und insbesondere der vergangene Abend im Zehrgarten, war lang und arbeitsreich gewesen. Seit die Tage kürzer waren, verspürte sie eine dauerhafte Müdigkeit, die sie zum Müßiggang verleitete, dem sie jedoch nicht nachgab. Babette gehörte nicht zu der Sorte Mensch, die sich hängenließ. Überwindung war das Zauberwort, das ihr Anna schon früh eingetrichtert hatte.

Die Geselligkeit auf der Allee war erfrischend. Babette mochte die Rolle, in die sie im Zehrgarten gewachsen war, aber manchmal hatte sie auch das Bedürfnis nach Ruhe. Danach, einfach nur sie zu sein. Schwerelos, kindlich, frei.

Wie jeden Sonntag trafen sie auf Bekannte und Freunde, so dass sie in regelmäßigen Abständen anhalten mussten, um sich zu unterhalten. Nach dem Vorbild ihrer Mutter zeigte Babette sich höflich, freundlich und redselig, denn das wurde von ihr erwartet. Doch als Frau Fischer, die Bäckersfrau, ihre Mutter und ihre Schwester in ein Gespräch verwickelte, stahl sie sich mit Matthias davon.

An den Ästen der Kastanienbäume wiegten noch vereinzelte rotgoldene Blätter im Wind. Babette zog einen ihrer Handschuhe aus, dann legte sie ihre Hand auf den Stamm eines der Bäume und schloss für einen Moment ihre Augen.

»Verrätst du mir, was du da machst?«, fragte Matthias mit einem verschmitzten Lachen.

»Wie rau seine Oberfläche ist.« Babette öffnete die Augen wieder. Unbeirrt schaute sie am Geäst hinauf. Zwischen den Wolken blitzte hier und da ein Stückchen Blau hindurch. Sogar ein paar wärmende Sonnenstrahlen drangen zu ihr vor.

»Ich freue mich auf den Frühling. Wenn wieder alles blüht.«

Matthias folgte ihrem Blick den Baum hinauf und nickte seufzend. Die Geschwister verstanden einander auch ohne große Worte, denn sie dachten oftmals gleich, besaßen denselben Sinn für Schönheit und Familie. Gemeinsam kehrten sie zurück auf den Weg, der im französischen Stil angelegt worden war. Überhaupt war Bonn ein Sinnbild für französische Mode und Ästhetik, und wer etwas auf sich hielt, bediente sich, wann immer es ging, auch der französischen Sprache. Was aus Frankreich stammte, war *en vogue* – so war es fast normal geworden, alles anzunehmen, was dort seinen Ursprung hatte. Angesichts der losgelösten Freiheitsbewegung, der gewaltbereiten Rebellen und der blutigen Unruhen, die ihr zu Ohren gekommen waren, musste Babette ständig daran denken.

»Wie trostlos der Winter die Dinge macht«, sagte Matthias und trat nach einem herumliegenden Ast. »Ich meine, du hast recht, es ist kein Vergleich zum Frühling.«

Babette nickte, schaute nach oben, wo die Baumkronen ein knorriges Dach formten. Nirgends war ihr die Vergänglichkeit der Welt so vor Augen wie auf der Allee, die jedes Jahr zu neuem Leben erwachte, wenn sie ein unvergleichliches Farbenspiel hervorbrachte. War das der Grundgedanke des früheren Kurfürsten Clemens August gewesen? Von ihm stammte die Idee, die unterschiedlichen Blütenfarben der Kastanienbäume gezielt einzusetzen. Entlang der Hauptstrecke hatte er weiß blühende Bäume pflanzen lassen. Am Schloss Clemensruhe rot blühende. Erst die jeweils letzten Kastanien direkt davor, die besonders hoch und mächtig waren, blühten wieder weiß.

»Sieh nur, wer auch da ist.« Matthias blieb abrupt stehen. Babette folgte seinem Blick, und ihr Atem stockte. Ludwig spazierte mit den Breunings vor dem Schloss. Die Hände lässig hinter seinem Rücken gefaltet, lachte er vergnügt. Neben ihm ging Eleonore. Hastig zog Babette ihren Bruder hinter einen der Bäume.

»Warum verstecken wir uns?«, wollte er wissen.

»Nur so«, antwortete sie knapp.

»Wir sollten Guten Tag sagen.« Matthias wollte bereits aus seiner Deckung hervorkommen, aber Babette hielt ihn am Arm zurück.

»Was ist denn?«

»Nichts. Ich habe nur heute keine besondere Lust, mich zu unterhalten. Das ist alles.«

»Hm«, machte er resigniert. Gemeinsam warteten sie, bis Ludwig mit den Breunings an ihnen vorbeigezogen war.

»Er verbringt sehr viel Zeit mit ihnen«, dachte Babette laut, während sie ihm wie hypnotisiert nachblickte. Matthias nickte lang anhaltend. Langsam kehrten sie auf den Weg zurück, beachteten jedoch eine gewisse Distanz zu Ludwig und den Breunings.

»Hat er sie dir gegenüber einmal erwähnt?« Die Frage hatte sich einfach von Babettes Lippen gelöst.

Matthias runzelte die Stirn. »Wen?«

»Na, Lorchen.«

»Schon. Aber warum auch nicht? Schließlich unterrichtet er sie.«

»Und … was hat er so gesagt?«

»Dass sie gute Fortschritte macht. Dass ihre Hände zu zierlich sind, um schnelle Oktaven und Dezimen zu spielen. Also übt er mit ihr eher einfache Stücke. Sie strebt ohnehin nicht danach, sich als Pianistin hervorzutun. Auch die Hofrätin hat andere Pläne für ihre Tochter, nehme ich an.«

Die hatte sie, in der Tat, dachte Babette und nickte hinnehmend.

»Da seid ihr ja.« Marianne hatte sie eingeholt.

Aufgeregt drängte sie sich zwischen ihre Geschwister. »Wo wart ihr denn?«

»Ach, wir …«, begann Matthias.

Marianne aber ließ ihn nicht zu Wort kommen. »Maman und ich haben uns gerade mit der Hofrätin unterhalten. Sie ist hier entlanggekommen mit ihrer Familie und mit Ludwig. Habt ihr sie nicht gesehen?«

Babette und Matthias täuschten schulterzuckend Ahnungslosigkeit vor.

»Das glaubt ihr nie! Sie hat uns für den ersten Weihnachtstag zu sich eingeladen.«

Babette machte große Augen. »Hat Maman zugesagt?«

»Aber ja!« Marianne strahlte übers ganze Gesicht. »Ist das nicht wundervoll?« Haltlos hüpfte sie von einem aufs andere Bein.

Babette blickte Richtung Schloss, von wo aus ihre Mutter auf sie zukam.

»Christoph und Stephan werden da sein und Wegeler und Degenhardt. Bestimmt auch einige ihrer Studienfreunde. Und natürlich Ludwig, aber der ist ja immer da.« Marianne hakte sich bei ihrer Schwester unter. »Babette, du musst mir dein dunkelgrünes Kleid leihen. Das mit der Spitze.«

»Ich muss?«, wiederholte sie halb lächelnd.

»Es betont meine Augen. Außerdem habe ich sonst nichts anzuziehen. Bitte sag Ja!«

Seit Marianne fast so groß war wie sie, verging kaum ein Anlass, bei dem diese sich nicht bei der Garderobe ihrer Schwester bediente. Babette sah Marianne gerne zufrieden, und auch diesmal ließ sie sich erweichen.

Marianne hopste erneut freudig auf und ab, dann umarmte sie ihre Schwester fest. »Danke, du bist die Beste!«

Ein wenig außer Atem erreichte Anna ihre Kinder. Ihre strahlende Miene verriet, dass sie die Aufregung ihrer jüngsten Tochter teilte. Eilig knöpfte sie ihren Mantelkragen auf und fächerte sich mit einer Hand Luft zu. »Ist das nicht grandios? Eine Einladung zur Weihnachtsgesellschaft der Breunings. Gerade traf ich noch auf Frau Lapostolle, der ich sogleich davon berichtet habe.«

Ein Grinsen huschte über ihr Gesicht. Es würde keinen Tag dauern, ehe die Neuigkeit, bei wem die Kochs Weihnachten verbringen würden, in der ganzen Stadt bekannt wäre. Kaum jemand verstand es so gut wie die Hofrätin, Empfänge zu geben. Eine Einladung zu Weihnachten war heiß begehrt, nicht nur, weil die Familie eine der angesehensten der Stadt war, sondern auch, weil sie oft heiratswillige, begüterte Damen und Herren beherbergte. Die Breunings waren seit vielen Jahren eng mit den Kochs befreundet. Für Anna eine Freundschaft von unschätzbarem Wert, denn sie brachte ihnen Privilegien ein, die über die einer bürgerlichen Familie hinausgingen. Babette hingegen wusste noch nicht, was sie von der Einladung der Breunings halten sollte. Die Aussicht auf ein Wiedersehen mit Ludwig ließ ihr Herz höher schlagen, doch sie war auch mit Angst verbunden. Was, wenn sie ungewollt Zeugin einer Liebesbeziehung zwischen ihm und ihrer Freundin wurde? Der Gedanke schnürte ihr die Kehle zu, und für den Rest des Spaziergangs blieb sie wortkarg.

Kapitel 9

Wie ein Lauffeuer hatte sich die Nachricht von Mozarts Tod verbreitet, der bereits am 6. Dezember in seiner Heimatstadt Wien gestorben war. Das Ableben des großen Musikgenies, das zwischenzeitlich als der neue Hoforganist Bonns gehandelt worden war, überschattete die französische Bedrohung ebenso wie die Vorfreude auf das Weihnachtsfest. Im Zehrgarten gab es nur noch das eine Thema und jeden beschäftigte die Frage: Wer würde sein Nachfolger werden?

Der Winter hielt die Stadt inzwischen unter einer einzigen Kälteglocke gefangen. Eine dicke Schneedecke hatte sich auf die Dächer gelegt und zeitweise selbst die Straßen und Gassen unter sich begraben, so dass Pferdegespanne nur schwerfällig vorankamen. Was für Kutscher ein Ärgernis war, trug jedoch zu einer vorweihnachtlichen Stimmung bei, wie sie die Stadt seit Langem nicht gesehen hatte. Annas Leidenschaft fürs Dekorieren zeigte sich zu dieser Jahreszeit besonders. In Bonn sagte man über sie, dass niemand es besser verstünde, mit den einfachsten Dingen Behaglichkeit zu zaubern. Den Eingang zum Zehrgarten schmückte so eine mit Äpfeln und Nüssen behängte Tannengirlande. An den Wänden im Innenbereich der Gaststube waren Thujakränze angebracht und die Messingkerzenhalter auf den Tischen mit roten Schleifen versehen. Der köstliche Duft von Bratäpfeln und frisch gebackenen Butterplätzchen verströmte sich auch auf dem Marktplatz.

Am Weihnachtsnachmittag machten sich die Kochs auf den Weg zum Münsterplatz. Nachdem Babette ihr grünes Kleid an ihre Schwester abgetreten hatte, hatte ihre Mutter keine Kosten gescheut und ihr in der Boutique der Bonas ein neues gekauft. Es war aus feinstem silberblauem Seidenstoff. Der lange Rock mit kurzer Schleppe betonte ihre weiblichen Rundungen. Wie so oft verzichtete sie auf eine Perücke, denn sie mochte ihr dichtes braunes Haar, das sie unter dem zum Kleid passenden Hut hochgesteckt hatte. Die Spitze am Dekolleté kratzte ein wenig, doch darüber sah sie hinweg. Immerhin hatte ihre Mutter ein kleines Vermögen investiert, um sie auszustaffieren, und sie wollte keineswegs undankbar erscheinen. Zudem konnte sie nicht bestreiten, dass ihr der Aufzug gefiel. Jenes Selbstbewusstsein trug sie nach außen, so dass auf ihrem Weg zum Breuning-Haus kaum jemand, dem sie begegneten, den Blick von ihr lassen konnte.

Ihre Mutter ging mit stolzgeschwellter Brust neben ihr her. Auch sie trug ihr bestes Kleid. Es war dunkelblau mit weißem Spitzenbesatz. Im Gegensatz zu den Roben ihrer Töchter war es jedoch schlicht verarbeitet, was einer Frau ihrer Stellung und ihres Alters entsprach.

»Wer denkst du, wird alles da sein?«, erkundigte sich Babette leicht nervös bei ihrem Bruder.

Matthias legte nachdenklich den Kopf schief. Von den Geschwistern besaß er die meiste Erfahrung mit Empfängen und

Bällen. Obwohl ihre Mutter um eine gleichberechtigte Erziehung bemüht war, gab es gewisse gesellschaftliche Regeln, die sich nur schwer aushebeln ließen. Dazu gehörte eben auch, dass sich Männer auch ohne Begleitung und vorherige Vorstellung in der Gesellschaft bewegen durften.

»Wahrscheinlich nur enge Freunde der Breunings. Ich bin sicher, die Hofrätin hofft auf ein intimes Konzert von Ludwig. Und du kennst ihn doch. Er spielt nicht vor jedem.«

»Genauso wenig erteilt er jedem Unterricht, auch wenn er noch so gut dafür bezahlt wird.« Anna gelang es nicht immer, Verständnis für Ludwigs Benehmen aufzubringen. Erst recht nicht, wenn es um finanzielle Angelegenheiten ging. Auch sie hatte ihm schon wohlwollend Klavierschüler vermittelt, die er aber wohl aus persönlichen Gründen abgelehnt hatte.

Eine Kutsche ratterte über das Kopfsteinpflaster an ihnen vorbei, dann eine zweite. Das Haus der Breunings lag nun direkt vor ihnen. Es war groß und ansehnlich und zeugte von materieller Sorgenfreiheit. An der Haustür hing ein üppiger fein verarbeiteter Zypressenkranz. Daran leuchteten Hagebuttenfrüchte in kräftigem Rot.

»Wen hat Ludwig denn diesmal verschmäht?«, fragte Babette Matthias, als sie die Straße überquerten. Sie hegte den Wunsch, aufgeklärt zu sein, bevor sie das Haus betrat.

»Einen Nachbarn der Breunings, ein Graf von Westphal«, erklärte er ihr mit gesenkter Stimme. »Ludwig weigerte sich, ihn zu unterrichten. Dabei zahlt der Graf einen stattlichen Preis.«

»Was hat Ludwig gegen den Grafen?«, fragte sie ähnlich leise.

Er zuckte die Schultern und grinste leicht. »Verstehe einen unseren Louis.«

»Vielleicht ist er ihm nicht hübsch genug.« Marianne kicherte hinter vorgehaltener Hand. Auch Babette musste kurz lachen. Die fragwürdige Wahrheit, die in den Worten ihrer Schwester mitschwang, ließ sie aber schnell ernst werden.

»Stimmt es, was man sich erzählt?« Marianne richtete sich an ihren Bruder. »War er unglücklich verliebt in dieses Fräulein Westerholt?«

Babette schnalzte mit der Zunge. »Wo hast du das nun wieder aufgeschnappt?«

»Nicht nur er«, deutete Matthias amüsiert an.

»Schhht«, versuchte Anna, ihre Kinder zum Schweigen zu bringen.

»Jedenfalls war sie eine dieser besagten Schülerinnen«, fügte Marianne leise hinzu.

»Eine bedeutet aber nicht, dass es ständig passiert.« Babette konnte nur den Kopf schütteln. Dass Ludwig gerne flirtete, war allseits bekannt. Im Zehrgarten hatte sie bereits die kühnsten Dinge über ihn gehört. Doch sie war vorsichtig genug, um nicht alles zu glauben. Dennoch konnte sie nicht bestreiten, dass er ein gewisses Talent besaß, Frauen das Bedürfnis zu vermitteln, ihn verstehen zu wollen. Er konnte starke Gefühle wecken. Aber war er sich dessen überhaupt bewusst?

Dass er seine Schüler nach Flirttauglichkeit aussuchte, war jedenfalls absurd. Unmerklich schüttelte sie den Kopf, weil sie sich einmal mehr in ihrer Annahme bestätigt sah, dass Klatsch und Tratsch nur wenig Wahrheit beinhalteten.

»Wie er gelitten haben muss, als er erfuhr, dass ihr Vater einen anderen für sie bestimmt hatte. *Amour doux-amer.*« Marianne stieß einen theatralischen Seufzer aus.

»Von wegen bittersüße Liebe.« Matthias lachte auf. »Glaub mir, er leidet nie besonders lange. Wie er das nur immer macht, dass die Frauen ihm so verfallen? Ich kenne kaum eine, die ihn nicht anziehend findet.« Neidvoll hob er einen Mundwinkel an, als sie vor dem Breuning-Haus zum Stehen kamen.

»Es hat mit seiner Ausstrahlung zu tun«, vermutete Babette und zog damit die verwunderten Blicke ihrer Familie auf sich. »Irgendwie wirkt er doch immer ein bisschen verloren. Wie ein See aus schwarzem Wasser, dessen Grund voller Geheimnisse ist.«

Ihre Mutter starrte sich rätselnd an ihr fest, die Brauen tief über die Augen zusammengezogen.

»So habe ich das noch nie betrachtet.« Auch Matthias besah sich seine Schwester eingehend von der Seite.

»Nun ja. Zum Glück sind meine Töchter vollkommen unempfänglich für die Unergründlichkeit eines Ludwig van Beethovens.« Anna verstärkte ihren Griff um das Geschenk: ein Blauschimmel-Cocker Spaniel aus Porzellan. Dann trat sie durch das etwa brusthohe schmiedeeiserne Tor der Breunings.

»Ja, zum Glück«, murmelte Babette leise und schloss sich ihr an.

Der Hausdiener der Breunings, ein hagerer Mann mittleren Alters in dunkler Livree, führte sie über eine für Stadthäuser ungewöhnlich breite Treppe in den Salon.

»Die Familie Koch.« Seine Ankündigung war ebenso knapp wie überflüssig. Babette hatte kaum die Türschwelle übertreten, da stürzte ihr Eleonore bereits entgegen.

»Oh, wie ich mich freue, dass ihr endlich da seid.« Sie nahm Babettes Hände und führte sie zur Sitzgruppe in der Nähe des Klaviers, wo auch ihre Mutter den Besuch herzlich willkommen hieß. Matthias gesellte sich zu Degenhardt und Wegeler, die sich mit Christoph von Breuning über den Rousseau austauschten, der die Wand neben der Tür schmückte. Unweit daneben flatterte ein Halsbandsittich aufgeregt in seinem Käfig. Ein Haustier zu halten war ein Privileg, ein Vogel im Wohnzimmer galt als nobelste Dekoration. Nur wenige in Bonn konnten sich so etwas leisten. Trotzdem hatte Babette Mühe, sich an den Anblick des eingesperrten Tiers zu gewöhnen. Für sie gehörten Vögel in die Natur, wo sie wild und frei sein konnten.

»Lorenz möchte uns etwas vortragen.« Helene von Breunings Stimme durchschnitt ihre Gedanken. Zaghaft richtete sie ihren Blick zum Klavier, wo Lorenz, der jüngste Sohn der Breunings, stand. In seinen Händen hielt er etwas, das wie ein Notizheft aussah.

»Ein Gedicht?«, fragte Babette leise Eleonore, die sich neben sie gesetzt hatte.

»Er schreibt mit einem solchen Eifer, dass wir fast jeden Tag ein neues zu hören bekommen.« Sie zwinkerte ihrem kleinen Bruder ermunternd zu.

Lorenz' Worte über das Glück, Familie und wahre Freundschaft berührten Babette zutiefst, zeugten sie doch nicht nur von Kultiviertheit, sondern auch davon, dass er es verstand, das Innerste seiner Seele zu Papier zu bringen. Den Applaus hatte er redlich verdient. Er hallte im hohen Salon wider und verschreckte den Halsbandsittich, der so nervös umherflatterte, dass feine Federn im Käfig schwebten. Anna versicherte der Hofrätin, sie habe nie ein größeres Talent zu hören bekommen.

Es war nicht das erste Mal, dass die Breunings ihre Gäste mit selbstgeschriebenen Gedichten erfreuten. Noch vor einigen Jahren hatte Stephan an derselben Stelle gestanden wie heute Lorenz. Stephan hatte jedoch mehrere Anläufe gebraucht und insgesamt eine unsicherere Figur gemacht als sein kleiner Bruder. Gedankenverloren glitt Babettes Blick zu den Männern hinüber. Von den unsicheren Jungen, die sie mitunter einst gewesen waren, ließ sich nichts mehr erahnen. Die Gruppe von Freunden war erwachsen geworden, und eines Tages würden sich ihre Wege unaufhaltsam trennen. Jene Vorstellung stimmte sie auf ungeahnte Weise traurig. Sie versuchte sich einzureden, dass jener Tag noch fern war. Noch waren sie zusammen. Noch wussten sie ihre langjährigen Freundschaften und das Vertraute darin zu schätzen. Trotzdem blieb eine gewisse innere Unruhe wie eine Vorahnung in ihr zurück.

Bei Tee und belgischer Schokolade saß die Gesellschaft zusammen. Niemand schien zu hinterfragen, warum sich Ludwig verspätete. Babette hütete sich ebenfalls davor nachzuhaken, wo er steckte. Sie wollte nicht, dass irgendjemand den Verdacht hegte, sie interessiere sich besonders für ihn. Als er endlich auftauchte, trug ihm niemand seine Verspätung nach. Wie selbstverständlich reihte er sich in die Runde ein, war freundlich und strahlte eine für ihn ungewöhnliche Ausgelassenheit aus.

Nach einem festlichen Essen mit Fasan und eingefärbtem Zuckerwerk zog es die Frauen wieder in den Salon, in dem die Männer bei Chardonnay und Zigarren saßen und sich angeregt unterhielten. Obwohl die Hofrätin darum gebeten hatte, an Weihnachten nicht über Politik zu sprechen, war die Nachricht von der Vertreibung des französischen Königspaars aus Versailles durch die Revolutionäre Gesprächsthema. Babette erschreckte die Respektlosigkeit, die rohe Gewalt, welche die Bürger ihren einstigen Gebietern entgegenbrachten. Wo würde das noch hinführen?

Glücklicherweise gab es noch andere Themen, über die gesprochen wurde. Den geplanten Ausbau der Hofkapelle oder das Theater, das im kommenden Jahr wieder Schiller aufführen wollte. Im Gegensatz zum Rest des Landes war Friedrich Schiller in Bonn ein gefeierter Theaterheld. Eine Ikone der Dichtkunst. Babette konnte es kaum erwarten, wieder eine Aufführung vom ihm zu besuchen.

Am späten Abend folgte das, worauf alle gewartet hatten. Es wurde gemeinsam musiziert. Stephan spielte Violine, Degenhardt Flöte und Ludwig begleitete sie auf dem Klavier. Ein Spiel, bei dem musikalische Improvisationen Hinweise auf die zu erratenden Personen geben sollten, schloss sich dem intimen Hauskonzert an. Matthias amüsierte alle, indem er in herrlich krächzender Tonlage ein Lied zum Besten gab, das Babette gerne sang. Sie nahm es mit Humor. Wegeler erkannte sofort Eleonore in einer zarten Melodie wieder. Es herrschte eine Wohlfühlatmosphäre, die jegliche Angst vor der Zukunft in den Hintergrund drängte. In Gedenken an Mozart schloss Ludwig mit dessen *Klaviersonate Nr. 9* ab, die dieser einst nach dem Tod seiner Mutter komponiert hatte. Die traurige Musik ließ alle an den bekannten Komponisten denken, der so plötzlich und viel zu jung gestorben war. Obwohl die Frage im Raum stand, welche Möglichkeiten sich dadurch für Ludwig ergaben, verlor an diesem Abend niemand ein Wort darüber.

Als die Kochs den Heimweg antraten, waren die ersten Stunden eines neuen Tages bereits angebrochen. Ludwig, der beschlossen hatte, nicht bei den Breunings zu übernachten, begleitete die Familie ein Stück durch die schneebedeckten Straßen.

»Vielleicht hatte ich ein Glas Portwein zu viel«, sagte Anna, als sie drohte, auf dem eisglatten Untergrund auszurutschen.

»Aber nein.« Matthias gelang es, sie in letzter Sekunde aufzufangen. Marianne stützte sie kichernd. Babette, die mit Ludwig ein Stück hinter ihnen ging, konnte das Lachen nicht zurückhalten.

»Was für eine Nacht.« Ludwig schüttelte belustigt den Kopf. »Ich habe mich selten so amüsiert.«

Babette nickte. »Das geht mir genauso.«

Ihr Blick streifte die Häuser, an denen sie vorbeikamen. Vereinzelt flackerten Lichter in den Fenstern. Abgesehen von ihnen, waren die Straßen wie ausgestorben.

Babette blieb stehen, horchte in die Stille hinein. »Hörst du das?«

Ludwig reckte den Kopf wachsam in die Höhe.

»Ich höre es«, flüsterte er nach einer Pause geheimnistuerisch. »Das ist das Klappern deiner Zähne.«

Er nahm seinen Mantel ab und legte ihn ihr um die Schultern. Ein Lächeln schlich sich auf ihr kältestarres Gesicht, und ihr Herz pumpte mit jedem Schlag mehr Blut in ihre Wangen. Ludwigs Initiative gefiel ihr, ebenso wie seine heitere Seite – er zeigte sie viel zu selten.

»Bärbchen? Du trödelst!« Die Stimme ihrer Mutter zerbrach den Augenblick. Anna stand keine zehn Meter entfernt und starrte Babette ermahnend an.

»Es ist kalt«, pflichtete ihr Marianne bei. Matthias scheuchte beide weiter.

Auch Babette und Ludwig setzten sich wieder in Bewegung. Ludwig hatte die Hände tief in seinen Hosentaschen vergraben und die Schultern so nah an den Kopf herangezogen, dass es aussah, als hätte er keinen Hals. Babette betrachtete ihn mitleidsvoll von der Seite. »Jetzt bist du es, dem die Zähne klappern.«

Sie wollte ihm den Mantel bereits zurückgeben, doch er winkte entschieden ab. »Es wäre doch recht unrühmlich, ihn zurückzunehmen, ehe du in der warmen Stube bist.«

»Du machst mir ein schlechtes Gewissen.« Ihr Atem stieg als dampfende Wolke vor ihr auf.

Er lachte knapp. »Wohl kaum.«

Mariannes Kichern ließ sie nach vorn blicken.

»Nichts passiert«, lallte Anna, richtete sich schwerfällig vom Boden auf und klopfte sich den Schnee vom Gesäß. Sie bogen in die Markstraße ein, und das Koch-Haus kam in Sichtweite. Ludwig verlangsamte seinen Gang.

»Irgendwie schade, dass wir so wenig Gelegenheit haben, unter uns zu sein.«

Überrascht von seiner Äußerung blinzelte Babette ihn an.

»Nun, im Zehrgarten ist es immer recht belebt.«

»Ich dachte, das würdest du daran so schätzen?«

»Ja … nein.« Er räusperte sich, schüttelte den Kopf. »Gelegentlich ist mir eher nach Ruhe und … Zweisamkeit.«

Sein Blick schnellte zu ihr. Verunsichert wandte Babette das Gesicht zu Boden und nickte – obwohl sie nicht recht wusste, worauf er hinauswollte. Kurz dachte sie darüber nach, ihn doch noch auf ihre Gesangsdarbietung anzusprechen, sah aber davon ab. Es war nicht mehr wichtig, dachte sie. Anderes hingegen schon. »Wie kamst du mit deiner Komposition voran? Die, an der du im Zehrgarten gearbeitet hast? Ist sie fertig?«

Er schnaufte und setzte eine bedrückte Miene auf. »Ich bin noch nicht zufrieden damit. Und ich weiß auch nicht, ob ich es jemals sein werde.«

»Hm.« Babette befürchtete, sich zu weit vorgelehnt zu haben. Dabei wusste sie doch, wie empfindlich er war, wenn es um seine Musik ging. »Es wird sicher wunderbar werden, Louis. Du wirst die richtigen Töne finden.«

»Manchmal ist das unmöglich.« Er stierte grimmig nach vorn.

»Da bin ich anderer Meinung. Nichts ist unmöglich. Nicht für jemanden wie dich.«

Er lächelte verhalten. Bevor sie die Straße zu Babettes Haus überquerten, nahm er sie zur Seite. Im Schatten eines Gebäudevorsprungs waren sie außer Sichtweite ihrer Familie.

»Glaubst du, dass man einer Inspirationsquelle nicht gerecht werden kann?«, fragte er. In seinen Augen stand etwas, das Babette nicht zuzuordnen wusste. Waren es Existenzsorgen,

Misstrauen? Zweifelte er etwa an seinen Fähigkeiten? Er, der stets so perfektionistisch war?

Einen Moment standen sie sich still gegenüber. Er wirkte alleingelassen auf sie. Verloren, schoss es ihr durch den Kopf. Ohne darüber nachzudenken, nahm sie ihn in den Arm, hielt ihn fest. Weil Weihnachten war, weil sie Freunde waren und sie für ihn da sein wollte.

»Ich glaube, du kannst allem gerecht werden«, sagte sie, während sie einander festhielten. Feine, glitzernde Schneeflocken fielen, als sie sich seltsam langsam aus der Umarmung lösten.

»Gute Nacht, Louis.« Babette gab ihm seinen Mantel zurück und lächelte tröstlich.

Er nickte knapp, nahm seinen Mantel und fixierte ihre Hand unter seiner, die erstaunlicherweise warm war. Kurz verharrte sie in ihrer Verwunderung, doch dann sah sie in seine Augen und erkannte die Dankbarkeit darin. Für ihre Freundschaft, die Vertrautheit und die enge Beziehung, welche zwischen ihren Familien schon so lange bestand.

»Frohe Weihnachten.« Vorsichtig zog sie ihre Hand unter seiner hervor.

»Frohe Weihnachten.«

Babette eilte los und ging ins Haus. Sie spürte noch eine Weile seinen Blick auf sich ebenso wie seine warme Hand, die auf ihrer geruht hatte.

Zweiter Teil

Der Mensch besitzt nichts Edleres
und Kostbareres als die Zeit.
Ludwig van Beethoven

Kapitel 10

Januar bis April 1792

»Du kannst dich auf uns verlassen.« Marianne schüttelte ihrer Mutter das Kissen auf, die zum wiederholten Mal ein leidiges Stöhnen von sich gab. Babette flößte ihr einen Löffel Brühe ein. »Es wird dir im Nu besser gehen, wenn du dich schonst.«

Anna verdrehte die Augen. Es war das erste Mal, dass sie ein Infekt zwang, das Bett zu hüten, und dennoch fiel es ihr nicht leicht, ihre Geschäfte abzugeben.

»Habt ihr die Bestellung beim Metzger aufgestockt?«, fragte sie heiser.

»Ja, Maman«, erklärten ihre Töchter wie aus einem Mund.

»Und konntet ihr den Preisnachlass aushandeln? Wir hatten die Abmachung, dass …« Ein Husten schüttelte sie.

Babette richtete sie auf und klopfte ihr auf den Rücken. Schwach sank ihre Mutter zurück in die Kissen.

»Wir kommen gut zurecht.« Babette reichte ihr ein Glas Wasser. »Du musst jetzt nur an dich denken, Maman. Bitte streng dich an und werd gesund.«

Ihre Mutter nickte knapp und trank gehorsam. Die Kirchturmglocke schlug zehn Uhr. Gleich musste Babette Matthias in der Buchhandlung ablösen. Sie und ihr Bruder wechselten sich in der Gaststube und den Geschäften ab, während Marianne die meiste Zeit bei ihrer Mutter verbrachte. Die Familie war daran gewöhnt, dass die kalte Jahreszeit Krankheiten mit sich brachte. In der Vergangenheit aber hatte sich Anna als äußerst immun dagegen erwiesen. Viel häufiger hatte es Matthias getroffen, der im Winter oft mit gesundheitlichen Problemen zu kämpfen hatte und besonders anfällig für Husten war. Babette und ihre Geschwister versuchten, sich nicht anmerken zu lassen, dass sie sich große Sorgen um ihre Mutter machten. Doktor Crevelt kümmerte sich aufopfernd um sie, und Babette übernahm ihre Korrespondenzen. Bevor sie wie jeden Morgen im Zehrgarten nach dem Rechten sah, schrieb sie den Händlern, Geschäftspartnern und Freunden. Bei Hofrat Göbel bedankte sie sich für den übersendeten Fisch und das Geld und richtete im Namen der Familie ihre besten Grüße aus. In den Briefen, die sie im Auftrag ihrer Mutter schrieb, erwähnte sie nicht, wie schlimm es um diese stand. Weder Anna noch sie wollten Gerede darüber schüren, wie schlecht es ihr in Wirklichkeit ging.

Obwohl Anna im Zehrgarten vermisst wurde, ging das Geschäft weiter. Alles nahm seinen Lauf, wenn auch mit gedrosselter Geschwindigkeit. Empfänge und Besuche bei Freunden fielen weg, weil Babette die Nächte bangend am Bett ihrer Mutter verbrachte, die im Fieberwahn versprach: »Ihr werdet mich nicht verlieren. Noch nicht.«

Und als nach zwei Wochen, in denen sie sich bereits auf das Schlimmste gefasst gemacht hatten, der Morgen anbrach, sollte sie recht behalten. Sonnenstrahlen trafen auf Annas Bett und führten diese ins Leben zurück. Es grenzte an ein Wunder, dass sie sich nur wenige Tage danach wieder in ihre

Arbeit stürzte – entschlossener denn je. Dadurch bewies sie einmal mehr, wie zäh sie war und dass sie ihre Versprechen hielt.

Langsam wandte sich Babette wieder ihrem Lesezirkel zu, den sie in den vergangenen Wochen vernachlässigt hatte ebenso wie ihre Freunde. Nach der Weihnachtsfeier bei den Breunings waren so viele Fragen in ihr aufgekommen. Erst jetzt hatte sie die Zeit, ihnen nachzugehen.

Noch oft dachte sie an die verschneite Nacht zurück, in der Ludwig sie nach Hause begleitet hatte. Sie hatte das Verlangen, ihn wiederzusehen und in Zweisamkeit mit ihm zu sprechen – so, wie er es gesagt hatte. Ob es ihm ebenso ging?

Zu ihrer Enttäuschung blieb er dem Lesezirkel fern, seit sie dorthin zurückgekehrt war. Gleichzeitig wurde das Gerede über ihn und die Breunings immer lauter. In der Stadt erzählte man sich bereits, dass aus dem Ziehsohn bald ein Schwiegersohn werden würde. Obwohl sie sich ständig daran erinnerte, dem Tratsch keinen Glauben zu schenken, beschäftigte er sie auf ungeahnte Weise. Bei dem Gedanken, dass Ludwig und ihre Freundin vielleicht doch ein Paar waren, breitete sich ein flaues Gefühl in ihrer Magengrube aus. War es, weil sie fürchtete, ihre Freundin zu verlieren, oder ihren Freund? Weil sie die Zeit mit ihnen vermissen würde? Sie wagte gar nicht erst, sich eine andere Frage zu stellen. Die Frage danach, was die Weihnachtsnacht für sie so besonders gemacht hatte.

Trotzdem brachte ihr wenig später Wegelers Bericht über eine Sonate, an der Ludwig arbeitete, Erleichterung und die erhoffte Erklärung, was ihn so beschäftigte. Er war nicht mit dem Umwerben seiner Braut ausgelastet, sondern mit der Erschaffung neuer Musik.

»Bärbchen!« Aufgeregt hielt sich Anna die Brust, als sie vor Babette zum Stehen gekommen war, die die Bestände im Weinkeller überprüfte.

»Toute ma fierté.« Sie schnappte nach Luft.

»Was ist los? Geht es dir nicht gut?« Besorgt beäugte Babette ihre Mutter, die am ganzen Körper zu beben schien. War das Fieber etwa zurückgekehrt?

»Ma fierté«, wiederholte Anna und wedelte wild mit einem Brief in der Hand. »Du wirst es nicht glauben. Das hier kommt direkt vom Kurfürsten. Eine Einladung zum Maskenball.«

»Für … uns?« Verwundert nahm Babette die Billetts mit dem anliegenden Schreiben an sich. »Ein Karnevalsball im kurfürstlichen Schloss?«

Sie konnte es kaum glauben. Wieder und wieder überflog sie die feierlich aufgemachte Einladung, auf der ihr Name vermerkt war.

»Dass er sich noch erinnert«, raunte sie überrascht. »Es ist schon eine Weile her, dass wir ihn im Zehrgarten willkommen hießen.«

»Ich sagte doch, du hast Eindruck hinterlassen, mein liebes Kind.« Ihre Mutter strich ihr über den Rücken, küsste ihre Stirn und konnte sich gar nicht beruhigen. Die Billetts betrachtete sie, als wären sie aus reinem Gold.

Glücklich umarmte Babette ihre Mutter. »Oh, Maman. Was für eine Freude! Ich hatte es nicht gewagt, auf eine Einladung zu hoffen, und nun halte ich sie tatsächlich in meiner Hand. Was soll ich nur anziehen? Vielleicht das Kleid, das ich auf der Weihnachtsfeier getragen habe? Das ist doch sehr hübsch.«

»Nicht doch!« Anna schüttelte vehement den Kopf. Grübelnd hielt sie sich das Kinn. »Es muss etwas absolut Aufsehenerregendes sein. Etwas, das niemand sonst hat.«

Babette nickte zögerlich. Sicher hatte ihre Mutter wie immer recht.

»Das wird nicht billig werden.« Anna stemmte nachdenklich die Hände in die Hüften.

Babette umklammerte ihr Medaillon. Hohe Geldsummen auszugeben gefiel ihr nicht. Trotz des Standards, den sie sich mittlerweile erarbeitet hatten, hielt ihre Mutter sie zur Sparsamkeit an. Babette war so erzogen worden: Geld haben, kam von Geld halten. Eine Devise, die sich schon ihr Vater auf die Brust geschrieben hatte. Die Aufmerksamkeit des Kurfürsten zwang sie, mit ihrem Leitsatz zu brechen. Das brachte alles durcheinander. Es war kaum drei Monate her, dass sie ein Monatseinkommen in der Bona'schen Boutique für Kleidung ausgegeben hatten. Früher wäre das undenkbar gewesen.

»Ich könnte mein blaues Kleid anziehen und die Maske vom vorletzten Jahr. Die mit den Federn.« Babette dachte laut.

»Kommt gar nicht infrage«, widersprach Anna ihr entschieden. »Dies ist eine Ausnahmesituation und noch dazu eine einmalige Gelegenheit.« Sie seufzte in freudiger Erregung. »Gar nicht auszudenken, was für Persönlichkeiten dort anwesend sein werden. Stell dir das nur mal vor, Bärbchen! Wir

Kochs unter Mitgliedern des Hofes. Adlige reiche Junggesellen – wohin das Auge reicht. Du und deine Schwester, ihr müsst hervorstechen. Ich werde gleich zu den Bonas gehen und mich nach der neuesten Mode erkundigen. Und eure Schuhe, ja, die müssen zum Tanzen geeignet sein. Denn tanzen werden wir viel. Ach, mein Kind. Wir sind gesegnet. Ich wusste, dass uns dieses Jahr voranbringen würde! Wir werden der feinen Gesellschaft zeigen, wie sehr die bürgerlichen Kochs glänzen können.« Anna nahm Babettes Hände in ihre und drückte sie. »Wir werden uns von der allerbesten Seite präsentieren.«

»Das werden wir«, stimmte sie ihr zu.

»Ein Ball!«, zwitscherte ihre Mutter, während sie die Treppe zur Wirtsstube hinauftippelte.

Babette konnte es nicht glauben. Vorfreudig drehte sie sich einmal um sich selbst. Vielleicht hatten die Menschen recht, die sich von der politischen Umwälzung im Westen Gleichheit erhofften. Womöglich waren die gesellschaftlichen Grenzen bereits dabei zu verwischen. Ihre Einladung vom Kurfürsten sah sie als Zeichen dafür, dass der Adel bereit war, Bürgerliche neben sich als Teil einer bunten Gesellschaft zu respektieren.

Seit zweihundert Jahren wurde in der Stadt am Rhein Karneval gefeiert. Den Bonnern bedeutete das Fest viel, war es doch eine willkommene Abwechslung. Einmal im Jahr konnte jeder sein, wer er wollte. Sogar die Wachleute des Kurfürsten drückten in diesen Tagen oftmals ein Auge zu, wenn das Volk auf die Straßen ging. Alle wussten die karnevalistischen Umzüge zu schätzen, die es schon unter Clemens August gegeben hatte.

Graf Waldstein, der ein enges Verhältnis zu Max Franz pflegte, hatte im Lesezirkel bereits angedeutet, dass die Gästeliste des kommenden Balls ebenso lang wie bunt werden würde. Neben hochrangigen Militärs, Adligen und Professoren der Universität waren auch vielversprechende Künstler und Musiker geladen sowie Bürger der Stadt, denen der Kurfürst eine Bedeutung zuwies. Die Kochs fühlten sich geehrt, unter ihnen zu sein.

Schon am Abend, nachdem die Billetts eingetroffen waren, hatte Anna ihren einflussreichsten Freundinnen davon erzählt und sich bei ihnen über begehrte Roben und Kostüme informiert. Doch keine der empfohlenen Maskierungen hatte Babette zugesagt. Stattdessen war sie in den Skizzen ihres Bruders, die dieser vom Rheinufer angefertigt hatte, fündig geworden. Schwäne zählten für sie zu den reinsten Wesen, und seit sie in ihrer Kindheit einen schwarzen Schwan am Fluss entdeckt hatte, hatte sie sich gänzlich in die majestätischen Tiere verliebt. Schon lange hatte sie insgeheim auf eine Gelegenheit gewartet, ihrer Bewunderung mit einer Kostümierung Ausdruck zu verleihen. Nun war es so weit.

Wie schon sein Großvater hatte Max Franz den Maskenball aufwendig inszeniert. Am Abend des Fests schmückten bunte Laternen den Eingang des Schlosses. Der Weg, über den die Gäste kamen, war von Fackeln erleuchtet. Musik schallte aus dem großen Ballsaal auf den Vorhof, wo die feinen Leute in herrlich exotischen Maskeraden aus ihren Barouches stiegen. Familie Koch hingegen war zu Fuß unterwegs. Obwohl es nicht weit bis zum Schloss war, hatte Anna eine Kutschfahrt vorgeschlagen, um ihre Kleider zu schonen, aber Matthias hatte dagegen entschieden. Doch wer reich und wichtig war, und noch dazu ein eng geschnürtes Korsett trug, mühte sich nicht ab. Als Anna eine Gruppe feiner Damen und Herren sah, die soeben aus einer Kutsche stieg, witterte sie eine günstige Gelegenheit. Sie raffte ihren Rock und beschleunigte ihren Gang.

»Da schließen wir uns an!«, hetzte sie ihre Kinder und gesellte sich eilig, jedoch unauffällig hinzu. Matthias hielt ihr den Arm hin, dabei unterdrückte er ein Lachen. Ihr unermüdliches Bestreben danach, möglichst glanzvoll auszusehen, amüsierte ihn. Schmunzelnd sah er sich nach seinen Schwestern um. Babette schüttelte leicht den Kopf. Auch sie empfand die Anstrengungen ihrer Mutter oft als übertrieben.

»Hab du erst mal Kinder.« Eine Hand auf ihre Brust gelegt, atmete Anna angestrengt aus. Sie hatte Guste angehalten, ihr Korsett möglichst eng zu schnüren. Nun lag es so prall um ihre Taille, dass sie Mühe hatte, zwischen dem Reden Luft zu holen.

Vor dem Eingang nahm ein Page ihre Billetts entgegen, verneigte sich knapp und bedeutete ihnen einzutreten. Staunend betrachtete Babette das prächtige Vestibül. Über die zu beiden Seiten hin auslaufende große Freitreppe gelangten die Gäste in den Saal, aus dem Orchestermusik und lautes Stimmengewirr drangen.

»Oh, Betty, mir ist ganz heiß vor Aufregung.« Marianne fächerte sich mit einer Hand Luft zu. Ihre Wangen waren tief gerötet. »Sitzt bei mir alles?« Sie hielt inne, drehte sich zu ihr und spreizte mit Daumen und Zeigefinger ihren weißen Stehkragen.

»Du siehst umwerfend aus, Jänchen«, beruhigte Babette sie. Erleichtert atmete sie durch. Marianne hatte Babettes Kostümidee so gut gefallen, dass sie als weißer Schwan verkleidet war. Die aufeinander abgestimmten Roben der hübschen Schwestern zogen viele bewundernde Blicke auf sich.

»Heute Abend werden wir einen bleibenden Eindruck hinterlassen«, flüsterte Anna den Mädchen zu. Die Schneiderin der Bonas hatte sich beim Nähen von Babettes Entwurf selbst übertroffen. Matthias' nachtblauer Samtanzug adelte ihn. Nie zuvor hatte Anna mehr Geld in die Kleidung der Familie investiert. Doch es hatte sich gelohnt. Neuen Bekanntschaften in der gehobenen Gesellschaft stand nichts im Wege.

In Babette regte sich etwas. Nervös nestelte sie am Band ihrer mit Federn besetzten Tasche, als sie durch die Tür in den weitläufigen Ballsaal schritten. In der Mitte des Saals bewegten sich Gäste elegant zur Musik.

»Wie umwerfend«, brach es aus Marianne hervor, die Babettes Arm fester umklammerte. Von der Tür aus gesehen, wirkte der Raum unendlich weit. Prächtige Gestecke hoben sich von den Tischen ab, die um die große Tanzfläche aufgestellt waren und ein reichhaltiges Büfett mit allerlei farbenprächtigen Speisen darboten. Darunter eine exotische Frucht mit keulenförmigem, geschupptem Stamm und zugespitzten schmalen Blättern. Etwas Derartiges hatte Babette noch nie gesehen. Sie wusste gar nicht, wohin sie zuerst schauen sollte, so dass sie den Pagen des Kurfürsten in weinroter Livree zunächst nicht bemerkte, der sich vor ihnen positioniert hatte.

»Seine Durchlaucht erwartet Euch«, sagte er. Babette tauschte einen ungläubigen Blick mit ihren Geschwistern, dann mit ihrer Mutter, die ihr stolz zuzwinkerte.

Angespannt folgte Babette in Begleitung ihrer Familie dem Pagen. Max Franz saß erhöht am anderen Ende des Saals auf einem thronähnlichen Stuhl. Er trug einen glänzend schwarzweißen Anzug. Hätte Babette nicht von Crevelt erfahren, dass er vorhatte, sich als Elster zu maskieren, hätte Babette eher an einen Pinguin gedacht – was auch auf seine gedrungene, korpulente Statur zurückging. Eine zum Kostüm passende Vogelmaske drehte er an einem Stecken in der Hand. Mit entzückter Miene verfolgte er das Ballgeschehen, als der Page die Kochs ankündigte. Babette hatte Marianne an ihre Seite genommen. Gleichzeitig sanken die Schwestern nun in eine tiefe, graziöse Verbeugung.

»Meine lieben Bäschen«, begrüßte Max Franz die beiden überschwänglich. »Ich muss schon sagen, dass sind wahrhaft außergewöhnliche Verkleidungen.« Er wandte sich an seinen Hofkammerrat, der unbewegt neben ihm stand. »Hier, mein lieber Vogel, seht ihr die wirklich wohlerzogensten und hübschesten Damen aus dem Bonner Bürgerstande. Die Demoisellen Koch.« Er stemmte sich aus seinem Stuhl hoch, was nicht nur den Kammerrat ins Staunen versetzte, sondern auch die umstehenden Mitglieder seines Hofes. Erfreut reichte er den Schwestern die Hand.

»Ich hoffe doch sehr, Ihr genießt das Fest.« Er begrüßte auch Anna und Matthias, die hinter Babette und Marianne geblieben waren, mit einem wohlmeinenden Kopfnicken.

»Wir danken Euch für die Güte Eurer Einladung. Es ist eine große Freude für uns, hier sein zu dürfen«, erklärte Babette.

Der Kurfürst lächelte sie an, dabei wirkte er ehrlich berührt von ihren Worten. »Nun, es ist eine Wonne, dass Ihr den Ball mit Eurer Schönheit ehrt, Mademoiselle.« Er küsste ihr die Hand, von der er sich nicht hatte lösen können, und Babettes Wangen erröteten. Mit seinen vierunddreißig Jahren stand er in der Blüte seiner Herrschaft und zählte schon jetzt zu den ganz großen Fürsten des Landes. Babette konnte ihr Glück kaum fassen, von ihm bemerkt worden zu sein.

Nachdem Max Franz nochmals die Kostümwahl der Schwestern in den höchsten Tönen gerühmt hatte, entließ er sie zum Tanz. Babette kam nicht umhin, die Pracht des Festes mit einem Gemälde des Malers François Rousseau zu vergleichen. Vor rund dreißig Jahren hatte dieser den Maskenball auf Leinwand gebannt, von dem Waldstein erzählt hatte. Jener Ball, den Casanova besucht hatte. Nie zuvor hatte sie sich dem Abenteurer näher gefühlt als jetzt.

Die Kochs drangen zur Mitte des Saals vor, von wo aus sie sich einen ersten Überblick über die anderen Gäste verschaffen wollten. Den Platz hatte Anna wohlüberlegt gewählt. Sie hatte vor, sich an den Plan zu halten, so viele interessante Bekanntschaften wie möglich zu machen, und hielt ihre Töchter immer wieder an, sich dessen zu erinnern.

»Hast du schon jemanden gesehen, den wir kennen?«, fragte Marianne nach einer Weile. Babette schaute sich mit gespitzten

Lippen um. Die Maskierungen erschwerten es ihnen, Freunde oder Bekannte unter den Besuchern ausfindig zu machen.

»Da hinten ist Crevelt.« Ihre Mutter winkte hektisch zur anderen Seite der Tanzfläche hinüber, wo der Freund der Familie sein Glas für sie hob. Die schmale, mit Fasanenfedern versehene Maske verriet ihn leicht. Er trug sie jedes Jahr.

»Ich gehe ihn rasch begrüßen.« Schnellen Schrittes manövrierte sich Anna zwischen den Leuten hindurch und verschwand im Getümmel. Matthias brachte seinen Schwestern Punsch in ausladenden Kristallgläsern. Gemeinsam standen sie am Rand der Tanzfläche, bis Degenhardt und die Kügelgens zu ihnen stießen. Wenig später gesellten sich weitere Freunde und Mitglieder des Lesezirkels hinzu. Babette und Marianne tanzten, als gäbe es kein Morgen. Zweimal hintereinander gab Babette Christoph von Breuning die Ehre, anschließend seinem Bruder, dann dem Sohn des Rheinberger Hofrates Ferdinand Göbel. Dieser hätte ihre Hand am liebsten gar nicht mehr hergeben wollen.

Die Zeit verging wie im Flug. Von den Stunden anhaltender Bewegung brannten ihre Füße in den teuren, neuen Schuhen, die ein wenig zu eng waren. Babette brauchte eine Pause. Sie ging an die frische Luft. Mit dem Rücken lehnte sie sich gegen die Steinmauer der breiten Veranda, zog die Schuhe aus und knetete ihre schmerzenden Füße.

»Herrje, ich möchte nicht mit Ihnen tauschen«, bemerkte jemand, und Babette schreckte unmerklich zusammen. Schnell zwängte sie sich wieder in ihre Schuhe.

»Nein, lassen Sie sie nur aus.« Graf Belderbusch deutete zu ihren Füßen und kam ganz ungezwungen an ihre Seite.

»Wahrscheinlich könnte ich keine zwei Schritte damit gehen. Sie tanzen darin. Dafür zolle ich Ihnen meinen allergrößten Respekt.«

Babette konnte sich ein Lächeln nicht verkneifen, auch, weil er sie offensichtlich bereits im Saal zur Kenntnis genommen hatte.

»Wollen Sie sich nicht einen Moment setzen?«, fragte er fürsorglich.

»Ehrlich gesagt habe ich schon nach einer Möglichkeit Ausschau gehalten, jedoch keine gefunden, die nicht besetzt gewesen wäre.«

»Dort an der Seite gibt es eine Bank. Sie liegt etwas versteckt.«

Natürlich kannte er sich bestens aus, da er, im Gegensatz zu ihr, nicht zum ersten Mal in diesem Teil des Schlosses war.

»Ich leiste Ihnen Gesellschaft, wenn Sie erlauben?«

Verwundert nickte sie, schlüpfte halb in ihre Schuhe und folgte ihm. Die Bank, von der er gesprochen hatte, lag im Schatten des Gebäudes, dort, wo die Veranda in einen labyrinthartig angelegten Rosengarten überging.

»Eine Wohltat.« Babette schnaufte aus. Erst jetzt merkte sie, wie gut ihr die Rast bekam.

»Darf ich?«, fragte der Graf höflich. Sie nickte etwas verlegen, und er nahm mit gebührendem Abstand neben ihr Platz. Gemeinsam schauten sie in die fast sternenklare Nacht hinaus. Auch das Orchester pausierte, und für kurze Zeit kehrte eine stimmige Ruhe zwischen ihnen ein, die Babette beinahe vergessen ließ, dass in ihrem Rücken ein Ball stattfand.

»Ihnen ist doch nicht zu kalt?«, erkundigte sich der Graf und betrachtete sie eingehend von der Seite.

Babette schüttelte den Kopf. »Nein, gar nicht.« Sie atmete aus, und ein Atemwölkchen stieg vor ihr empor. Ihre Robe bestand aus so vielen Lagen unterschiedlicher Stoffe, dass sie jegliches Gefühl für Kälte verloren hatte. Noch immer glühten ihre Wangen vom Wein und dem vielen Tanzen. Weitere Gäste drängten ausgelassen nach draußen, die Veranda füllte sich zunehmend.

»Darf ich Ihnen vielleicht etwas zu trinken bringen?«, erkundigte er sich zuvorkommend.

Babette hob die Brauen. »Das müssen Sie nicht.«

»Aber ich bestehe darauf.« Mit einem Grinsen fügte er hinzu: »So als Gegenleistung dafür, dass ich mich im Zehrgarten immer auf Sie verlassen kann. Sie vergessen nie eine Bestellung.«

Die Tatsache, dass er sich ihr letztes Gespräch eingeprägt hatte, amüsierte und überraschte sie gleichermaßen.

»Gerne«, erwiderte sie schließlich. Tatsächlich fühlte sich ihre Kehle ausgetrocknet an. Der Graf lächelte leicht, bevor er kehrtmachte und hineinging. Babette befreite erneut ihre Füße und bewegte ihre Zehen, die im spitz zulaufenden Schuhwerk eingequetscht worden waren. Aufgrund der Fehlhaltung fühlten sich ihre Knöchel ganz steif an. Wahrscheinlich würde sie für den Rest des Balls aufs Tanzen verzichten müssen.

Unauffällig lehnte sie sich vor und ließ ihren Blick zu den anderen Gästen auf der Veranda wandern. Hinter einer Frau mit hoher blassrosafarbener Perücke machte sie Ludwig aus. Seine ungekämmt wirkende Frisur war beispiellos. Ebenso wie die fahrige Miene und Haltung. Er sah aus, als wäre er auf der Suche nach etwas – oder jemandem. Babette zwängte sich zurück in die ungeliebten Schuhe, stand auf, um auf ihn zuzugehen, knickte jedoch um, ehe sie nur einen Schritt tat. Laut ächzend plumpste sie zurück auf die Bank. In diesem Moment entdeckte Ludwig sie. Doch auch andere folgten ihrem erstickten Aufschrei und schauten in ihre Richtung. Peinlich berührt senkte sie den Blick.

»Ist alles in Ordnung?« Ludwig hastete auf sie zu.

Sie winkte zischend ab. »Aber ja. Alles gut.« Sie wollte sich aufrichten, aber ein stechender Schmerz in ihrem rechten Knöchel hinderte sie daran.

»Du hast dich verletzt«, stellte Ludwig scharfsinnig fest.

»Ich bin wohl falsch aufgetreten.«

Bevor sie etwas dagegen unternehmen konnte, hatte er sich bereits vor sie gekniet und ihren Fuß auf sein Bein gestützt, dann tastete er ihren Knöchel ab und drehte ihn vorsichtig hin und her. Seine Hände waren kühl, aber angenehm. Ihr Herz schlug auf einmal so schnell, dass es ihr in den Ohren dröhnte.

»Er ist unversehrt«, sagte er endlich.

»Danke«, antwortete sie verzögert. Für gewöhnlich stellte Crevelt die Diagnosen und nicht er.

»Du solltest vielleicht etwas weniger tanzen«, riet er ihr schmunzelnd.

Babette zog ihren Fuß zurück und setzte eine übertrieben beleidigte Miene auf. »Nur, weil du nie tanzt.«

»Nicht, wenn ich es vermeiden kann«, entgegnete er verschmitzt und stemmte sich hoch. Babette wusste aus Erfahrung, dass er ein guter Tänzer war. Er zeigte es nur nicht gern.

»Seit wann bist du eigentlich hier?«, fragte sie, um von seiner zweifelhaften Empfehlung abzulenken.

»Ich bin heute Abend für die Musik zuständig. Also vermutlich um einiges länger als du.«

»Das wusste ich nicht. Du hättest uns begrüßen können. Maman hätte es gefreut und Matthias erst.«

»Habe ich soeben nachgeholt«, gab er höflich zurück. »Nur dich konnte ich zunächst nicht finden. Aber wie es scheint, versteckst du dich ja auch.« Er musterte die im Dunkeln liegende Bank skeptisch. »Vor jemand Bestimmtem?«

»Nicht doch«, versicherte sie ihm. »Ich brauchte nur ein wenig frische Luft und eine Pause.«

Er nickte immer noch skeptisch. Sein Blick war durchdringend auf ihr Gesicht geheftet.

»Babette, ich …«, begann er stockend, und ihr Puls schnellte in die Höhe.

In dem Moment schlich sich Eleonore in einem sonnengelben Kleid von hinten an ihn heran. Sie sah aus wie ein vom Himmel gefallener Stern. Mit dem Zeigefinger vor ihren gespitzten Lippen bedeutete sie Babette, sie nicht zu verraten.

»Ich muss dir sagen, dass …«, fuhr Ludwig fort, doch dann verdeckten Eleonores Hände seine Augen, und er schwieg.

»Rate mal«, trällerte sie.

Flink drehte er sich zu ihr um. »Lorchen!«

»Ist das nicht ein herrlicher Ball?« Sie strahlte erst ihn, dann Babette an.

Ludwig strich sich unsicher lächelnd das Haar hinter die Ohren und nickte hastig.

»Absolut«, stimmte auch Babette ihrer Freundin zu.

»Ich habe überall nach dir gesucht.« Eleonore tätschelte aufgesetzt nachtragend Babettes Arm. »Christoph hat nach dir gefragt und auch ein gewisser Herr Göbel.« Sie grinste vielsagend.

»Nun ja, ich …«

»Babette hat sich den Knöchel verletzt«, sprang ihr Ludwig bei.

»O nein, du Arme!« Eleonore setzte sich neben Babette und musterte sie besorgt. »Ist es sehr schlimm? Sollen wir dich mit unserer Kutsche nach Hause fahren?«

»Es ist halb so wild. Nur eine Überanstrengung. Ich bin es wohl nicht gewohnt, so viel zu tanzen.« Vorsichtig stand Babette auf und belastete den Fuß. Der Schmerz hatte nachgelassen.

Da kehrte Graf Belderbusch zurück, in seinen Händen zwei Gläser mit Punsch. »Verzeiht, dass es so lange gedauert hat.«

Eleonore und Ludwig betrachteten ihn stirnrunzelnd.

»Das macht doch nichts.« Babette nahm ein Glas von ihm entgegen. »Ihr kennt sicher meine liebe Freundin Eleonore von Breuning?«

»Gewiss.« Er nickte ihr lächelnd zu. Eleonore verneigte sich galant vor ihm.

»Und unser musikalisches Genie Ludwig van Beethoven.« Babette deutete zu ihm.

»Aber ja doch.« Der Graf schüttelte dessen Hand, ehe dieser wusste, was geschah. »Es freut mich, dass wir endlich einmal das Vergnügen haben, uns gegenüberzustehen. Waldstein schwärmt mir ständig von Ihnen vor. Er ist der festen Überzeugung, dass Sie der neue Mozart sind. Und ich neige dazu, ihm zuzustimmen.«

»Oh, Sie dürfen, lieber Graf.« Eleonore schmiegte sich an Ludwigs Seite, während dieser zerknittert dreinschaute, als versuchte er den Grund für Belderbuschs Anwesenheit zu entschlüsseln.

»Ludwig! Wo bleibst du denn?« Neefe erreichte sie ganz außer Atem. »Die Musik!«, erinnerte er ihn ungehalten.

»Sie entschuldigen mich.« Ludwig eilte zurück an seinen Posten. Wenig später setzte das Orchester erneut ein.

Eleonore stützte Babette auf ihrem Weg zurück in den Saal, während Graf Belderbusch noch an der frischen Luft blieb.

»Wie ungezwungen sich der Graf mit dir unterhält«, bemerkte Eleonore mit einem anzüglichen Lächeln.

»Wir haben im Zehrgarten ein-, zweimal miteinander zu tun gehabt. Er ist nur freundlich.«

»Freundlichkeit ist keine Selbstverständlichkeit. Jedenfalls nicht, wenn man so vermögend ist wie er.« Eleonore kicherte. Sie erreichten einen Diwan, von dem aus sie den Saal gut überblicken konnten.

»Ein Jammer, dass er schon verheiratet ist.« Eleonore seufzte.

Babette drückte die Hand ihrer Freundin. »Du wirst deine gute Partie machen. Da bin ich sicher.« Es stand außer Frage, dass Eleonore eine glänzende Vermählung mit einem schwerreichen Mann erwartete. Danach strebte nicht nur sie, sondern auch ihre Familie.

Während Eleonore sich zum Tanz auffordern ließ, leisteten Babette Ferdinand und Christoph Gesellschaft. Beide bemühten sich um ihre Gunst, brachten ihr Punsch und Kuchen und schienen nur auf ihre Erholung zu warten, um auch sie erneut auf die Tanzfläche führen zu können. Doch ihr Knöchel fühlte sich noch nicht wieder einsatzbereit an. Stattdessen genoss Babette die Aussicht auf den Saal. Ihre Mutter stand bei der Hofrätin, umringt von feinen Damen in pompösen purpurfarbenen Kleidern. Neben ihnen machte Babette auch Ludwig aus, der seine Position bei der Hofkapelle wieder verlassen hatte. Ohne es zu wollen, wanderte ihr Blick in regelmäßigen Abständen durch die sich hin und wieder lichtende Menge zu ihm. Als sich Eleonore nach ihrem Tanz mit Gerhard von Kügelgen bei ihm einhakte, starrte Babette sich förmlich an den beiden fest. Sie konnte nicht bestreiten, dass ihre Freundin auffällig nah an ihn herantrat. Angestrengt schluckte Babette mehrmals hintereinander. Ihr Herz raste, und ihre Kehle war wie ausgetrocknet, doch sie hatte keinen Durst.

»Stimmt etwas nicht?«, erkundigte sich Ferdinand aufmerksam, nachdem sie minutenlang still dagesessen hatte.

Sofort riss sie sich von Ludwig und Eleonore los und wandte sich ihm zu. »Alles bestens«, beteuerte sie und rang sich ein Lächeln ab.

Wegeler gesellte sich ebenfalls zu ihnen, dann die Kügelgens und der Professor für Natur-, Völker- und Strafrecht der Bonner Universität, Bartholomäus Fischenich, so dass es einer kleinen Zusammenkunft des Lesezirkels ähnelte. Obwohl Babette sich alle Mühe gab, den Gesprächen ihrer Freunde zu folgen, schweiften ihre Gedanken immer wieder ab. Was hatte Ludwig ihr bei der Bank mitteilen wollen? Für den Rest des Abends blieb sie nachdenklich gestimmt.

KAPITEL 11

Bonn, 1792

In Bonn wirkte eine jahrhundertealte Tradition ein, die der Musik einen besonderen Stellenwert einräumte. Mit dem Ausbau der Hofkapelle, auf die er sehr stolz war, hatte der Kurfürst zudem etwas Unverwechselbares geschaffen: die Verbindung von österreichischem und rheinischem Stil. Noch Wochen nach dem Maskenball sprach man darüber, dass sich Max Franz wieder einmal selbst übertroffen hatte. Dabei schenkte man Ludwigs Kompositionen, die an jenem Abend ihre Uraufführung gefunden hatten und maßgeblich an dessen Erfolg beteiligt gewesen waren, jedoch kaum Beachtung. Es war nicht die richtige Bühne für seine Lieder gewesen, aber eine, die er sich gut hatte bezahlen lassen. Daraus resultierende Neuaufträge gaben ihm außerdem eine gewisse Planungssicherheit für die Zukunft. Babette freute sich für ihn, auch wenn sie es bedauerte, dass er dem Zehrgarten wieder öfter fernblieb. Sie konnte nichts dagegen tun, sich insgeheim zu fragen, ob er seine Zeit stattdessen mit Eleonore verbrachte. Die Breunings waren seine lohnendste Bühne. Wie könnte sie es ihm verübeln?

Es war Sonntag, und der Frühling hatte einen ungewöhnlich warmen Tag hervorgebracht. Der Regen, der in der

Nacht gefallen war, hatte die Natur aufblühen lassen. Es war herrlich anzusehen, wie alles in frischem Grün erstrahlte. Babette hatte sich ihrer Freundin Tringen angeschlossen, die gemeinsam mit ihrem Onkel und ihrer Tante einen Ausflug zum Rolandsbogen unternahm.

Auf einem Mauerrest legten sie eine Rast ein. Das außergewöhnliche Panorama entschädigte für den anstrengenden Aufstieg. Ihnen bot sich ein ausgezeichneter Blick hinunter auf die Insel Nonnenwerth und bis hin zum Drachenfels.

»Ich denke, ich habe nicht zu viel versprochen.« Tringen kramte in dem Korb, den sie für die Verpflegung dabeihatten.

»Keinesfalls.« Babette strich sich das offene Haar zurück. Sie genoss die Tage, in denen sie es nicht bändigen musste. »Schwer vorstellbar, dass dies einmal eine richtige Burg war«, sagte sie und ließ ihren Blick über die Ruinen gleiten.

»Das ist eine Ewigkeit her.«

»Die Zeit der Ritter und Burgfräulein hat doch etwas Romantisches, meinst du nicht auch?«, fragte Babette, ohne sich von den alten Mauern abzuwenden.

»Jetzt hörst du dich fast an wie Lorchen.« Mit beiden Händen umschloss Tringen fest einen Apfel und drückte ihre Daumen neben dem Stiel in das Fruchtfleisch. Es knackte, als er in zwei Hälften brach. Babette lehnte mit einer flinken Handbewegung ab, als ihre Freundin ihr ein Stück davon anbot.

»Geschichte interessiert mich. Ich würde gerne weiter raufgehen und mir die Ruine näher ansehen.«

Tringen hob wenig begeistert die Brauen und stöhnte leidend. »Geh nur. Meine Beine bringen mich um.«

»Ich bin gleich wieder da«, sagte Babette an ihre Freundin, deren Tante und Onkel gewandt, die sich auf einem Stein in der Nähe niedergelassen hatten. Sie folgte dem teilweise von Unkraut überwucherten Pfad auf die Anhöhe, dorthin, wo der markante Torbogen stand und wie ein Mahnmal aus einer längst vergangenen Zeit über den Rhein wachte. Nachdenklich legte sie ihre Hand auf die rauen Mauern. Der Wind brachte den sattgrünen Efeu zum Rascheln, der die eine Seite des Bogens für sich beanspruchte. Den Blick auf die herrliche Rheinlandschaft geheftet, schloss Babette für einen Moment die Augen, um die Geschichte zu erspüren, die an diesem Ort zugegen war. Sie war so entspannt, dass sie nicht hörte, wie sich jemand ihr näherte. Erst ein glückliches Aufseufzen neben ihr holte sie zurück in die Realität. Sie öffnete ihre Augen und blinzelte überrascht, als sie Ludwig neben sich stehen sah. Er hatte wie sie eine Hand auf das Mauerwerk gelegt und stand ebenso andächtig da. Im ersten Moment glaubte sie zu träumen.

»Man kann sie pulsieren hören: die Vergangenheit der Burg Rolandseck«, sagte er.

Babette nickte sprachlos. Gerade hatte er erneut bewiesen, wie sehr sie einander ähnelten. Nicht einmal ihre Schwester oder ihr Bruder teilten ihre oftmals tiefsinnigen Gedankengänge. Aber Ludwig tat es. Die Erkenntnis ließ sie die Stirn runzeln und ihr Herz schneller schlagen.

»Was … tust du hier?«, fragte sie, verwirrt von seiner Anwesenheit.

»Ich bin mit Gerhard auf dem Weg nach Ahrweiler.«

»Hm.« Suchend sah sie sich nach Wegeler um.

»Oh, er ist am Fuß des Berges geblieben. Unten gibt es eine Schänke.«

»Ich verstehe.«

»Und du?«, hakte er nach, den Blick bewundernd auf ihr wallendes Haar geheftet, das ihr um die Schultern fiel.

»Ich begleite Tringen, ihren Onkel und ihre Tante. Sie kommen öfter hierher, der Aussicht wegen.«

Sein breites Lächeln gab ihr das Gefühl, als wäre ihre Begegnung kein Zufall. Hatte er vielleicht von Elisabeth oder Marianne erfahren, wo sie war? Für den Bruchteil einer Sekunde überlegte sie, welchen Grund er haben könnte, ihr nachzukommen, bevor sie diesen Gedanken als wilde Spekulation abtat. Er jedenfalls verlor kein Wort darüber, und sie fragte auch nicht nach.

»Die Aussicht ist in der Tat herrlich«, sagte er und sah aus, als träume er mit offenen Augen. »Vor vielen Jahren waren wir gemeinsam hier. Erinnerst du dich daran?«

Babette lächelte, schwelgend in der Erinnerung ihrer Kindertage. »Das ist so lange her. Mein Vater lebte noch und deine Mutter auch … Wie unbeschwert wir doch waren.«

Er nickte wehmütig. »Dein Vater erzählte uns die Sage von Ritter Roland. Ich mochte die Geschichte sehr.«

Babettes Blick glitt zur Rheininsel. »Der tapfere Roland und seine große Liebe Hildegunde. Sie war die Tochter des Ritters vom Drachenfels.«

Ludwigs Augen leuchteten. »Als Roland mit Kaiser Karl in Spanien die Mauren abwehrte, geriet er in eine Falle. Sein Heer wurde geschlagen.«

»Hildegunde glaubte, er sei tot, und so entsagte sie der Welt und trat in das Kloster Nonnenwerth ein«, führte Babette die Erzählung weiter aus.

»Aber der Totgesagte kehrte zurück und erfuhr vom ewigen Gelübde seiner Geliebten. Um ihr nahe zu sein, ließ er die Burg an dieser Stelle errichten und verharrte bis zu seinem Tode in ewiger Liebe zu Hildegunde.«

Seine gefühlvolle Betonung brachte Babette eine Gänsehaut ein. Unmerklich schüttelte sie sich. »Es ist so traurig.«

»Es ist episch«, verbesserte er sie ruhig. »Der Stoff, aus dem die Kunst ihre Nahrung zieht. Es würde mich nicht wundern, wenn jemand eines Tages eine Melodie daraus entwirft, ein bedeutendes Gemälde malt oder ein Gedicht schreibt.«

»Nun, ich kenne zufällig einen Komponisten, der mit seiner Musik dieser Sage sicher neues Leben einhauchen würde.« Babette ging ein Stück weiter den Weg hinauf. Ludwig folgte ihr, die Hände hinter seinem Rücken verschränkt.

»Wirst du es tun? Diesem Ort eine Melodie verleihen?« Sie warf ihm einen Blick über die Schulter zu.

Er lachte leise. »Ich habe die Noten, die dazu notwendig wären, noch nicht vor Augen. Dennoch ist mir, als könnte ich ein durch die Zeit gefallenes Lied hören. Aber ich denke, es wird nicht aus meiner Feder stammen. Ich würde leider auch nicht dazu kommen, jedenfalls nicht in geraumer Zukunft.«

Babette hielt vor dem dicht bewachsenen Hang an, der in eine schwindelerregende Tiefe führte.

»Die Nachricht ist gerade erst eingetroffen«, fuhr er leise fort. »Ich kann sie selbst noch nicht recht glauben. Der Kurfürst schickt mich zum Studium nach Wien. Ich soll von Haydn unterrichtet werden.«

»Was?«, entfuhr es Babette, und sie schluckte schwer. Im ersten Moment wusste sie nicht, was sie dazu sagen sollte. »Das ist, das ist … wundervoll, Louis.«

»Ja. Ich bin unendlich dankbar für diese Möglichkeit. Der Kurfürst wird mich auch weiterhin entlohnen. Ich soll bei den Besten lernen, meine Musik perfektionieren.«

»Niemand hat es mehr verdient als du.«

Ihre Blicke trafen sich, doch Babette senkte den Kopf, als ihr aufging, was das zur Folge hatte. »Das bedeutet, du wirst fortgehen.«

Er zog einen Mundwinkel hoch und nickte matt.

»Wann wirst du aufbrechen?«

»Es muss zuvor noch einiges organisiert werden. Ich will sicher sein, dass meine Brüder zurechtkommen. Aber so, wie es aussieht, werde ich im nächsten Frühjahr abreisen.«

»Schon?« Babette spürte einen Stich im Herzen. Sie freute sich für ihn, denn sie wusste, wie viel es ihm bedeutete, Musik zu machen. Er wollte sich weiterentwickeln, und das funktionierte nur in Wien. Gleichzeitig fürchtete sie sich vor einem Bonn ohne Ludwig van Beethoven. Davor, von ihm Abschied nehmen zu müssen und vor der schier unüberwindbaren Distanz, die zwischen sie kommen würde.

»Dann wirst du also in Wien leben.«

Sein Nicken ging in ein Kopfschütteln über. »Unvorstellbar, oder?«

Babette schwieg mit zusammengepressten Lippen.

»Aber ich werde meine Heimat nicht vergessen«, fügte er einfühlsam hinzu. »Ich werde *dich* nicht vergessen, Betty. Wie könnte ich auch? Meine älteste Freundin.« Er nahm ihre

Hände, führte sie an seinen Mund und küsste sie zärtlich. Dabei ruhten seine Augen auf ihrem Gesicht.

Babettes Herz schlug wild gegen ihren Brustkorb. Sie wusste nicht, wie ihr geschah. Rasch erinnerte sie sich daran, dass sie nicht die Einzige war, die er auf diese Art und Weise ansah. Bestimmt kannte Eleonore das nur zu gut.

»Tu das nicht«, bat sie ihn, obwohl jede Faser ihres Körpers nach mehr verlangte. War es, weil sie plötzlich nicht mehr genug Zeit hatten?

»Warum nicht?«, fragte er unschuldig und streichelte die Innenseite ihrer Handgelenke. Das warme, wohlige Gefühl in ihrem Magen war zurück, und diesmal war es stärker denn je.

»Du weißt, warum.« Sie wollte entschlossen klingen, aber ihrer Stimme mangelte es an Kraft. Er machte einen weiteren Schritt auf sie zu. Sie riss sich los. In dem Versuch zu verstehen, was gerade passierte, wandte sie ihm den Rücken zu. Hinter sich hörte sie ihn schwer atmen. »Verzeih mir«, zischte er ungehalten, als hätte sie ihn soeben daran erinnert, dass er bald fort sein würde. »Ich wollte dich nicht bedrängen.«

Fahrig drehte sie sich zu ihm um. Ihre Finger spielten mit ihrem Medaillon.

»Vielleicht ist es meine Euphorie, die mir glauben machen wollte, da wäre …« Er ging einige Schritte, bis er erneut vor ihr zum Stehen kam.

»Wir haben uns eine Weile nicht gesehen«, unterbrach sie ihn heiser.

»Du bist mir aus dem Weg gegangen.«

»Nein«, stritt sie kopfschüttelnd ab, hielt jedoch abrupt inne, als ihr bewusst wurde, dass sie es in den vergangenen Wochen auch nicht auf eine Begegnung angelegt hatte.

Sie betrachteten einander auffordernd, und plötzlich war sich Babette über gar nichts mehr im Klaren, außer einem: Die Weihnachtsnacht hatte etwas in ihr bewirkt, über das sie nicht gewagt hatte nachzudenken. Bis jetzt. Nun war sie völlig durcheinander. Als nur noch der Wind, der um die alten Mauern pfiff, zu hören war, brach Ludwig das Schweigen.

»Dein Album. Ich hatte dir versprochen hineinzuschreiben, sobald ich einen passenden Spruch gefunden habe.«

»Und? Hast du?«

»Noch nicht. Aber das werde ich. Bald. Es ist nur so schwer … Es muss etwas Besonderes sein, damit du dich immer an mich erinnerst.« Seiner Stimme schwang Wehmut bei, und Babette spürte erneut diese innige Verbindung zu ihm, die sie noch um den Verstand brächte.

»Ich wünschte, ich hätte ein ähnliches Buch«, sagte er nachdenklich. »Damit ich in Wien etwas habe von all meinen lieben Freunden, die ich am Rhein zurücklassen muss.«

Babette wusste nichts zu sagen, aus Angst die falschen Worte zu wählen. Sie wollte seine Freude über die Ausbildung in Wien auf keinen Fall trüben. Er sollte nicht merken, wie schwer es ihr fiel, ihn gehen zu lassen.

»Ich werde Bonn sicher nicht allzu lange fernbleiben«, versprach er.

»Wien ist weit weg«, stellte Babette fest, den Blick schwerfällig auf den Rhein gerichtet.

»Das ist mir bewusst. Wie du sicher weißt, kenne ich den Weg. Ich war bereits dort.«

Er lachte leise auf, während er wie sie in die Ferne schaute. Babette wusste nicht, was mit ihr los war. Sie spürte einen festsitzenden Kloß im Hals, der sich nur schwer hinunterschlucken ließ. Beneidete sie ihn um seine Möglichkeiten? Oder war es vielmehr das Gefühl, zurückgelassen zu werden, das sie quälte? Solange sie sich erinnern konnte, war Ludwig stets so etwas wie ihr Fels in der Brandung gewesen. Jemand, der wie sie aus dem Bürgertum stammte, sich aber nicht zuordnen lassen wollte. Der Weg, den er in seinem Leben bereits zurückgelegt hatte, verlieh ihr Mut und den Glauben daran, alles schaffen zu können.

»Ich werde selbstverständlich meinen Abschied im Zehrgarten feiern«, sagte Ludwig.

»Dann werde ich Maman darauf vorbereiten.« Sie wollte zuversichtlich klingen, aber ihre Stimme transportierte nicht genügend Freude.

Einen Moment standen sie hilflos beieinander, gefangen im Blick des anderen. Das warme Gefühl in ihrem Magen war wieder da, und sie schloss die Faust um ihr Medaillon.

»Ludwig, die Kutsche …« Völlig außer Atem gelangte Wegeler über den Pfad auf der hinteren Seite des Bergs zu ihnen. Die Hände auf seine Knie gestützt, schnaufte er aus.

»Babette!«, begrüßte er sie keuchend. »Welch eine große Freude, dich hier zu sehen.«

»Die Freude ist ganz meinerseits, lieber Gerhard.«

Sein Blick ruhte genüsslich auf ihr, bis Ludwig ihn aus seiner Trance holte. »Ich nehme an, wir müssen weiter?«

»O ja, genau. Leider.« Müde stemmte Gerhard eine Hand in die Hüfte. »Ich befürchte, dass wir es sonst nicht pünktlich zu den Breunings schaffen.«

Babette unterdrückte ein Grummeln. Sie hätte sich denken können, dass sie einer Einladung der Hofrätin nach Ahrweiler folgten. Sicher erwartete Eleonore Ludwig bereits ungeduldig.

Wie jedes Frühjahr verbrachte die Familie einige Zeit bei der Schwester der Hofrätin, Margarete Stockhausen, an der Ahr. Seit Wegeler Ludwig Mitte der Achtziger den Breunings vorgestellt hatte, galt die Einladung auch dem jungen Künstler. Trotzdem traf Babette sein gegenwärtiges Ziel wie eiskaltes Wasser ins Gesicht. Ohne, dass sie etwas dagegen unternehmen konnte, stieg eine ungewohnte Bitterkeit in ihr auf, weil sie erkannte, dass sie Eleonore um die Zeit mit Ludwig beneidete. Sie war eifersüchtig. Bei dieser Erkenntnis zuckte sie unmerklich zusammen. Beschämt und strafend zugleich biss sie die Zähne aufeinander.

»Bitte grüßt Lorchen von mir.« Sie zwang sich zu einem Lächeln. Nie war es ihr so schwergefallen, ihre Grüße ausrichten zu lassen.

»Wir sehen uns im Zehrgarten?« Ludwig machte einen halben Schritt auf sie zu.

»Ich werde da sein.« Sie strich sich das Haar hinter die Ohren. Er verharrte bei ihr, lächelte matt. Babette hatte das Gefühl, dass er sich nur mühevoll von ihr lösen konnte, als er sich Wegeler anschloss. Noch einmal drehte er sich zu ihr um, bevor er auf dem Weg verschwand.

KAPITEL 12

Schon im April hatte Frankreich Österreich den Krieg erklärt. Als verbündeter Staat zog nun auch Deutschland gegen Paris. Hatten viele Bonner am Anfang noch Verständnis für Frankreichs Neuordnung aufgebracht, hofften die meisten inzwischen auf eine rasche Niederwerfung der Revolutionäre. Die Angst vor einer Invasion brachte die Menschen, die es sich leisten konnten, dazu fortzugehen. Für Babette und ihre Familie war eine Flucht aber keine Option. Sie würden alles zurücklassen müssen, was sie sich aufgebaut hatten, alles verlieren. Das kam nicht infrage.

Die Spannungen, die der Krieg ausgelöst hatte, waren auch im Zehrgarten zu spüren. Prägende Persönlichkeiten fehlten plötzlich im Lesezirkel. Und obwohl Babette versuchte, sich nicht anmerken zu lassen, wie verunsichert sie war, drang ihre Nachdenklichkeit immer öfter nach außen. Neben den Sorgen um die Sicherheit der Stadt, verblasste fast das Gefühl von Wehmut, das sie wegen Ludwigs nahender Abreise empfand. Sie versuchte sich einzureden, dass die Begegnung am Rolandsbogen nur ein schwacher Moment gewesen war, auf den bisher nichts gefolgt war. Das Einzige, das ihn beschäftigte, war seine Reise nach Wien.

Die Sonne schien durch die Fensterfront des Buchladens. Wie immer an einem Freitag strömten viele Menschen durch die Stadt. Die meisten schienen jedoch lieber den Sehenswürdigkeiten nachzujagen als einzukaufen. Babette konnte es ihnen nicht verdenken. Auch sie spürte eine intensive Sehnsucht danach, hinauszugehen und den herrlichen Frühlingstag zu genießen. Doch sie hatte ihrer Mutter versprochen, den Laden zu hüten, während diese ihre wöchentlichen Besuche bei Freunden machte.

Auf einer Trittleiter stehend, sortierte sie Bücher im Regal um. Dabei fiel ihr eine Ausgabe von Schillers *Don Carlos* in die Hände. Das kleine, in Leder gebundene Buch war ein besonders schönes Exemplar. Sie selbst hatte nur eine gekürzte Ausgabe in ihrer Nachttischschublade liegen. Den *Don Carlos* immer noch in Händen haltend, stieg sie von der Leiter und blätterte sich eifrig hindurch. Auf einem Stuhl neben der Kasse versank sie gänzlich in der abenteuerlichen Lektüre.

Ein Räuspern ließ sie hochfahren. Sie war so vertieft in das Buch gewesen, dass sie die Türglocke nicht gehört hatte. Ludwig betrachtete sie einnehmend. »Die Wahrheit ist vorhanden für den Weisen, die Schönheit für ein fühlend Herz.«

Verdattert hob sie die Brauen. Für den Bruchteil einer Sekunde kam ihr der Gedanke, dass er sich absichtlich an sie herangeschlichen hatte.

»Es ist ziemlich gut.« Er deutete auf das Buch in ihren Händen. Babette klappte es zu, beließ den Zeigefinger aber auf der Seite, auf der sie zuletzt gelesen hatte. Sie betrachtete den Buchdeckel nachdenklich.

»Ja. Ich muss gestehen, dass ich es bisher noch nicht richtig gelesen habe.«

»Ist das wahr?«, fragte er fassungslos.

Beschämt zuckte sie die Schultern. »Ich finde im Moment so wenig Zeit zum Lesen. Irgendwie gibt es so viel anderes zu tun. Ich weiß gar nicht, wie ich immer alles schaffen soll.«

»Oh, ich weiß es.« Er lehnte sich über den Verkaufstisch. Unwillkürlich kam sie ihm entgegen. Ihre Gesichter waren kaum eine Handbreit voneinander entfernt.

»Ändere deine Prioritäten«, flüsterte er mit einem breiten Lächeln.

»Wenn das so einfach wäre«, gab sie im selben Ton zurück.

»Ist es.« Er richtete sich auf und schlug mit der flachen Hand auf den Tisch, so dass Babette leicht zusammenzuckte. »Glaub mir.«

Sie schüttelte zynisch mit dem Kopf und legte *Don Carlos* auf der Sitzfläche des Stuhls ab. Ihrer Meinung nach machte er es sich manchmal zu einfach.

»Auch wenn ich dich für deine aufopfernde Art verehre, denke ich, du solltest anfangen, etwas mehr an dich zu denken und nicht immer nur daran, was deine Familie von dir verlangt.«

Ludwigs höflich vorgetragene Kritik überraschte sie. Er war selbstbewusster geworden. War das der Einfluss der Breunings? Sowohl Respekt als auch Missmut stiegen in ihr auf.

»Einmal angefangen, wirst du nicht mehr aufhören können.« Er wies erneut auf das Buch.

»Mag sein«, entgegnete sie zähneknirschend. »Aber die Geschichte scheint mir etwas melodramatisch. Und romantisch. Das ist nicht so meins.«

»Du wärst die erste Frau, der ich begegne, die keine romantischen Geschichten mag.«

»Und wenn schon. Dann bin ich eben anders.«

Ludwig lächelte sanft. »Lies dieses Buch zu Ende. Und sollte es dir wider Erwarten gefallen, sehen wir beide uns die Aufführung im Theater an. Dann können wir auch gleich gemeinsam beurteilen, ob es dem Ensemble gelungen ist, Schiller gerecht zu werden.«

»Einverstanden.«

Sie besiegelten ihren Plan mit einem Handschlag, bei dem Ludwig ihr tief in die Augen sah. Babettes Herz klopfte wie wild. Rasch entzog sie sich seiner Berührung.

»Wolltest du nicht noch etwas anderes von mir?«, fragte sie.

Blinzelnd betrachtete er sie. »Nun ja, ich …«

»Eine neue Lektüre vielleicht?«, half sie ihm auf die Sprünge.

Wieder blinzelte er sie an. »Richtig. Nein, keine Lektüre. Notenblätter.«

Babette nickte, drehte ihm kurz den Rücken zu und kramte in einem der Regale hinter sich, dann reichte sie ihm das Gewünschte. Ludwig legte das abgezählte Geld auf den Tisch.

»Und du lässt es mich wissen?«, fragte er, die Notenblätter fest in der Hand, und wies mit dem Kinn auf den *Don Carlos*.

Sie nickte hastig, tastete blind nach dem Buch und drückte den Einband fest zusammen. »Das werde ich.«

Zufrieden lächelnd verabschiedete sich Ludwig und verließ den Laden. Nachdenklich fädelte Babette ihre Kette aus dem

Ausschnitt und führte ihr Medaillon an die Lippen. Hatte er sie soeben um eine Verabredung gebeten? Eine ungeahnte Freude erfüllte sie bei der Vorstellung, Zeit allein mit ihm zu verbringen. Und plötzlich sehnte sie sich nicht mehr nach der Frühlingssonne auf ihrer Haut, sondern nur noch danach, dieses Buch zu Ende zu lesen.

Ludwig hatte nicht zu viel versprochen. Noch in der derselben Nacht verschlang Babette *Don Carlos* regelrecht. Schillers Figuren waren ihr so nahegegangen, dass sie ihnen im Traum begegnete. Die Geschichte, die mit so viel Herzblut verfasst worden war, wollte Babette nicht mehr aus dem Kopf gehen, und sie schrieb Ludwig einen begeisterten Brief. Seine Antwort ließ nicht lange auf sich warten, ebenso wenig wie seine versprochene Einladung ins Theater.

»Ich weiß nicht recht, was ich davon halten soll«, merkte Anna an, während sie Babette ein Paar weiße Handschuhe auf dem Bett zurechtlegte. »Du und Louis im Theater, ohne Anstandsdame.« Sie schüttelte seufzend den Kopf. »Das gefällt mir nicht. Wenn wenigstens dein Bruder mitkäme. Was werden die Leute denken?«

Babette saß vor ihrem Frisiertisch und verdrehte unmerklich die Augen. »Früher haben Ludwig und ich auch mal etwas allein unternommen. Was soll jetzt anders sein?«

»Ihr seid erwachsen geworden. Das ändert alles.« Konzentriert strich Anna die Spitze am Saum des rosafarbenen Kleides glatt, das Guste Babette für den Abend herausgelegt hatte.

»Du machst dir unnötig Sorgen, Maman. Wie immer.« Babette steckte sich das Haar hoch. »Außerdem werden noch andere aus dem Lesezirkel da sein«, versuchte sie sie zu beruhigen. »Es ist ja nicht so, als wären wir nur für uns«, fügte sie hinzu und spürte sofort den Widerspruch, denn im Grunde hoffte sie darauf, mit ihm allein zu sein. Ohne die übliche Traube von Freunden und Bewunderern, vor allem aber ohne eine Eleonore, die ihn vereinnahmte.

»Trotzdem«, erwiderte ihre Mutter brüsk, trat hinter sie und nahm ihr die Haarklammern aus der Hand. »Du weißt, wie die Leute sind. Ich möchte nicht, dass sie glauben …«

»Ich weiß, Maman.« Babette lächelte sie beruhigend über den Spiegel an.

»Es wird wohl kaum jemand auf den Gedanken kommen, Babette und Ludwig seien ineinander verliebt.« Kichernd stellte Marianne Babettes polierte Schuhe vors Bett.

Anna atmete hörbar aus.

»Ach, könnte ich nur mitkommen! Ich würde *Don Carlos* so gerne sehen.« Marianne ließ sich rücklings aufs Bett ihrer Schwester fallen.

Anna half ihrer ältesten Tochter beim Ankleiden und Anlegen ihres Granatschmucks, dann setzte Babette sich zu Marianne. Aufmunternd zog sie sie an der Hand zu sich. »Ich gehe noch einmal mit dir rein, versprochen.«

Auf Annas Wunsch hin hatte sich Doktor Crevelt bereit erklärt, Babette mit der Kutsche zum Theater zu bringen. Für gewöhnlich war er nicht weniger um ihre Ehre besorgt als ihre Mutter. In Ludwig jedoch sah er keine Gefahr, und als dieser ihm versicherte, Babette sicher nach Hause zu bringen, fuhr er beruhigt davon.

»Auf welche Figur bist du am meisten gespannt?«, fragte Ludwig und hielt ihr seinen Arm hin.

Zaghaft nahm sie ihn an. »Ich denke auf Elisabeth«, sagte sie, als sie Seite an Seite das Theater betraten, das bereits voller Menschen aus der feinen Gesellschaft war. Damen übertrumpften sich gegenseitig mit extravaganten Perücken und glamourösen Roben. Babette hingegen hatte auf Natürlichkeit gesetzt. Vorsichtig strich sie eine Haarlocke zurück, die sich aus ihrer Frisur gelöst hatte.

»Ich vermute, das hat nichts mit Romantik zu tun.« Er grinste in Anspielung auf ihren Lieblingscharakter. Überführt biss sie sich auf die Unterlippe. Sie musste zugeben, dass ihr die Liebesgeschichte in *Don Carlos* nahegegangen war. Als hätte sie den Schmerz von Schillers Figuren am eigenen Leib gespürt.

Dank seiner Arbeit im Orchester hatte Ludwig Logenkarten erhalten. Der horrende Eintrittspreis, den Besucher dafür aufbringen mussten, entlohnte mit einer unverstellten Sicht auf die Bühne und ausgezeichneter Akustik. Bisher hatte Babette immer nur unten gesessen und die Dialoge so manches Mal kaum hören können. Diesmal würde sie nichts vom Schauspiel ablenken. Aufgeregt nahm sie ihren Platz ein. Das Licht wurde gelöscht und Vorfreude breitete sich in ihr aus.

»Was für ein Zufall, mein lieber Freund!« Degenhardt tauchte hinter ihnen auf. Erstaunt schüttelte Ludwig seine Hand.

»Wir teilen uns eine Loge.« Degenhardt begrüßte auch Babette überschwänglich, dann sank er in den Sitz neben sie, bevor Ludwig Gelegenheit dazu gehabt hatte.

»Ich nehme an, du bist mit der Geschichte vertraut, Betty?«, fragte er. Babette nickte und stöhnte innerlich.

»Eine Liebe, die keinen Platz in der Welt findet.« Degenhardt seufzte übertrieben. »Das ist doch die ganze Tragik des Stücks.«

»Da irrst du dich, mein Lieber.« Stirnrunzelnd setzte sich Ludwig neben ihn. »Es ist der ewige Kampf von Tugend und Verstand.«

»Ist dem so? Mir scheint, ich habe Schiller missverstanden.« Babette beugte sich vor, legte ihre Hände auf die Balustrade und schaute auf den geschlossenen Theatervorhang. »Ich dachte, es ginge darum, seine Gefühle nicht zu verstecken. Auch dann nicht, wenn sie von der Gesellschaft, ja, vielleicht sogar von der eigenen Familie, missbilligt werden.«

Beide Männer betrachteten sie mit nachdenklichem Schweigen.

»So habe ich es jedenfalls verstanden.«

Degenhardt hob irritiert die Brauen, dann lachte er auf. »Frauen!« Amüsiert stieß er seinem Freund in die Seite.

Babette entging Ludwigs grübelnde Miene nicht. Erst als der Vorhang bereits geöffnet war, widmete er sich der Vorstellung.

Im abfallenden Bühnenlicht, das auf die vorderen, seitlich zugeneigten Ränge traf, entdeckte Babette die Hofrätin, daneben Eleonore. Natürlich waren sie zugegen. Die Hofrätin ließ sich kaum eine Uraufführung des Bonner Theaters entgehen. Ob sie wussten, dass Ludwig ebenfalls da war, mit ihr?

Als Don Carlos in Erscheinung trat, riss sich Babette von ihnen los. Die Kostüme waren farbenprächtig, die Kulisse meisterhaft. Es dauerte nicht lang, und sie war vollkommen in der Inszenierung gefangen. So sehr, dass sie sich auch in der Pause nicht vom Fleck rührte. Wie das Buch schaffte es das Stück, sie für sich einzunehmen. Und als die unglückliche Elisabeth gezwungen wurde, den Vater ihres Liebsten zu heiraten, rannen Tränen ihre Wangen hinab.

Kurz glitt Babettes Blick zur Seite. Degenhardt hatte sich gespannt vorgelehnt, so dass sie unvermittelt in Ludwigs Augen schaute, die nicht etwa auf der rührseligen Hochzeitsszenerie ruhten, sondern nur auf ihr. Reflexartig erwiderte sie seinen Blick. Nur für einen Moment. Der Anflug eines Lächelns huschte über sein Gesicht, und ihr wurde klar, dass ihm das Schicksal des Paares ähnlich zu Herzen ging wie ihr. Dass er wie sie mit den Figuren fühlte, dass sie ihn inspirierten. Vielleicht hatte er bereits die passende Melodie dazu im Sinn.

Für Babette verschwanden Zeit und Raum. Es war, als wäre sie ganz allein mit Ludwig im Theater. Sie spürte die Verbindung zwischen Schillers Worten und Ludwigs Musik intensiver denn je – sie war unverkennbar. Beide waren ihrer Zeit voraus. Von den einen gefeiert, von den anderen abgelehnt. Unvermittelt wurde sie von einem Gefühl erfasst, das stärker war als der Strom des Rheins zu Hochwasserzeiten.

»Bravo!« Wie eine Wand kam Degenhardt zwischen sie und Ludwig, und der Augenblick verging im tosenden Beifall des Publikums. Unmerklich schüttelte sie sich. Ihre Selbstreflexion hatte sie das Finale gekostet. Verspätet richtete sie sich auf, klatschte in die Hände. Doch die Erkenntnis, die soeben über sie gekommen war, machte es ihr unmöglich, im Takt zu bleiben. Auf einmal war ihr furchtbar heiß. Ohne ein Wort floh sie auf den Flur, wo sie tief Luft holte.

Aus den Zugängen strömten weitere Gäste. Auch der Vorhang zu ihrer Loge bewegte sich. Rasch versteckte sich Babette in einem schmalen Dienstbotendurchgang. Sie brauchte noch etwas Zeit, um die Verwirrung zu verstehen, die sie während der Vorstellung übermannt hatte. Erst nachdem Ludwig und Degenhardt ihre Loge verlassen hatten, stieg sie langsam die Treppe zum Foyer hinunter. Der Applaus, der aus dem Saal gedämpft zu ihr gedrungen war, wich dem rauschenden Stimmengewirr Hunderter Theaterbesucher. Inmitten des Geraunes hörte Babette eine vertraute Stimme.

»Also wirklich, Betty!« Eleonore stand neben dem Treppenaufgang und musterte sie gespielt übel nehmend. »Du hättest mir ruhig sagen können, dass du auch hier sein würdest.«

»Nun ja, es war recht … spontan«, antwortete sie zögerlich.

Eleonore warf einen Blick hinter sie. »Wer begleitet dich? Ist Matthias auch da?«

»Nein, ich …« Da nahm Babette Degenhardt zusammen mit Waldstein und Wegeler bei der Hofrätin wahr und geriet ins Stocken. Unauffällig hielt sie nach Ludwig Ausschau.

»Wenn ich gewusst hätte, dass dich das Stück interessiert, hätte ich dich gefragt, ob du uns begleitest.« Ohne Babettes Antwort abzuwarten, hakte sich Eleonore bei ihr unter. »Wir hatten noch eine Karte übrig, da Stephan es sich in letzter Sekunde anders überlegt hatte. Er zog dem Theater eine Gesellschaft bei den Lapostolles vor. Ist das zu glauben?«

Babette zuckte die Schulter, immer noch die Menge nach Ludwig absuchend.

»Also ich kann mir kaum etwas Unterhaltsameres vorstellen als einen Theaterbesuch.«

»Das geht mir auch so.«

Eleonore nickte bedächtig, dabei geleitete sie Babette geschickt durch die Besucherschar. »Allerdings ging ich davon aus, du magst keine romantischen Geschichten.«

»Das dachte ich auch«, erwiderte Babette mit einem schiefen Lächeln.

»Maman hat Stephans Karte Gerhard Wegeler überlassen. Sie hält viel von ihm, wie du weißt. Bitte, du nimmst es uns doch nicht übel?« Eleonore musterte sie, ernsthaft in Sorge.

»Aber nein«, versicherte Babette. Vor ihnen teilte sich die Menge und gab den Blick auf die Hofrätin frei. Inzwischen hatte auch Ludwig zu der Gruppe gefunden. Babette schluckte. Ihr war es unbehaglich zumute.

»Sieh nur, wer auch da ist.« Eleonore machte sich freudig von Babette los, um Ludwig die Hand zu reichen.

»Wo ist deine liebe Mutter?«, fragte die Hofrätin, nachdem sie Babette begrüßt hatte. »Mich verlangt es, mit ihr zu sprechen.« Gespannt schaute sie sich hinter ihr um.

»Sie ist im Zehrgarten, nehme ich an.« Wie zu erwarten, rief Babettes Antwort Stirnrunzeln hervor. Für gewöhnlich begleitete ihre Mutter sie zu solchen Anlässen. Meist waren Matthias und Marianne ebenfalls nicht fern. Die Kochs blieben stets zusammen – so kannten sie die Leute. Erst jetzt wurde Babette bewusst, wie ungewöhnlich ihr alleiniges Erscheinen wirken musste.

»Mit wem bist du dann heute hier?« Der Blick der Hofrätin war bohrend, und Babette wurde es heiß. Das Aufkommen genau dieser Frage hatte ihrer Mutter im Vorfeld Sorgen bereitet. Plötzlich hatte sie das Gefühl, als wäre ihre Zunge verknotet. Flüchtig streifte ihr Blick Ludwig, der im Gegensatz zu ihr überaus gelassen wirkte.

»Mit mir«, antwortete er ruhig. Babette erstarrte. Am liebsten hätte sie ihm einen Tritt verpasst. Wie hatte er das so unverblümt vor allen sagen können? Die Miene sowie die Sprachlosigkeit der Hofrätin und ihrer Tochter verrieten Verunsicherung. Eleonores Gesicht war so kreidebleich geworden, dass der Übergang zu ihrer hellen Perücke kaum noch auszumachen war. Babette bedachte Ludwig mit einem übel nehmenden Blick, den er herausfordernd erwiderte.

»Und mir«, durchbrach Degenhardt die Stille, die das Resultat von Ludwigs indiskreter Antwort war.

»Wir vertreten sozusagen ihren Bruder. Der Arme ist momentan durch sein Studium ziemlich ausgelastet«, erklärte er so selbstverständlich, als hätten sie sich abgesprochen. Sofort kam Babette der Verdacht, dass Matthias tatsächlich seine Finger im Spiel hatte. Wahrscheinlich auf Drängen ihrer Mutter.

Waldstein und Wegeler nickten verständnisvoll, etwas zaghafter schloss sich die Hofrätin ihnen an. Eleonores Gesicht hatte immer noch keine Farbe angenommen. Skeptisch sah sie zwischen Babette und Ludwig hin und her, bevor ihr Blick aufgewühlt an Ludwig hängenblieb. Babettes Magen krampfte sich zusammen. Was auch immer Ludwig in Eleonore sah, die Augen ihrer Freundin verrieten, dass sie für ihn schwärmte. Und noch mehr: Eleonore machte sich Hoffnungen.

Mit einem Mal fühlte Babette eine bleierne Schwere in sich. Was hatte sie sich dabei gedacht, mit Ludwig ins Theater zu gehen? Sie hatte nicht nur ihre Freundschaft zu Eleonore, sondern auch seine guten Beziehungen zu den Breunings gefährdet. Wenn Ludwig die Familie gegen sich aufbrachte, könnte er alles verlieren. Und sie? Unwillkürlich legte sie eine Hand auf ihre Brust, weil sie das Gefühl hatte, schlecht atmen zu können. Sie wollte nur noch weg.

Als Ludwig sie nach Hause begleitete, sprachen sie kaum miteinander. Er schien zu spüren, dass er einen Fehler begangen hatte, und Babette glaubte jener Fehler zu sein.

»Dieser Don Carlos ist doch etwas verblendet«, sagte Matthias, als sie beim Frühstück zusammensaßen.

»Wie kannst du so etwas behaupten?«, entgegnete Marianne erbost. Sie hatte ihre Schwester gebeten, ihr alles zu erzählen. Babette hatte jedoch beschlossen, sich dabei auf das Stück zu beschränken. Was sie in Anbetracht ihres Unwohlseins über die weiteren Ereignisse des gestrigen Abends für das Beste hielt. Ohnehin sorgte *Don Carlos* am Frühstückstisch für genug Diskussionen, denn was Schiller anging, so waren sich Marianne und Matthias nie einig.

»Wie konnte er sich nur dermaßen an eine Frau binden, die für ihn unerreichbar war? Selbst schuld, würde ich sagen.« Matthias wischte sich mit der Serviette über den Mund.

»Aufgeben war eben keine Lösung für ihn«, konterte Marianne. »Es ist doch überaus romantisch, wie sehr er trotz aller Widrigkeiten an seiner wahren Liebe festhält. Wie er um sie kämpft! So einen Mann wünsche ich mir auch.« Seufzend stützte sie den Kopf auf ihre Hand und richtete den Blick schwärmend zur Decke.

»So jemanden gibt es nicht.« Babette legte Messer und Gabel parallel auf ihren Teller und stand auf.

»Gib acht, Bärbchen«, wandte ihre Mutter schmunzelnd ein. »Das klingt stark nach Verbitterung.«

»Nein, Maman. Ich bin lediglich realistisch.« Sie schob ihren Stuhl an den Tisch und ging in ihr Zimmer.

Die Mühlen der Zeit schienen schneller zu mahlen, seit der Rhein vom Krieg bedroht war. Der Kreis der Zehrgarten-Freunde begann, sich zu verändern. Die Kügelgens hatten ein Stipendium über zweihundert Dukaten für einen dreijährigen Studienaufenthalt in Rom erhalten. Bevor sie ihre Reise über die Alpen antraten, kamen sie noch einmal mit ihren Freunden im Zehrgarten zusammen. Beide hatten viel erreicht. In den letzten Jahren hatte Gerhard nicht nur Freunde wie die Breunings, den Kurator Spiegel und Waldstein, sondern auch den Kurfürsten selbst porträtiert. Er verewigte sich mit einem Gedicht in Babettes Stammbuch, das sie rührte.

Die Bande der Liebe sind von Rosen, die verblühen, verwelken, vergehen. Die der Freundschaft dagegen von Gold, das nur durch starke Gewalt gebrochen werden kann.

Wenn der Abschied von den Freunden auch schwerfiel, so kamen dafür andere, die ihren Platz einnahmen. Darunter befanden sich die westfälischen Cousins Andreas und Bernhard Romberg. Sie waren vom Kurfürsten durch Dekrete nach Bonn berufen worden, um die Hofkapelle zu verstärken. Bernhard als Cellist und Andreas als Violinist. Die beiden liebenswerten Musiker fügten sich mühelos in den Freundeskreis ein, und nach kurzer Zeit war es, als wären sie immer schon dabei gewesen.

An einem sonnigen Samstagnachmittag kamen einige der Lesezirkelfreunde anlässlich des Geburtstags von Johann Degenhardt auf der Poppelsdorfer Allee zusammen, wo sie nach einer Partie Baille-Maille einen Spaziergang unternahmen. Im Anschluss an den Ausflug bei frühsommerlichen Temperaturen sollte im Zehrgarten gefeiert werden. Neben Wegeler und Christoph von Breuning hatte es sich auch Ludwig nicht nehmen lassen, den Geburtstag seines Freundes zu begehen. Während Marianne Seite an Seite mit Tringen voranschlenderte, spazierte Babette zwischen ihrem Bruder und dem kurfürstlichen Sekretär Karl August von Malchus. Erst Anfang des Jahres war der Sohn des Zweibrückener Burgvogts in den Lesezirkelkreis gestoßen. Durch seine kluge, gerechte sowie humorvolle Art hatte er sich jedoch schnell seinen Platz verdient und zählte schon jetzt zu einem der beliebtesten Mitglieder. Nicht nur Babette schätzte ihn als Freund, sondern auch Matthias ebenso wie Ludwig, der für seine Verhältnisse ungewöhnlich schnell eine enge Bindung zu ihm aufgebaut hatte. Wegeler und Christoph führten die gut gelaunte Truppe an, dicht gefolgt von Marianne und Tringen, die ihnen kichernd auf den Fersen waren.

»Ich muss schon sagen, es ist wahrhaft eine Freude, hier zu

sein«, sagte Malchus und deutete hinauf, wo die Bäume ein dichtes Blätterdach bildeten. Der angenehm süßliche Duft von Lindenblüten hing in der Luft.

»Ich bin umgeben von Schönheit.« Malchus wurde nicht müde, Bonns Vorzüge zu rühmen, genauso wie Babettes. Er sah sie an, bewunderte sie ganz unverblümt. Und obgleich sie längst gemerkt hatte, dass er ihr zugetan war, empfand sie sein Umwerben als erfrischend und schmeichelhaft.

»Ich bin der Ansicht, dass Frauen ihre Gefühle weitaus besser im Griff haben als Männer«, kommentierte Wegeler in Anlehnung an das durch Marianne in Gang gesetzte Gespräch über die lebhafte Kölnerin Jeannette d'Honrath, die wieder einmal im Breuning-Haus gastierte. Die Blondine hatte so manchem Mann den Kopf verdreht, bevor bekannt geworden war, dass sie vorhatte, einen reichen österreichischen Hauptmann zu heiraten.

»Dem stimme ich ausnahmslos zu!«, befand Malchus und schenkte Babette ein Lächeln.

»Was ist mit dir, Matthias?« Christoph blieb stehen und schaute zurück. »Hältst auch du das weibliche Geschlecht für berechnend?«

Matthias musterte erst Tringen und Marianne, dann Babette. Zwiegespalten zuckte er die Schultern. »Berechnend, was für ein Unwort! Doch im Grunde glaube ich schon, dass sich keine Dame, die wir kennen, an einen Mann heften würde, der ihr keine Vorteile bringt. Warum sollte sie auch?«

Ludwig, der bisher nur teilnahmslos zugehört hatte, stimmte schmunzelnd zu. Zweifellos war es seiner persönlichen Betroffenheit in Bezug auf Jeannette d'Honrath geschuldet, dass er sich bisher nicht eingebracht hatte. Kurz, aber intensiv sah er Babette an, als wolle er wissen, ob sie mit ihrem Bruder übereinstimmte, was ihr Bedürfnis stärkte, diesem zu widersprechen.

»Du gehst hart mit uns ins Gericht, Matthias. Nicht jede Frau ist nur auf ihren eigenen Vorteil bedacht. Ebenso wenig wie jeder Mann.«

»Natürlich nicht«, brummte er nachgiebig, wenn auch nicht überzeugt.

»Die Gründe, die für eine Ehe sprechen, sind vielfältig«, fuhr sie fort. »Aber eins sind sie sicher nicht: geschlechtsspezifisch.«

Matthias atmete hörbar aus. Es kam vor, dass er vergaß, wie ambitioniert sie in ihrem Streben war, ein neuzeitliches Frauenbild zu schaffen. Das zustimmende Nicken von Malchus, Tringen und Marianne ermunterte sie, weiterzusprechen und klarzustellen, dass sie nicht käuflich war. Ganz egal, was man sich in Bonn auch über ihr Ziel von einem gesellschaftlichen Aufstieg erzählte.

»Es gibt Paare, die heiraten, weil es so arrangiert wird. Bei denen keiner eine Wahl hat.«

»Andere heiraten, weil sie tiefe Gefühle füreinander hegen«, schloss sich Malchus der Diskussion an.

Babette schaute vor sich ins Leere. »Oder um ihre Einsamkeit zu lindern. Weil sie glauben, dass das Leben gemeinsam leichter ist.«

»Welch tiefgründiger Gedanke«, lobte Ludwig. Und zum ersten Mal, seit sie die Allee betreten hatten, sah sie ihn lächeln.

Kapitel 13

Das laute Stimmengewirr aus der Gaststube verfolgte Babette bis in den Innenhof, der sich auch über einen langen, schmalen Gang ausgehend von St. Remigius erreichen ließ. In jener Nacht war sie die Einzige dort, was ihrem Bedürfnis nach Ruhe zugutekam. Erschöpft strich sie sich mit beiden Händen das Haar zurück, setzte sich auf einen Mauervorsprung, reckte das Gesicht hinauf und sog die frische, lauwarme Nachtluft tief ein. Nicht zum ersten Mal benötigte sie eine Pause von den politischen Reden, die mittlerweile aus dem Lesezirkel nicht mehr wegzudenken waren. Sie trauerte Themen wie Kultur, Kunst und der Ausgelassenheit nach, die vormals die Runde bestimmten. Nun eskalierten die Diskussionen oftmals. Es war, als hätte der Krieg den Respekt voreinander verdrängt. In den letzten Wochen hatte sie sich deswegen angewöhnt, an die Luft zu gehen, bevor sie etwas in die Runde warf, das sie später vielleicht bereute.

Während die Menschen im Zehrgarten an den Umstrukturierungen der Politik festhielten, war Babettes Mutter eifriger denn je damit beschäftigt, ihre Tochter gut zu verheiraten. Nachdem Babette Malchus' Werben nicht nachgegeben hatte, hatte sie unter deren bissigen Bemerkungen zu leiden, und das zusätzlich zu ihrem schlechten Gewissen. Längst hatte Babette eingesehen, dass sie Malchus' Gefühle zu lange kleingeredet hatte. Sein Antrag vor knapp drei Wochen hatte sie regelrecht überrumpelt. So sehr, dass sie vollkommen unvorbereitet nur wenig tröstliche Worte für ihn gefunden hatte, um ihm mitzuteilen, dass sie sich nicht in der Lage sah, ihn zu heiraten. Das tat ihr von Herzen leid – war er ihr doch ein Freund geworden, auf den sie nicht mehr verzichten wollte. Sein Anstand hatte ihn die Ablehnung gefasst aufnehmen lassen, aber seine Niedergeschlagenheit hatte sich in seinen Augen gespiegelt, und die Tatsache, dass er seither dem Zehrgarten ferngeblieben war, zeigte, dass es ihn mehr mitnahm, als er bereit war zuzugeben.

Freitag strich miauend um ihre Beine. Babette nahm den alten Kater auf den Arm und kraulte ihm den Rücken. Schnurrend schmiegte er seinen Kopf an ihre Wange und streckte dann, gleich einer kapitulierenden Geste, die Pfoten in die Luft. Nach nur wenigen Minuten hatte er genug. Zappelnd machte er sich von seinem Frauchen los und flitzte zurück in die Schatten des Gebäudes. Dass Freitag selbst bestimmte, wann und wie lange er die Aufmerksamkeit der Menschen genoss, hielt Babette weder für störend noch egoistisch. Er war frei. Und es erfüllte sie mit Freude zu sehen, dass es Geschöpfe gab, die gänzlich selbstbestimmt waren.

Mit einer Kelle schöpfte sie Wasser aus dem Eimer, der für die Bediensteten neben der Hintertür zum Gasthaus bereitstand. Während sie durstig trank, erfasste sie über sich einen Stern, der wie eine Kerze im Wind vor einem klaren Himmelszelt stand. Unendliche Male hatte sie sich bereits gefragt, ob dort oben eine eigene Welt existierte. Abseits von allem, was sich auf der Erde tat, und von dem, was ihnen die Kirche vorgab. Eine Welt, von der sie nichts ahnten.

Erst als sich die Tür öffnete und die Geräusche aus dem Zehrgarten wieder lauter zu ihr vordrangen, löste sie sich von dem einnehmenden Anblick. Eine kleine Gruppe verließ die Gaststube, ohne von ihr Notiz zu nehmen. Hinter ihnen trat Ludwig aus der Tür.

Als er sie sah, lächelte er freundlich. »Ich hoffe doch, du machst es dir nicht zur Gewohnheit, dich zu verstecken.«

»Ich musste mal an die frische Luft.« Babette sank zurück auf die Mauer. »Die politischen Debatten ermüden mich.«

Er nickte einvernehmlich, kam neben sie und betrachtete sie aufmerksam. »Wie geht es dir abgesehen davon?«

»Du weißt das mit Malchus?«, fragte sie seufzend.

»Er hat es mir erzählt.«

Natürlich hat er das, dachte sie, und das unangenehme Gefühl, das sich wegen ihm in ihre Magengrube bohrte, machte sich wieder stärker bemerkbar. In einer Art Selbstgeißelung kaute sie auf ihrer Unterlippe.

»Er trägt dir deine Entscheidung nicht nach. Und er wird wieder in den Lesezirkel finden, sobald er sich von seinem gebrochenen Herzen erholt hat.«

Tonlos starrte Babette auf das Wasser im Eimer, in dem sich der Mond spiegelte. »Ich hoffe, er glaubt nicht, er wäre nicht gut genug. Das ist es nicht. Es ist …«

Sie unterbrach sich selbst nach der Erklärung suchend, was sie davon abgehalten hatte, jemanden an sich heranzulassen, der von tadelloser Herkunft und Berufung war, und den sie noch dazu überaus wertschätzte.

»Du willst dich noch nicht festlegen.« Ludwig stützte die Hände hinter sich auf der Mauer ab. »Das ist nicht verwerflich.«

»Kommt darauf an, wen man fragt«, sagte sie nachdenklich. »Meine Mutter ist ein wenig in Aufruhr. Ich glaube, ihre größte Angst ist es, dass ich meine Möglichkeiten verschwende und irgendwann als arme alte Jungfer in der Gosse lande. Sie will nicht wahrhaben, dass ich auch allein zurechtkommen würde.«

Er musste lachen. »Schwer vorzustellen. Wenn ich daran denke, wie du damals, als wir klein waren, diesen Jungen zurechtgewiesen hast, der mich immer ärgerte. Der Arme tut mir jetzt noch leid.«

»Ja.« Sie grinste aufgemuntert, dann wurde sie wieder ernst. »Aber das will meine Mutter nicht einsehen. Und Malchus kennt derlei Geschichten von mir nicht.«

»Nein.« Ludwig sog zischend die Luft ein. »Ich schätze, da bin ich dem Guten voraus.«

Er kannte sie länger und besser als die meisten und wusste, dass sie weder hilflos noch zerbrechlich und schon gar nicht unterordnend war. Eine Weile saßen sie still nebeneinander. Der volle Mond tauchte den Innenhof in ein gleißendes Licht.

»Ich hatte gehofft, du würdest den Lesezirkel noch einmal mit deinem Gesang erfreuen«, sagte Ludwig nach einer Weile. Babettes Herz schlug schneller. Warum sagte er das? Ratlos betrachtete sie ihn von der Seite. Sie hatte schon fast vergessen, dass er ihr noch seine Meinung zu ihrer letzten Gesangsdarbietung schuldig war. Inzwischen war viel Zeit vergangen.

»Wir könnten zusammen musizieren«, wagte sie sich vor. »Ich bin sicher, es würde alle erfreuen und von der Politik ablenken.«

Er starrte grüblerisch vor sich hin.

»Es sei denn natürlich, du spielst lieber allein?«

»Nein«, sagte er endlich. »Es ist nur …« Er schluckte, drehte sich zu ihr und sah sie durchdringend an.

»Du denkst, ich bin nicht gut genug, um mit dir Musik zu machen?«, fragte sie sowohl vorwurfslos als auch selbstkritisch.

»Nicht doch!«, widersprach er energisch. »Wie kommst du denn darauf?«

Babette zuckte die Achseln. »Na ja, du bist umgeben von musikalischen Talenten, da wirke ich sicher langweilig auf dich. Dein Schweigen nach meinem letzten Gesang im Zehrgarten hat alles gesagt. Und das ist auch in Ordnung. Lass uns nicht mehr darüber reden.«

»Du glaubst, es hat mir nicht gefallen?« Er betrachtete sie entrüstet. »Erinnerst du dich noch an das Lied, an dem ich im klassischen Boden gearbeitet habe?«

Sie nickte beklommen.

»Ich habe dir gesagt, dass ich es nicht zu Ende schreiben kann, weil ich meiner Inspiration nicht gerecht werde.« Er machte eine Pause, holte tief Luft. »Du warst diese Inspiration!«, fuhr er flüsternd fort.

Babette machte große Augen. Sie konnte nicht glauben, was sie hörte.

»Dein Talent, deine Lebensfreude, deine Kraft ...«, sprach er weiter, und sie hing ungläubig an seinen Lippen.

»Ich muss dir sagen, dass ich für einen Moment Angst hatte, du würdest Malchus' Antrag annehmen. Große Angst!«

Sie runzelte die Stirn, unsicher, ob sie ihm das glauben wollte.

»Seit du mich nach dem Tod meiner Mutter besucht hast, hat sich etwas verändert«, erklärte er. »Du bist in meinen Gedanken, Betty. Vielleicht sehne ich mich danach, zu sein wie du. Nach deiner Leichtigkeit, deinem Selbstvertrauen. Ich habe versucht, dich in einer Melodie zu finden. Doch es wollte mir nicht gelingen. Das hätte ich dir schon längst sagen sollen. Bis zu unserer Begegnung am Rolandsbogen ging ich davon aus, du wüsstest es.«

Sie rang um Atem. Verwirrt schickte sie ihren Blick hinauf zu den Sternen, darüber nachsinnend, was er ihr offenbart hatte. Damit hatte sie nicht gerechnet. Oder vielleicht doch? Sie war nicht sicher, ob sie ihn richtig verstand. Hatte er vielleicht einfach zu viel Wein getrunken?

»Habe ich dich verunsichert?«, fragte er besorgt.

Zögerlich wandte sie sich ihm wieder zu.

»Du wirkst verstört.« Erschrocken wich er zurück.

»Überrascht«, korrigierte sie ihn mit einem Schulterzucken. »Ich bin überrascht, dass du mich so siehst und nicht jemand anderes.«

»Du spielst auf Jeannette und das Fräulein Westerholt an.« Er schnaufte abwertend, als wären seine Verbindungen zu diesen Damen absolut lächerlich.

»Lorchen!« Kopfschüttelnd brachte Babette das zur Sprache,

von dem sie sich eingeredet hatte, es sei ihr gleichgültig. »Was ist mit ihr?«

»Was soll mit ihr sein?«

»Sie ist meine Freundin!«

»Ich weiß«, gab er keck zurück. »Sie ist auch die meine.«

Sie konnte es nicht fassen. Erst kürzlich hatte Eleonore ihr stolz erzählt, er hätte ihr eine Klaviersonate gewidmet. Wie konnte das nichts bedeuten? »Ich dachte, da wäre vielleicht …«

»Was?«, unterbrach er sie abrupt.

»Es kam mir vor, als stündet ihr euch sehr nahe.« Verhalten suchte sie seinen Blick.

»Das tun wir«, gab er achselzuckend zu. »Sie ist wie eine Schwester für mich.«

Babette sah grübelnd an ihm vorbei. Ob ihre Freundin ihre Beziehung wohl genauso beschreiben würde? Die Art, wie sich Eleonore in seiner Gegenwart verhielt, ließ sie daran zweifeln. Was, wenn die Zuneigung einseitig war?

»Die Breunings sind Familie«, bekräftigte er nachdrücklich. »Sie haben mich aufgenommen, wofür ich ihnen zu tiefem Dank verpflichtet bin. Doch du kennst mich am längsten, am besten.«

Schweigend sammelte Babette ihre Gedanken.

»Ich hätte nicht von dir erwartet, dass du dem Gerede der Leute Glauben schenkst«, sagte er gleichermaßen abfällig wie enttäuscht.

»Das tue ich nicht!«, wehrte sie sich, obwohl sie mit sich haderte.

Erleichterung blitzte in seinen Augen auf, als sie ihm ein entwarnendes Lächeln schenkte.

»Besteht die Möglichkeit, dass du mir vielleicht auch irgendetwas sagen möchtest?«, fragte er hoffnungsvoll.

Mit einem Mal schlug ihr Herz so heftig gegen ihren Brustkorb, dass sie Mühe hatte, einen klaren Gedanken zu fassen.

Er trat nah an sie heran und nahm ungeduldig ihre Hand. »Meine liebste Betty, du bist doch sonst nicht um Worte verlegen. Ich habe dir gerade meine Seele zu Füßen gelegt.«

»Ich bin gerührt«, hauchte sie, nachdem sie sich vergewissert hatte, dass sie niemand belauschte. »Sehr gerührt sogar. Auch wenn ich es noch nicht wirklich glauben kann.«

Seine Augen wurden schmal, dann seufzte er laut. »Ich nehme an, ich trage die Schuld an deinen Zweifeln. Allzu oft fehlt mir der Blick auf mich selbst. Ich bin weiß Gott niemand, der wegen seiner Frohnatur geliebt wird. Ich strahle nicht. Nicht so wie du.«

»Bitte«, hielt sie ihn an. »Sag so etwas nicht.«

Abermals seufzend ließ er von ihr ab. »Verzeih mir, wenn ich zu viel in die Gründe für dein Ablehnen von Malchus' Antrag hineininterpretiert habe.«

Fassungslos starrte sie ihm ins Gesicht. Das war also der Grund, weshalb er ihr all das gesagt hatte. Warum er jetzt hier war, bei ihr?

»Auf wen hegst du Hoffnungen? Ist es dieser Göbel? Oder Christoph?« Seiner Stimme schwang Enttäuschung bei. Auch sein scharfzüngiger Vorwurf entging ihr nicht.

Für den Moment fand sie keine Worte. Reflexartig stoben sie auseinander, als eine Gruppe johlender Männer aus dem Gasthaus kam. Sie ließen sie passieren, warteten ab, bis sie in der Gasse Richtung Kirche verschwunden war.

»Ich hege gar keine Hoffnungen!«, stellte Babette zischend klar.

»Dann bitte ich dich um Verzeihung«, sagte er reuig.

Weitere Gäste verließen den Zehrgarten. Blitzschnell zog Ludwig Babette in den Schatten des Dachvorsprungs, in dem zuvor schon ihr Kater Zuflucht gefunden hatte. Er schloss seine Hände fest um ihre. »Ich will nur, dass du weißt, dass ich dir gehöre«, flüsterte er hingebungsvoll. »Wenn du es wünschst.«

Seine ungeschorene Offenheit raubte ihr für einen Augenblick den Atem. »So solltest du nicht reden.« Widerwillig ließ sie ihren Verstand sprechen, aber ihre kraftlose Stimme verriet, wie es tatsächlich in ihr aussah.

Ludwig kam näher. Dürstend tastete sich sein Blick über ihr Gesicht. Babettes Knie wurden weich. Einen Moment lang hatte sie das Bedürfnis, sich ihren Gefühlen hinzugeben, die schon eine ganze Weile ungehört in ihr tobten. Sie hatte sie zuvor nicht zulassen, nicht wahrhaben wollen – dessen war sie sich nun bewusst. Ludwigs Finger glitten zärtlich über ihre Wange, sie streiften ihr Kinn, ihre Lippen. Und Babette wollte nur eins: sich von ihm leiten lassen, so wie es das Klavier unter seiner Berührung tat.

»Geliebte«, hauchte er, bevor sich ihre Münder zum Kuss vereinigten. Zum ersten Mal in ihrem Leben war sie wahrhaft sprachlos. Sie fand weder Worte für das, was sie empfand, noch für das, was sie bewegte. Kein Widerstand, kein Pflichtgefühl. Nie zuvor war sie schwereloser gewesen.

War das die Liebe? Fühlte sie sich so an?

Kapitel 14

Von den Bonas, die in der Nähe des Baumschulwäldchens ein kleines Gut besaßen, wusste Babette, dass es den kurfürstlichen Gärtner nach Godesberg verschlagen hatte, um sich der Gestaltung des Kurortes anzunehmen. Demnach war das Lusthäuschen, wie das Gärtnerhaus auch genannt wurde und vor dem Babette auf Ludwig wartete, verwaist. Das triste Regenwetter tat den Rest. Es hielt die meisten Menschen vom parkähnlichen Garten fern.

Bei ihrem Abschied im Innenhof des Zehrgartens hatte Ludwig sie um ein weiteres, diesmal geplantes Treffen gebeten. Babette hatte jedoch den richtigen Moment abwarten müssen, weshalb es ihr erst heute möglich war, unbehelligt das Haus zu verlassen. Am Morgen war ihre Mutter nach Duisdorf gefahren, Matthias tagte in Köln, und Marianne hatte die Aufsicht im Zehrgarten.

Inzwischen waren fast zwei zähe Wochen vergangen, in denen Babette Ludwig weder gesehen noch etwas von ihm gehört hatte. In dieser Zeit hatte sie sich so manches Mal gefragt, ob ihr intimes Gespräch nie stattgefunden hatte und der Kuss, von dem sie seither zehrte, vielleicht nur ein Traum gewesen war.

Matthias hatte ihr erzählt, dass die Josephskantate, an der Ludwig akribisch gearbeitet hatte, nun doch nicht in Mergentheim aufgeführt werden sollte. Sie sei zu schwierig, zu politisch hieß es – beklagte sie doch den Tod eines Kaisers, der gegen religiösen Fanatismus gekämpft hatte. Man wollte die durch die Französische Revolution angeprangerten geistlichen Staaten nicht gefährden. Das Ausmaß von Ludwigs Enttäuschung wollte Matthias ihr ersparen, er verriet jedoch, wie sehr er getobt hatte, als man ihm die Entscheidung überbrachte. Ludwig sah das Andenken des Aufklärers befleckt und verstand die Planänderung als persönliche Kritik an seiner Komposition. Obgleich interne Quellen versicherten, dass die Absage nicht an seiner Musik lag, nebst anderer Gründe aber an der Unfähigkeit des Orchesters, diese zu spielen. Babette fühlte mit ihm. Sie wusste, wie viel Zeit, Arbeit und vor allem Herzblut er in seine Kompositionen investierte und dass er mit Rückschlägen oftmals nicht gut zurechtkam. Gerne wäre sie für ihn dagewesen, hätte ihm gegenübergestanden und Mut zugesprochen. Stattdessen hatte ein Brief an ihn ausreichen müssen, in dem sie ihrem Bedauern über die geplatzte Aufführung Ausdruck verliehen hatte, den er unbeantwortet gelassen hatte.

Lange Minuten verstrichen. Babettes Nervosität schlug in Angst um, und Zweifel kamen in ihr auf. War es überhaupt richtig gewesen herzukommen?

Vor ihrer Mutter hatte sie angegeben, eine Teegesellschaft der Göbels zu besuchen. Im Wissen, wie vorteilhaft ein erneutes Aufeinandertreffen mit Ferdinand sein könnte, hatte Anna sogleich zugestimmt und ihr eigens dafür ihre weißen

Samthandschuhe geliehen. Babette fühlte sich schlecht. Nie zuvor hatte sie ihre Mutter belogen. Aber sie hatte keine andere Möglichkeit gesehen. Sich allein mit Ludwig zu treffen, das hätte sie nicht erlaubt. Nicht noch einmal. Ohnehin war Annas Misstrauen Ludwig gegenüber seit dem Theaterbesuch geweckt. Sie sprach mit Vorsicht über ihn, und wann immer ein Gespräch auf ihn kam, behielt sie die Reaktionen ihrer Tochter genau im Auge. Babette wusste, dass sie sich auf dünnem Eis bewegte, und doch war sie hier.

Feiner Nieselregen fiel. Der Nebel hing wie ein Vorhang in der Luft. Nicht weit vom Wäldchen entfernt kündigte sich donnergrollend ein Sommergewitter an, das die Schritte der wenigen Flanierenden in der bewaldeten Anlage noch eiliger werden ließ.

Babette hatte ihren Hut tief ins Gesicht gezogen. Der daran angebrachte Schleier sollte zusätzlich vor neugierigen Blicken schützen. Aufgeregt spähte sie zwischen den jungen Bäumen hindurch. Starrend in den sich verdichtenden Dunst, hielt sie nach Ludwig Ausschau und wippte auf den Fußballen. Er war spät dran.

Die Kirchenglocke schlug sechs Uhr, und Babette wurde noch ungeduldiger. Sie lehnte sich mit dem Rücken gegen die Hauswand, schickte ihren Blick hinauf. Was, wenn er nicht kommt?, verselbstständigten sich ihre Gedanken, und ihr Herz schnürte sich zusammen. Ein Vorgeschmack auf das, was Malchus ihretwegen ertragen musste. Sie war noch nicht in Gänze mit Herzensangelegenheiten vertraut, aber eines wusste sie genau: In nichts lagen Hoffnung und Schmerz näher beieinander als in der Liebe.

Der Regen wurde heftiger. Über ihr hing bedrohlich ein Teppich aus tiefschwarzen Wolken. Fröstelnd schlang sie die Arme um den Körper, als der Wind die jungen Bäume zur Seite zwang. Babette drückte sich noch dichter an das Gemäuer und lauschte dem Prasseln des Regens und der Gewalt des Donnerschlags. Wütend, tobend umfing sie das Unwetter – wie ein Paukenschlag, wie ein dramatisches Lied. Aber es war nichts gegen jenes, das in ihr herrschte, als ihr klar wurde, dass Ludwig nicht mehr kommen würde. Es musste ihm irgendetwas passiert sein, flüsterte ihr Herz. Etwas Wichtiges. Doch der Gedanke brachte ihr nur wenig Trost.

Ich bin ihm nicht wichtig genug, zischte ihr Verstand und fügte dem verletzenden Satz noch die Namen der Frauen hinzu, bei denen er sich möglicherweise aufhielt: Eleonore, Jeannette d'Honrath, Anna Maria Westerholt. Babettes Hoffen, ihr Sehnen waren erschüttert. Die Enttäuschung wog schwer. So viel hatte sie auf sich genommen, um hier sein zu können. Bedeutete ihm das gar nichts? Ihre Aufregung, die Vorfreude, die Lügen, die Gefahr, in der sie sich seinetwegen begeben hatte – alles umsonst.

Quälend langsam vergingen die Tage. Vergeblich wartete Babette darauf, dass Ludwig sie zu Hause besuchte oder einen Brief schickte, in dem er ihr erklärte, warum er ihrem vereinbarten Treffen ferngeblieben war. Nacht für Nacht lag sie wach im Bett, suchend nach Entschuldigungen für ihn. Vielleicht hatte jemand von ihrer Verabredung Wind bekommen, und er versuchte lediglich ihre Ehre zu schützen. Was, wenn er krank war? Diese kreisenden Gedanken beherrschten sie zu jeglicher Tages- und Nachtzeit. Sie raubten ihr neben dem Schlaf auch den Appetit.

Die Abende verbrachte sie im Zehrgarten, umgeben von ihren Lesezirkelfreunden, darunter Malchus, der endlich wieder zu ihnen gestoßen war. Er hatte noch einmal das Gespräch mit ihr gesucht und ihr mitgeteilt, dass ihm die Freundschaft zu ihr über alles ging. Diese versöhnliche Geste bedeutete ihr viel. Sie linderte ihren Herzschmerz, von dem sie nun wusste, dass er nicht nur Ludwig geschuldet war. In der Gesellschaft von Malchus fand sie wohltuende Ablenkung. Sosehr sie sich aber auch bemühte, ihren Freunden entging ihre Niedergeschlagenheit nicht. Ebenso wenig wie ihren Geschwistern. Matthias war endlich von seiner Studienreise zurück und schien aufgeräumter zu sein. Babette vermutete, es lag daran, dass er sich außerordentlich gut mit Antoinette Klein verstand. Eine Freundin der Familie, auf die er in den vergangenen Wochen häufiger getroffen war.

Ludwig blieb der Gastwirtschaft hingegen fern. Niemand schien zu wissen, was der Grund dafür war. Wahrscheinlich war er wieder einmal beschäftigt. Eilte Abgabeterminen nach. Dass er Schwierigkeiten mit Zeitvorgaben hatte, war weithin bekannt. Einige seiner Stücke waren bei der ersten Aufführung durchgefallen, weil die Musiker zu wenig Probezeit hatten. So manche Leute warfen ihm deshalb Nachlässigkeit vor. Doch Babette wusste, wie sehr er mit sich zu kämpfen hatte. Ein Übermaß an Motivation konnte Segen und Fluch zugleich sein. Sicher war sein Perfektionismus auch diesmal schuld daran, dass er nichts anderes sah als seine Arbeit. Wie konnte sie ihm deswegen böse sein?

Trotzdem blieben gewisse Bedenken in ihr zurück. Anstatt die Lagerbestände im Keller, wie von ihrer Mutter gefordert, zu zählen, starrte sie daher mit leerem Blick auf die mit Lebensmitteln und Getränken gefüllten Truhen, Körbe und Fässer.

»Haben wir etwa den Holzwurm?« Matthias stand im schmalen Gang zwischen den aufgereihten Bier- und Weinfässern und musterte sie ratlos.

»Nein. Ich denke nicht«, reagierte sie verzögert.

»Du bist schon ganz schön lange hier unten. Im klassischen Boden warten alle auf dich.«

»Tatsächlich?« Mutlos schnaufte sie aus und richtete ihren Blick wieder auf das Klemmbrett mit der Bestandsliste in ihrer Hand.

Er kam an ihre Seite. »Du verkriechst dich nicht zum ersten Mal hier unten.«

»Das tue ich gar nicht«, log sie wenig glaubwürdig.

»Denk nicht, ich wüsste nicht, was dich bedrückt«, sagte er einfühlsam.

Ihr Herz polterte, als sie ihm ins Gesicht sah.

Tröstend legte er den Arm um sie. »Es hätte nicht funktioniert. Du weißt das, und er weiß es auch.«

Sie schluckte.

»Ihr habt doch alles geklärt. Es gibt also keinen Grund mehr, weshalb du ein schlechtes Gewissen haben müsstest. Es sei denn, du bereust deine Entscheidung?«

Er sprach von Malchus. Erleichtert atmete sie auf, schüttelte den Kopf und lächelte leicht.

»Gut! Du wirst deine glänzende Partie machen. Und jetzt beeil dich ein bisschen, sonst werden alle noch ungeduldig.«

Sie nickte matt und senkte den Kopf. Für einen Moment hatte sie tatsächlich gedacht, er wüsste über sie und Ludwig Bescheid. Erschrocken musste sie feststellen, dass sie froh darüber gewesen wäre. Zu lange machte sie bereits alles mit sich allein aus, trug Glück und Hoffnung ebenso wie Enttäuschung und Kummer wie einen prallgefüllten Erntekorb mit sich herum. Immer darauf bedacht, sich nicht anmerken zu lassen, wie schwer ihre Last war.

»Bärbchen?« Matthias beäugte sie aufmerksam. Er hob ihr Kinn, damit er sie direkt ansehen konnte. »Was ist denn?«

Die Tränen in Babettes Augen erschreckten ihn. Er legte den Arm um sie, führte sie zu den aufgestapelten Holzkisten, wo sie sich setzten.

»Es ist nichts.« Schluchzend nahm Babette sein Taschentuch an. Sosehr sie sich auch wünschte, sich ihrem Bruder anzuvertrauen, sie musste Stillschweigen bewahren. Auf keinen Fall wollte sie Unfrieden in eine Freundschaft säen, die so tief ging wie die von Matthias und Ludwig.

»Sieht nicht so aus«, raunte er mitfühlend.

Sie schüttelte den Kopf.

»Du musst mit mir reden!«, forderte er milde.

»Ich kann nicht.« Ihre Stimme war nur ein Flüstern.

»Als das Oberhaupt unserer Familie ist es meine Pflicht, dich und Jänchen vor Enttäuschungen zu bewahren«, ermutigte er sie.

Sie zog die Nase hoch. Sein Bemühen, nach dem Tod ihres Vaters für sie einzustehen, wusste sie zu schätzen. Trotz seines jungen Alters machte er seine Sache gut – wenn auch nicht immer mit der erforderten Strenge. Und obwohl sie manchmal den Eindruck hatte, dass ihn die Verantwortung belastete, beklagte er sich nie.

»Mich musst du nicht vor Enttäuschungen bewahren. Ich bin alt genug, um meine eigenen Fehler zu begehen.« Babette legte ihre Hand über seine, die unruhig sein Knie knetete. Sie lächelte tapfer, aber schwermütig.

»Wusstest du, dass die Breunings in Koblenz sind?«

Sie tupfte sich die Augenwinkel trocken und schüttelte den Kopf.

»Sie besuchen ihre Verwandten und die ein oder andere Gesellschaft.«

Konzentriert faltete sie sein Taschentuch.

»Ludwig ist mitgefahren«, fügte er leise hinzu, dabei sah er sie abwartend von der Seite an. Babette hielt mit dem Taschentuch in Händen inne. Warum erzählte er ihr das? Langsam wandte sie sich ihrem Bruder zu, sah ihm ins Gesicht.

»Dann ist es das«, murmelte er leise.

Babette legte keinen Widerspruch ein. Sie war in seine Falle getappt. Absichtlich? Ihr Schweigen tat das Übrige.

Er stemmte sich hoch, schnaubte aus. Die Hände über den Kopf gelegt, ging er einige Schritte umher. »Ich habe es geahnt! Aber was viel schlimmer ist, andere vor mir. Männer reden, Bärbchen. Bis jetzt war ich nur nicht bereit, alles davon in Betracht zu ziehen.«

Kurz wollte sie fragen, wer etwas Derartiges über sie gesagt hatte, sah dann aber davon ab.

»Was ist zwischen euch passiert? Nein! Ich will es lieber nicht wissen. Er ist einer meiner besten Freunde«, raunte er wie zu sich selbst und schüttelte den Kopf.

»Das weiß ich.« Babette stand auf und ging auf ihn zu.

»Und doch ist Blut dicker als Wasser«, murmelte ihr Bruder, den Blick auf den grauen Kellerboden geheftet, als könne er ihm sagen, was er nun tun solle.

»Dass er das gewagt hat …« Enttäuschung und Wut lagen zu gleichen Teilen in seinem Ton. Seine Kiefer pressten sich aufeinander. Ihm war der Zwiespalt anzusehen, in den sie ihn gebracht hatte.

»Es war nicht Ludwigs Schuld«, sagte sie leise.

Wieder schüttelte Matthias bedauernd den Kopf, dann sah er sie direkt an. »Meine arme Schwester. Er meint es nicht ernst.«

Babette spürte, wie ihr Herz schwer wie Blei wurde.

»Ludwig ist von der Liebe besessen. Ich glaube, er braucht sie, weil er nur so seine Musik schreiben kann. Sie ist das stärkste Gefühl, oder nicht?« Matthias klang traurig und streng.

Babette schluckte. Noch konnte sie ihm nicht folgen.

»Ich kann, ich will dir die Wahrheit nicht vorenthalten. Du bist meine Schwester! So tief Ludwigs Gefühle auf dich momentan auch wirken mögen, so unstet sind sie auch. Er ist oft verliebt, aber niemals lange.« Seine Worte waren wie ein Schwert, das ihr Herz in zwei teilte. Warum sprach er auf diese Weise zu ihr?

»Glaubst du wirklich, dass er sich so unehrenhaft seiner ältesten Freundin gegenüber verhalten würde? Der Schwester seines engsten Kameraden?« Babette wollte die Wahrheit erfahren, die ganze Wahrheit. Matthias' Meinung war ihr wichtig, aber sie hatte Zweifel. Zum ersten Mal hatte sie Bedenken, er könnte nicht ehrlich zu ihr sein, weil er ihr eine bessere Partie wünschte, weil er mit ihrer Mutter konspirierte. Nie zuvor hatte er gegen einen seiner Freunde gesprochen, weder zu ihr noch zu irgendjemandem. Es ging gegen sein Wesen, seine Prinzipien. Immerzu war sie der Meinung gewesen, dass die Geschwister sich gegenseitig förderten. Dass sie die Wünsche und Träume des anderen über das stellten, worauf ihre Mutter abzielte. Unschlüssig senkte sie die Brauen über ihre Augen.

Matthias betrachtete sie bekümmert. Sein Zorn schien verflogen. »Du wusstest nicht, dass er mit den Breunings gefahren ist. Wäre es ihm ernst mit dir, hätte er es dir dann nicht gesagt? Sich verabschiedet?«

Babette starrte vor sich hin. Ihr Verstand stimmte ihm vorbehaltlos zu, doch ihr Herz suchte weiter verzweifelt nach einer anderen Erklärung dafür, dass Ludwig ihren Brief nicht beantwortet und sie versetzt hatte. Selbst wenn es stimmte, was Matthias über ihn erzählt hatte, wenn er wirklich so oft liebte – wer sagte denn, dass er bei ihr nicht anders sein würde? Was, wenn sie diejenige war, die seine raue Schale brechen, zu seinem weichen Kern vorstoßen könne? Sie brachte es nicht über sich, ihn aufzugeben. Nicht, bevor sie noch einmal mit ihm gesprochen hatte. Sie wollte ihm die Möglichkeiten geben, ihr zu erklären, warum er sie in Unsicherheit zurückgelassen hatte.

Kapitel 15

Es war ein kühler Samstagabend. Auf der Suche nach geselligem Beisammensein strömten die Menschen in den Zehrgarten. Der Duft von Schweinebraten und heißem Apfelmet mit Zimt lockte auch jene in die gemütliche Stube, die Hausmannskost zu schätzen wussten. Gertrud stand mit Hilde seit den frühen Morgenstunden in der Küche, um dem Ansturm der Gäste standzuhalten, und dem kritischen Blick der Sutors, die aus Godesberg zu Besuch waren.

Anna und Catharina schätzten und liebten einander, daneben bestand zwischen den Schwestern aber auch eine stille Konkurrenz. Babettes Mutter bemühte sich redlich, Catharina zu imponieren. So bereitete sie selbst den Kloßteig zu und hatte sogar die Bratensoße eigenhändig angesetzt. Babette hielt ihr den Rücken frei, kümmerte sich um die Übernachtungsgäste und sorgte für einen reibungsfreien Ablauf in Buch- und Porzellanhandel.

In den vergangenen Wochen hatte sie erfolgreich Zerstreuung in der Arbeit gefunden. Auf den Gesellschaften der Bonas und Lapostolles hatte sie Ferdinand Göbel wieder häufiger getroffen, dessen Werben um sie nicht länger zu übersehen war. Auch an diesem Abend hatte es ihn in den Zehrgarten verschlagen, um am Lesezirkeltreffen teilzunehmen. Ihre Mutter rechnete täglich mit seinem Antrag. Stolz hatte sie ihrer Schwester davon berichtet, noch ehe diese am Morgen aus ihrer Kutsche gestiegen war. Babette bereitete der Gedanke daran jedoch Magenschmerzen, weshalb sie den klassischen Boden mied. Die vielen hungrigen und durstigen Gäste in der Gaststube boten ihr die perfekte Ausrede, um ihr Erscheinen im Zirkel hinauszuzögern. So half sie am Ausschank aus, befüllte Krüge mit Bier und Wein und leitete Bestellungen in die Küche weiter.

Als Ludwig nach mehr als zwei Monaten wieder durch die Tür des Zehrgartens spazierte, kam er Babette wie eine Erscheinung vor. Sie hatte schon nicht mehr mit ihm gerechnet. Obgleich sie insgeheim Abend für Abend darauf gehofft hatte, war ihr Wiedersehen auch mit Angst verbunden. Nicht ein Brief, nicht eine winzige Nachricht hatte er ihr zukommen lassen. Jene Tatsache hatte den harten, warnenden Worten ihres Bruders Gewicht verliehen.

Nun ließ Ludwigs Anblick ihr Herz in tausend Stücke zerspringen. Äußerlich war sein Auftreten unverändert. Der Saum seines dunkelblauen Mantels war ausgefranst, die Machart seines Hutes, den er abnahm und nervös vor sich hielt, während er sich einen Überblick über die Anwesenden verschaffte, gänzlich aus der Mode gekommen. Ludwigs Blick schwenkte zum Schanktisch, wo er sie erfasste. Seiner angestrengten Miene wich ein zaghaftes, fragendes Lächeln. War das … Reue? Bevor Babette entschieden hatte, ob sie ihre Hand zum Gruß heben sollte, wandte er sich ab und ging schnellen Schrittes ins Hinterzimmer.

Kurz stand sie wie versteinert da, dann verselbstständigten sich ihre Füße. Sie ging ihm nach. Von der Tür zum klassischen Boden aus beobachtete sie, wie er sich zu Wegeler, Reicha und Degenhardt gesellte. Die Freunde schienen ihn bereits erwartet zu haben. An ihrem runden Stammtisch hatten sie einen Stuhl für ihn freigehalten. Ihnen hatte er also gesagt, dass er von seiner Koblenzreise zurückgekehrt war. Bestimmt hatte er sie über alles informiert. Erzürnt presste Babette die Kiefer zusammen, so dass es schmerzte.

»Na endlich.« Malchus trat so unerwartet vor sie, dass sie zusammenzuckte. »Konntest du dich von der Arbeit loseisen?«

»Nun, ich …«, stammelte sie befangen.

»Na komm, trink erst mal einen Wein mit uns.« Er legte eine Hand in ihren Rücken und schob sie ins Hinterzimmer, direkt zu Ludwigs Stammtisch, um den sich nun auch die Rombergs, Christoph und Ferdinand Göbel versammelt hatten.

»Du wirst uns doch nicht wieder verlassen, Babette?«, fragte Letzterer wachsam.

Ludwigs Blick traf sie wie ein Pfeil. Flüchtig erwiderte sie ihn. Alle Männer warteten gleichermaßen gespannt auf ihre Antwort.

»Heute gibt es sehr viel zu tun, und Maman ist mit meiner Tante noch im Theater.«

Enttäuschtes Raunen ging um.

Ferdinand kam neben sie und nahm bettelnd ihre Hand. »Aber ein paar Minuten wirst du doch für deinen Lesezirkel erübrigen können.«

Sie schnappte nach Luft.

»Gewiss wird sie«, übernahm Matthias das Reden für sie, der gerade erst zu ihnen gestoßen war. Ferdinand lächelte zufrieden, dann führte er Babette zu einem Sofa, auf dem sie gehemmt Platz nahm.

Ferdinand reichte ihr ein Glas Wein und postierte sich wie ein Wachmann an ihrer Seite.

»Ich weiß. Es ist eine kleine Ewigkeit her, dass ich hier war.« Kichernd setzte sich Eleonore neben sie. Babette war überrascht. Sie hatte sie zuvor nicht gesehen.

»Ich freue mich, dass du da bist.« Sie hatte Mühe, sich in der Situation zurechtzufinden. Ludwig schickte ihr in regelmäßigen Abständen einen kühlen Blick, der ihr einen Schauer über den Rücken jagte.

»Warum tust du das?«, zischte sie leise in Matthias' Richtung.

»Ich weiß nicht, was du meinst«, beteuerte er.

Babette machte schmale Augen. Um Ludwig ging es ihm bestimmt nicht. Erst vor ein paar Tagen hatte sie ihm versichert, dass das Strohfeuer, wie er es genannt hatte, inzwischen erstickt war. Zuvor hatten sie sich bereits darauf geeinigt, dass niemand wissen musste, dass etwas zwischen ihr und Ludwig gewesen war. Nach außen hin gab sie sich stark und unberührt von den Enttäuschungen, die sie durch ihn erfahren hatte. Innerlich war sie jedoch zerrüttet. Sie fühlte sich ausgenutzt von ihm. Er hatte mit ihr gespielt, und sie hatte es zugelassen.

Die Reise der Breunings beherrschte das Gespräch. Zunächst verhalten berichtete Ludwig von brillanten Auftritten und begeisterten Ratsleuten, denen er vorgestellt worden war, und die ihn als den neuen Mozart feierten. Innerlich grollend, trank Babette ihren Wein in einem Zug aus, während sie andächtig Degenhardts Flötenspiel lauschten, das sich Ludwigs Bericht anschloss. Unwillkürlich krallten sich Babettes Finger um ihr leeres Glas, als sie Ludwigs selbstgefälligen Gesichtsausdruck wahrnahm, der die Musik für seinen Freund komponiert hatte. Wie konnte er so gleichgültig ihr gegenüber sein?

»Ich weiß, du fühlst dich momentan unwohl in seiner Gegenwart«, sagte Eleonore leise an sie gewandt, nachdem Degenhardts Spiel verklungen war.

Babette schnellte mit gerunzelter Stirn zu ihr herum.

»Bedenke doch nur, was diese erstklassige Verbindung für dich und deine Familie bedeuten würde.« Mit einem leichten Kopfnicken deutete sie auf Ferdinand, der in seinem dunkelblauen Samtrock, der die Farbe seiner Augen unterstrich, eine elegante Figur machte.

»Ich bin aber nicht auf eine erstklassige Verbindung aus.« Babette drehte ihr leeres Glas in der Hand.

»Natürlich nicht.« Eleonore legte den Kopf schief und lächelte ungläubig. Babette verkniff sich eine ausführlichere Stellungnahme. Es machte keinen Sinn, ihr nochmals zu erklären, dass sie sich nicht vorstellen konnte, ohne tiefe Zuneigung zu heiraten.

Die Revolution hatte sich zurück in die Gemüter geschlichen. Erneut erhob sie sich zum Hauptthema des Zirkels, was Babettes ohnehin schlechter Stimmung weiter zusetzte. Angestrengt nach einem Ausweg aus ihrer Lage suchend, streifte ihr Blick die gesellschaftlich vielfältige Männerrunde. Nie zuvor war sie ihr dominierender vorgekommen. In seinem blassrosafarbenen Rock und dem dazu passenden Beinkleid stach Graf Waldstein hervor – wie ein Papagei unter Tauben – und verteidigte die kurfürstlichen Prinzipien vor Degenhardt und Ludwig. Erst dann nahm Babette ihre Mutter wahr, die ihr vom Türrahmen aus überschwänglich zuwinkte. Ihre Granatohrringe glänzten im Licht der Dutzenden Kerzen, die den Zehrgarten beleuchteten. Der ausladende Rock ihres weinroten Spitzenkleides streifte rauschend den Boden, als sie ins Hinterzimmer trat. Mit einem gefälligen Grinsen begrüßte sie erst Ferdinand und die umstehenden Herren, bevor sie sich Eleonore und letztlich ihrer Tochter zuwandte.

»Die Vorstellung war herrlich! Das Theater einfach nur … *magnifique*. Ich trinke noch etwas mit Cathy und Georg, bevor sie zu Bett gehen.« Sie kam nah an Babette heran und senkte ihre Stimme. »Bis hierhin haben wir sie ziemlich beeindruckt.«

»Dann helfe ich Hanne solange beim Ausschank.« Babette sah eine einmalige Gelegenheit, ihrer verdrießlichen Lage zu entkommen, und wollte schon aufstehen. Ihre Mutter aber schüttelte den Kopf und drückte sie zurück in die Polster. »Sei nicht albern. Du bleibst, wo du bist! Hanne schafft das allein.« Sie deutete dezent, jedoch energisch auf Ferdinand, der den Wortwechsel zwischen Mutter und Tochter mit schlecht verhüllter Besorgnis verfolgte.

»Gut«, murrte Babette und lächelte gequält. Zufrieden verschwand ihre Mutter mit raschelndem Rock. Babette kam sich vor wie eine Fliege in der Falle. Dem bewundernden Blick Ferdinands und dem wehmutsvollen Malchus ausgesetzt, daneben Ludwigs Ignoranz. Die Beklemmung schnürte ihr förmlich die Kehle zu.

»Was denkst du über den hohen Besuch?« Christophs Frage traf sie vollkommen unerwartet. Ihre Unaufmerksamkeit und Wortkargheit waren ungewohnt – am meisten für sie selbst. Zum ersten Mal fühlte sie sich in ihrem Lesezirkel unwohl, sogar ausgeschlossen. Während ihre Freunde Einzelheiten vom legendären Diner des Kurfürsten, bei dem Haydn anwesend gewesen war, kannten, hatte Ludwig es nicht einmal für nötig befunden, ihr eine Erklärung für sein Verhalten zu liefern. War sie ihm so gleichgültig? Eleonore betrachtete sie mit wachsender Ratlosigkeit von der Seite.

»Wir sprachen gerade über die Bedeutung von Haydns Besuch in unserer schönen Stadt«, half ihr Malchus auf die Sprünge.

Blinzelnd hob Babette die Brauen, sich angestrengt fragend, wie und wann man infolge der politischen Diskussion auf Haydn zu sprechen gekommen war.

»Für einen, und das steht außer Frage, wird sich nun alles zum Besten entwickeln«, sagte Wegeler und bedachte Ludwig mit einem stolzen Lächeln.

»Entschuldigt mich bitte für einen Moment.« Babette hatte lange genug dagesessen und die Situation über sich ergehen lassen. Die Wut hatte sich in ihr angestaut wie Wasserdampf in einem geschlossenen Kessel. Sie musste weg.

»Ist dir unwohl?«, fragte Ferdinand fürsorglich.

»Es ist alles in Ordnung. Mir ist nur etwas eingefallen, das ich noch erledigen muss. Ich bin gleich zurück.«

Hastig manövrierte sie sich durch den Gastraum, da hörte sie, wie jemand nach ihr rief. Als sie sich umdrehte, stand Ferdinand direkt vor ihr.

»Können wir uns unterhalten?«

Sie holte Luft. Nach Reden war ihr wirklich nicht zumute. Schnell sammelte sie leere Krüge vom Tresen. »Du siehst, ich habe alle Hände voll zu tun.«

Die Wirtschaft war gut besucht. Gäste riefen durcheinander, forderten Nachschub an. Die Angestellten kamen mit dem Servieren kaum hinterher.

»Das sehe ich.« Ferdinand spitzte enttäuscht den Mund. Babette wollte nicht nachgeben. Was auch immer er ihr zu sagen hatte, sie wollte es nicht hören. Nicht heute. Und auch nicht morgen.

Ihre Mutter, die beladen mit Tellern aus der Küche kam, schickte ihr einen vorwurfsvollen Blick zu, trug dann aber kommentarlos das Essen zum Tisch, an dem ihre Schwester und ihr Schwager saßen.

»Dann vielleicht zu einer späteren Stunde?« Ferdinand ließ nicht locker.

»Ich weiß wirklich nicht, ob …«, setzte Babette an und entdeckte Ludwig, der aus der Tür des Hinterzimmers zu ihr herüberspähte. Seine Brauen waren tiefgezogen, die Arme hatte er vor der Brust verschränkt. Als er merkte, dass sie ihn gesehen hatte, machte er kehrt.

»Wann hast du Feierabend?« Ferdinand betrachtete sie hoffnungsvoll.

Sie schnaufte aus. Babette war keine Frau, die Männer auf die Folter spannte, und das wollte sie ihm auch gerade deutlich machen.

»Ich kann warten«, kam er ihr zuvor. Mit einem optimistischen Lächeln ging er in den klassischen Boden zurück, vorbei an Ludwig, dessen Miene sich weiter verhärtet hatte. Was war sein Problem? Babette flüchtete in die Küche. Der Duft von gebratenem Fleisch und Kohl hing schwer im Raum. Unkoordiniert fächerte sie sich mit einer Hand Luft zu und schenkte sich einen Becher Wasser ein, den sie durstig leerte. Der große Ofen sorgte dafür, dass es einem selbst im Winter zu heiß wurde, weshalb Gertruds Ärmel immer hochgekrempelt waren wie die einer Wäscherin.

»Wenn ich es nicht besser wüsste, würde ich sagen, du läufst vor einem Verehrer davon.« Sie gluckste, während sie einen großen Schinken aufschnitt.

»Der soll sich hinten anstellen.« Babette konnte sich ihren Zynismus nicht verkneifen. Sie war nicht bereit für einen weiteren Heiratsantrag. Ludwigs Ignoranz hatte ihr Herz mit Missmut gefüllt, wodurch sie fürchtete, zu wenig Empathie gegenüber Ferdinand aufbringen zu können. Es war das Beste, ihm vorerst aus dem Weg zu gehen, jedenfalls so lange, wie sie dieses Chaos in sich trug.

»Ich wette, es ist dieser Freiherr von Malchus.« Hilde stellte saubere Teller zum Auftragen des Schinkens neben Gertrud auf den Tisch. »Er ist so lebhaft und eloquent.« Schmachtend blickte sie vor sich.

»Genug!«, zischte Gertrud. »Bring die Pastete her.«

Beleidigt stapfte Hilde davon. Mit gesenkter Stimme wandte sich Gertrud an Babette. »Hat sie recht?«

»Nein!« Unsanft stellte Babette ihren Becher ab. »Wenn Maman fragt, ich musste kurz an die Luft.« Sie riss einen Dienstmagdumhang vom Haken, hüllte ihr Gesicht in die Kapuze und eilte zur Vordertür hinaus.

Kapitel 16

Der Himmel über dem Marktplatz war wolkenverhangen. Mond und Sterne waren unter einer grauen Decke verborgen, die von Regen kündete. Nur die Laterne über dem Eingang zum Zehrgarten warf ein wenig Licht auf den Platz. Schräg gegenüber erwiderten die hell erleuchteten Fenster der Gaststube »Zum Blomen« den stillen Gruß. Von dort drang die fröhlich klingende Musik einer Hochzeitsgesellschaft zum Brunnen, gegen dessen steinernen Rand sich Babette lehnte. Sie schob die Kapuze zurück, tauchte ihre Hand ins kühle Wasser und benetzte Stirn und Nacken damit. Kurz wurde die Musik lauter. Babette schaute auf, wo die Tür der Gaststube, die sich ans Rathaus schmiegte, aufgeschwungen war. Ein junges Paar tänzelte lachend Hand in Hand übers Pflaster. Die Schultern der Frau wurden von einem weißen Schleier umweht. Er war an einem Kranz aus Efeu angebracht, der ihren Kopf schmückte. Ihr Kleid war überaus schlicht und längst aus der Mode gekommen, genau wie der Anzug des Mannes, der die Arme um seine Braut legte und zum Himmel hinauf zeigte, wo die Wolken ein Fenster zu den Sternen bildeten. Das ausgelassene Lachen des Paars verhallte schließlich in einem leidenschaftlichen Kuss. Babette war wie gefangen.

Sie beneidete die Brautleute um das Glück, das sie gefunden hatten, und reagierte zunächst nicht auf Ludwig, der sich ihr vom Eingang des Zehrgartens aus näherte. Mit einigem Abstand kam er vor ihr zum Stehen.

»Verfolgst du mich?« Babette hatte den Blick auf ihr verzerrtes Spiegelbild im Brunnen gerichtet.

»Ich hatte dich im Innenhof erwartet.«

»Na, dann hoffe ich, du warst nicht zu enttäuscht.«

»Es tut mir leid, Betty.«

Sie funkelte ihn an. »Was genau? Dass du dich nicht gemeldet hast? Dass du mich an der Baumschule hast warten lassen? Dass du ohne ein Wort die Stadt verlassen hast? Oder, dass du es nicht für nötig hieltest, nach deiner Rückkehr mit mir zu sprechen?«

»Die Anordnung kam kurzfristig.«

»Ich nehme an von den Breunings. Mal wieder.« Sie war genervt davon, dass sich ständig alles nur um diese Familie drehte, weshalb sie ihren Sarkasmus nicht zurückhalten konnte.

»Es ging um meine Zukunft, Betty!«, verteidigte er sich energisch.

Und was war mit ihrer? Sie spürte, wie ihre Wut in Traurigkeit umschwang, und stand auf, den Blick auf das frischvermählte Paar gerichtet, das gerade zur Feier zurückkehrte. Vor Jahren hatte sie auf der Hochzeit ihres Cousins mit Ludwig in jenem Gasthaus getanzt. Es kam ihr vor, als läge zwischen damals und heute ein ganzes Leben. Früher war er einfühlsamer gewesen. Hatte ihn sein Erfolg bereits verändert?

»Du hättest mir schreiben können«, raunte sie. »Nur ein paar Zeilen! Hast du auch nur einen Moment darüber nachgedacht, wie es mir in den vergangenen Monaten ging? In jener Nacht im Innenhof, da bist *du* auf *mich* zugekommen, nicht umgekehrt.« Sie war versehentlich laut geworden. Matthias' Warnung hallte in ihr nach und rief ihr in Erinnerung, dass sie nur eine Frau von vielen in seinem Leben war. Sie schluckte, schalt sich, stark zu sein und jegliche Emotionalität zu unterdrücken. Mit verschränkten Armen wandte sie sich ihm zu. »Ich will dir keine Vorhaltungen machen. Deine Musik hat immer Vorrang. Das verstehe ich. Wahrscheinlich wäre ich nicht anders, wäre ich ein solches Talent wie du. Und … ein Mann.«

Sie wollte an ihm vorbei, zurück in den Zehrgarten. Bestimmt fragten sich schon alle, wo sie blieb. Was auch immer sie drinnen erwartete, es konnte nicht schlimmer sein, als das Gespräch mit Ludwig – es führte zu nichts.

»Warte.« Er hielt sie am Arm zurück.

Ihre Blicke trafen sich, und Babette hatte Mühe, sich nicht in seinen dunklen Augen zu verlieren, mit denen er sie nun flehend ansah.

»Was willst du von mir?« Sie hatte gleichgültig klingen wollen, ihr Tonfall jedoch verriet ihren Zwist.

»Heirate mich!«

Zwei Worte mit einer gewaltigen Kraft.

Ihre Augen weiteten sich und für einen Moment schien die Zeit stillzustehen.

»Ist das … dein Ernst?«

»Ich scherze nicht.«

Babette stieg die Röte ins Gesicht, sie drehte ihm den Rücken zu, damit er es nicht bemerkte.

»Du verhältst dich wie ein Kind, Ludwig. Und nicht wie der Erwachsene, der du sein solltest.« Sie hatte absichtlich seinen Spitznamen vermieden, um ihrem gekränkten Stolz Nachdruck zu verleihen. Ihr Freund sollte wissen, dass sie nicht mit sich spielen ließ.

»Heißt das, du weist mich zurück?« Er drängte sich in ihr Sichtfeld. Zaghaft schaute sie ihn an. So bereitwillig ihr Herz seine Frage aufgenommen hatte, so unfähig war es, ihm eine Antwort zu geben. Letztlich war es jedoch ihr Verstand, in den sich Matthias' Worte eingeprägt hatten, der sie schweigen ließ.

Ludwig sah sie mit einem fassungslosen und gedemütigten Ausdruck an, dann stapfte er wütend davon. Rücksichtslos rempelte er einen Gast an, der just aus dem Zehrgarten kam, und schlug die Tür hinter sich zu.

Er ist verrückt, dachte Babette kopfschüttelnd. Sie starrte ihm nach, und ihr Herzschlag dröhnte ihr in den Ohren. Was hatte er sich dabei gedacht, sie mit dieser Frage zu überfallen? Er hatte ihr nicht einmal Zeit gegeben, darüber nachzudenken.

Sie wartete einige Minuten, ehe auch sie in den Zehrgarten zurückkehrte. Blinzelnd drängte sie die Tränen zurück, die sich in ihr lösten, als ihr aufging, wie wütend sie ihn gemacht hatte. Sie hatte ihn gekränkt, weil er zuvor sie gekränkt hatte. Auge um Auge, kam es ihr in den Sinn.

In der Wirtsstube hämmerte das Stimmengewirr auf sie ein. Gäste grüßten sie freundlich. Graf Belderbusch erhob sein

Glas für sie. Sie nickte ihm nur zu. Nie zuvor war es ihr so schwergefallen, gute Laune vorzuheucheln.

Nahezu begeistert stimmte Anna einer Soiree im Haus Mastiaux zu. Wie immer hatte der Hofkammerrat weder Kosten noch Mühen gescheut, um seine Gäste mit Prunk und Pracht zu begeistern. Alles war schillernd und elegant, die Gästeliste exquisit. Ferdinand Göbel war mit seinem Vater gekommen. Obwohl Anna Berichte über sein verschwenderisches Wesen zugetragen worden waren, hielt sie an ihrer hohen Meinung über ihn fest und hegte weiterhin die Hoffnung auf eine baldige Zusammenführung der Familien.

Müde ergab sich Babette ihrem Schicksal, bemühte sich jedoch, ihren Bewerbern aus dem Weg zu gehen. So kam ihr die ausgedehnte Führung ihrer Freundin und Tochter der Familie gerade recht. Stolz präsentierte Amalia ihr das englische Sitzmöbel im Wintergarten und den blauen Ara, der ein Geschenk ihres ältesten Bruders zum Namenstag gewesen war.

Am späten Abend wurde im Saal getanzt. Babette hatte es in einen der anliegenden Räume verschlagen, wo sie in entspannterer Atmosphäre warmes Bier trank, während die Musik des Streicherquartetts gedämpft zu ihr vordrang. Jeder Ton versetzte ihr einen Stich ins Herz. Sie spürte eine quälende Leere, die sich mit nichts füllen ließ. Weder mit Geselligkeit noch der Aufmerksamkeit, die ihr durch vielversprechende Junggesellen zuteilwurde. Ludwig war in ihren Gedanken. Machtlos stand sie den Überlegungen gegenüber, die sie ständig an den Abend zurückbrachten, an dem sie sprachlos geblieben war. Das Schweigen, mit dem Ludwig sie seither strafte, war beinahe unerträglich. Insgeheim hatte sie gehofft, ihm bei der Soiree zu begegnen. Vielleicht hätten sie noch einmal miteinander sprechen und den Streit zwischen ihnen beilegen können. Ihre Überlegungen wurden jäh durch Ferdinands Erscheinen unterbrochen, der sich erkundigte, ob er sich zu ihr gesellen dürfe. Er setzte sich, sprang dann aber wieder auf. Unbehagen machte sich in Babette breit, in der Ahnung, was er vorhatte.

»Darf ich offen sprechen?«, fragte er.

Lieber nicht, dachte sie, nickte jedoch zögerlich in dem Wissen, wie unhöflich eine Verneinung wäre.

Er setzte sich wieder neben sie, räusperte sich lautstark und fuhr sich nervös mit einer Hand über seine Perücke. »Du bist das schönste Mädchen … die schönste Frau, die ich kenne. Ich entstamme einer angesehenen Familie. Es besteht eine gesellschaftliche Unterlegenheit, die ich nicht leugnen möchte. Immerhin bist du die Tochter einer Gastwirtin.«

»Danke, dass du mich daran erinnerst«, antwortete sie, unentschlossen darüber, ob er sie absichtlich diffamierte oder seine Ansprache lediglich unbeholfen begonnen hatte.

»Ich wäre bereit, darüber hinwegzusehen«, fuhr er fort und griff nach ihrer Hand. »Unsere Verbindung wäre ein Segen … für unser beider Familien. Ich weiß doch, wie sehr sich deine Mutter danach sehnt, dich gut versorgt zu wissen.«

Babette blinzelte verwirrt. »Das klingt irgendwie, als wäre alles bereits beschlossen.«

Er grinste leicht und zuckte verschwörerisch die Schultern.

Es stimmte also. Babettes Mund öffnete sich schockiert. Sie hatte das Gefühl, der Boden gebe unter ihren Füßen nach.

»Mein Vater wäre mit unserer Verbindung einverstanden«, redete er weiter. Dabei ließ er die Schaulustigen außer Acht, die vom Türrahmen aus lauschten. Im nächsten Augenblick ging Ferdinand vor ihr auf die Knie, und die Neugierigen konnten ein Raunen nicht zurückhalten. »Es würde nie ein Wort des Vorwurfs geben, was deine Stellung angeht«, beteuerte er. Babette wurde es heiß.

»Bitte«, brachte sie mühsam hervor. »Bitte, steh auf ...«

Er senkte die Brauen über die Augen und kam verlangsamt in den Stand. Auch Babette erhob sich vom Diwan.

»Ich danke dir für die Ehre deines Antrags. Aber ... ich kann ihn nicht annehmen.« Fluchtartig verließ sie den Raum, eilte hinaus auf die Terrasse. Zu ihrer Entrüstung folgte er ihr.

»Sind deine Gefühle anderweitig gebunden?«, verlangte er zu wissen. »Wer ist es?«

»Niemand«, hauchte Babette der dunklen Straße entgegen. Als andere Gäste auf die Terrasse kamen, senkte er seine Stimme. »Betty, ich wollte dich nicht brüskieren. Nichts liegt mir ferner. Auch wenn deine Gefühle nicht dieselben sind wie die meinen, weiß ich doch, dass sich das zuweilen ändert.«

Sie hörte ihm aufmerksam zu.

»Überdenkst du meinen Antrag?«

Tausend Gedanken gingen ihr durch den Kopf. Mit ihm als Ehemann würde sich der Wunsch ihrer Mutter erfüllen. Aber was war mit ihr? Er war sicher kein schlechter Mensch. Sie konnte mit ihm lachen und sogar philosophieren – wenn auch nicht über neuzeitliche Themen. Seine Familie war freundlich und zuvorkommend. In seiner Schwester würde sie eine Vertraute haben. Mit ihren einundzwanzig Jahren war Babette kein Mädchen mehr. Sich weiterhin hinter jugendlicher Naivität zu verstecken wäre unpassend. Ferdinand konnte ihr ein schönes Heim und Sicherheit bieten. War es nicht das, was sie immer wollte? Für einen Moment starrte sie ins Nichts, dann nickte sie matt. Ferdinand lächelte erleichtert und verabschiedete sich.

Später am Abend erfuhr Babette von Matthias, dass Ferdinand sein Einverständnis eingeholt hatte, um ihre Hand anhalten zu dürfen. Anders als Malchus war er überaus genau vorgegangen und so wie es in der guten Gesellschaft üblich war. Babette jedoch fühlte sich übergangen. Ihr Bruder hätte sie warnen, sie wenigstens vorbereiten können. Stattdessen hatte er sie vor vollendete Tatsachen gestellt. Es war überdeutlich, dass ihre Mutter intensiv auf die Verbindung hingearbeitet hatte, und Matthias war ihren Wünschen nachgekommen. Enttäuschung machte sich in ihr breit und die bittere Erkenntnis, dass ihre Familie nicht zu wissen schien, was sie brauchte, wonach sie sich sehnte. Es war weder Geld noch Luxus oder Titel. Alles, was Babette wollte, war ein Leben neben einem Mann, der ihre wahre Natur teilte. Der sie von Herzen liebte und zu schätzen wusste. Nicht, weil sie schön war, sondern wegen ihres Charakters und allem, was sie beschäftigte. Jemand, der kein Wort darüber verlor, aus welcher Familie sie kam.

Beim Abschied von Ferdinand und seinem Vater hatte sie sich zusammenreißen müssen, damit niemand merkte, wie wütend sie auf ihre Familie war, insbesondere auf ihren Bruder. Ihr Bemühen hatte sie so viel Kraft gekostet, dass sie nichts erwidern konnte, als Ferdinand sie an seine Bitte erinnerte, es sich zu überlegen. In drei Wochen würde er von Rheinberg nach Bonn zurückkehren und eine Antwort von ihr erwarten. Was sollte sie ihm dann sagen? Zum jetzigen Zeitpunkt war sie noch weit entfernt von einer Entscheidung.

»Bärbchen, nun hör doch bitte auf, so nachtragend zu sein«, sagte Matthias, als sie sich drei Tage später auf der Fahrt nach Duisdorf befanden, wo er sich mit einem Professor traf, während Babette und Marianne den Nachmittag bei Verwandten verbringen wollten. Immer wieder blätterte Babette durch ihr Stammbuch, das sie bei solchen Ausflügen stets bei sich trug.

»Betty?« Marianne stupste ihre Schwester sanft in die Seite. »Wollt ihr euch nicht endlich die Hand reichen?«

Babette blieb stumm. Seit sie losgefahren waren, blickte sie stur aus dem Fenster. Marianne hatte in den vergangenen Tagen unzählige Versuche unternommen, zwischen den Geschwistern zu schlichten, bisher aber ohne Erfolg.

»Es ist nicht so gewesen, wie du denkst«, sagte Matthias.

»Ach nein?«, fuhr Babette ihn an. »Ich wage gar nicht, darüber zu spekulieren, was ihr mit den Göbels alles vereinbart habt. Als wäre ich ein Stück Vieh, für das der Meistbietende den Zuschlag bekommt. Ich wette, die Verhandlungen für Jänchen laufen schon. Geld! Das ist alles, was Maman interessiert.«

»Sprich nicht so über unsere Mutter! Selbst wenn es für dich nicht danach aussieht, wir wollten dir nur helfen«, sagte er und klang nun mehr wie ein Vater als ein Bruder.

»Und wobei genau?« Sie blickte ihn auffordernd an.

»Dein Glück zu finden!«, antwortete er wie selbstverständlich.

Babette schnaufte verächtlich.

»Es sah für uns alle so aus, als würdest du ihn mögen. Jeder deiner Freunde war dieser Ansicht«, mischte sich Marianne nochmals ein, die die ganze Aufregung nicht verstand.

»Nun, ich denke, dann habe ich erreicht, was ich wollte«, murmelte Babette, wohlwissend, dass sie ihren Bruder damit provozierte.

Eine kurze Pause entstand, in der sich die Stimmung neu auflud. »Dann ging es dir also wieder um ihn? Um Ludwig? Du wolltest ihn eifersüchtig machen?«

Matthias biss sich auf die Lippe, als ihm klar wurde, was er soeben preisgegeben hatte. Marianne sah mit geweitetem Blick zwischen ihm und Babette hin und her, stellte jedoch keine Fragen.

»Ich dachte, du wärst längst über diese Schwärmerei hinweg.« Matthias stierte seine älteste Schwester an, deren Blick nicht vom Wald wich, der an ihnen vorbeirauschte.

»Das dachte ich auch.« Ihre Stimme war so leise, dass sie sich selbst kaum hörte. Wieder entstand eine Pause. Unmerklich zuckte Babette unter der tröstlichen Berührung ihrer Schwester zusammen, die eine Hand auf ihre gebettet hatte.

Matthias lehnte sich zu Babette vor. »Dann bist du dir deiner Gefühle auch nicht sicher.« Er deutete auf das aufgeschlagene Stammbuch auf ihrem Schoß, das auf einer Seite Ferdinands Silhouette und sein liebevolles Gedicht an sie zierte.

»Ich denke, er ist ein gewissenhafter Mann. Und doch stört es mich, wie er betont hat, dass er in mir nur eine bürgerliche Wirtstochter zur Frau hätte.«

»Das hat er gesagt?« Marianne hob verwundert die Brauen. Matthias verzog keine Miene.

Babette deutete ein Nicken an. »Angenommen, ich würde ihn heiraten, wer sagt mir denn, dass er es nicht eines Tages bereuen würde, mich zur Frau genommen zu haben?«

»Du machst dir zu viele Gedanken.« Matthias lächelte kopfschüttelnd.

»Deine Sorgen sind sicher unbegründet, Schwesterchen«, pflichtete Marianne ihm bei.

Babette schwieg. Was, wenn nicht? Nachdenklich wandte sie ihren Blick wieder aus dem Fenster. Immerzu hatte sie versucht, den Wünschen ihrer Mutter zu entsprechen, war deren Ratschlägen und ihrem Vorbild gefolgt. Es hatte ihr nie geschadet. Früher hatte ihr die Vorstellung, teure Kleider zu tragen und in einem herrschaftlichen Haus zu wohnen, gefallen. War sie nun undankbar?

Matthias betrachtete seine Schwestern wohlwollend. »Ihr möchtet doch versorgt sein? Damit es eure Kinder einmal gut haben.«

Babette und Marianne tauschten einen Blick. Er hatte recht. Ihre Kinder sollten fernab von Leid und finanzieller Not aufwachsen. Unwillkürlich musste Babette an das Gespräch denken, das sie vor Jahren mit ihrer Mutter während eines Spaziergangs am Rhein geführt hatte. Als Anna ihr versichert hatte, dass sie in Bezug auf ihren Ehemann alles richtig gemacht hatte. Bei ihren Eltern war es eine Liebesheirat gewesen. Anfangs hatten sie nicht viel besessen, sich erst nach und nach ein gutbürgerliches Leben erarbeitet. Sie waren beide fleißig gewesen, hatten zweifellos in einigen Belangen aber auch einfach nur Glück gehabt. Es war ein Abenteuer, bei dem sie zu Beginn nicht gewusst hatten, wohin es sie leiten würde. Babette war sich sicher: Ihre Risikobereitschaft hatte sie zum Erfolg geführt. Warum sollte sie diesem Vorbild nicht nacheifern?

Die Kutsche ruckelte über die unbefestigte Straße, und Babette musste erneut an das Brautpaar denken, das in der Nacht mit Ludwig am Marktplatz so glücklich ausgesehen hatte. War es nicht die Bestätigung dafür gewesen, dass es funktionieren konnte, mit weniger zufrieden zu sein?

Für den Rest der Fahrt schwiegen die Geschwister. Erst als die Kutsche vor dem Haus der Klemmers haltmachte und Marianne bereits ausgestiegen war, hielt Matthias Babette am Arm zurück.

»Mach dir keine Hoffnung, wo keine ist. Ludwig ist ständig verliebt, aber niemals lange.«

»Das ist deine Meinung«, zischte Babette kalt. Sie glaubte ihm nicht. Nicht, seit er mit ihrer Mutter versucht hatte, die Ehe mit Ferdinand einzufädeln.

»Selbst Wegeler spricht so!« Seine Augen wurden schmal und die Wangen rot. »Und du weißt, er steht Ludwig noch näher, als ich es tue. Komm doch zur Vernunft, Bärbchen!«

Abrupt ließ er von ihr ab, als er keine Regung in ihrer Miene erkannte.

Babette spürte, wie Wut und Kummer gleichzeitig in ihr kochten. Matthias schlug die Tür der Kutsche zu, nachdem sie diese verlassen hatte, und fuhr allein weiter. Mit Argwohn blickte sie dem Fuhrwerk hinterher. Sie bedauerte, ihren Bruder herausgefordert zu haben. Sie waren beide gekränkt und enttäuscht voneinander. Nie im Leben hätte sie gedacht, dass einmal etwas zwischen sie kommen würde, doch nun war es geschehen. Babette wusste, es hatte keinen Zweck, bei ihm auf Verständnis zu hoffen. Hätte Ferdinand sie vor zwei Jahren gefragt, hätte sie wahrscheinlich Ja gesagt, ohne darüber nachzudenken. Aber jetzt hatte ihr Herz das Ruder übernommen. Sie konnte Ferdinand kein Eheversprechen geben, wenn es nach einem anderen verlangte.

Die nächsten Tage ließ sich Babette im Zehrgarten wegen einer Erkältung entschuldigen, die weit weniger tragisch war, als sie vorgab. In Wahrheit war ihr nicht nach Gesellschaft und ebenso wenig wollte sie peinliche Andeutungen auf ihre baldige Vermählung über sich ergehen lassen, die ihre Mutter zweifellos vor ihren Freundinnen erwähnt hatte. Es überraschte Babette ein wenig, dass Matthias ihrer Mutter nichts von den Schwierigkeiten erzählt hatte, die Babette davon abhielten, Ferdinands Antrag umgehend anzunehmen. Vermutlich hoffte er noch immer, sie würde zur Vernunft kommen. Während er mit Degenhardt in Köln war, genoss Babette Mariannes Gesellschaft und die Gespräche mit ihr, die sie jeden Abend vor dem Einschlafen führten. Dazu kroch Marianne in das Bett ihrer großen Schwester. Wie früher, als sie noch klein waren, kuschelten sie sich gemeinsam unter eine Decke, verknoteten die Beine miteinander, formten Schattenfiguren mit ihren Händen an der Wand oder lasen sich gegenseitig vor. Marianne war Babettes Fels, ihr konnte sie sich anvertrauen. Und trotz Mariannes widersprüchlicher Meinung zu Ludwig und mangelndem Verständnis für Babettes Wunsch nach einer Liebesheirat verurteilte sie sie nicht. Sie gab an, lediglich überrascht gewesen zu sein, als sie von der Zuneigung ihrer Schwester zu Ludwig erfahren hatte, und verglich die beiden mit Don Carlos und Elisabeth.

Unterdessen hoffte Anna täglich darauf, dass Babette sich endlich zu Ferdinand bekannte, damit sie die frohe Botschaft ganz offiziell publik machen konnte. Im Gegensatz dazu, Geheimnisse zu entlocken, lag es ihr nicht besonders, diese zu bewahren. Erst recht nicht, wenn es sich dabei um so brisante Angelegenheiten handelte wie der gesellschaftliche Aufstieg ihrer eigenen Familie.

In dem Wissen, die Enttäuschung ihrer Mutter lediglich aufzuschieben, fühlte sich Babette schlecht. Im Grunde hatte sie ihre Entscheidung bereits getroffen. Sie wusste selbst nicht, worauf sie noch wartete.

Kapitel 17

Mitte September besuchte die Familie Koch eine Gesellschaft der Bonas. Obwohl Babette beim Gedanken an die neugierigen Blicke der Menschen mulmig zumute war, fühlte sie sich dennoch ihrer Freundin verpflichtet. Tringen, die an jenem Tag ihren vierundzwanzigsten Geburtstag feierte, hatte ihr in einem persönlichen Brief geschrieben, wie wichtig ihr Kommen für sie war. Auch Eleonore hatte sich in der vergangenen Woche mehrfach nach Babettes Befinden erkundigt. Zu erfahren, wie sehr sich ihre Freundinnen um sie sorgten, hielt Babette vor Augen, dass es längst an der Zeit war, sich zu zeigen und den Menschen entgegenzutreten, deren Nähe sie mied.

Zu ihrer Erleichterung war Ferdinand noch in Rheinberg. Und was war mit Ludwig? Ihr Herz schlug schneller bei der Aussicht, ihm wieder zu begegnen. Sie vermutete, er würde seinen Antrag nicht wiederholen, denn dafür war er viel zu stolz. Dennoch wollte ihr diese Möglichkeit, so klein sie auch war, nicht aus dem Kopf gehen. Ihr war klar: Diesmal würde sie nicht sprachlos bleiben. Diesmal würde sie ihm eine Antwort geben.

»Alle werden da sein!« Es war, als hätte Anna ihre Gedanken gehört. Sichtlich nervös informierte sie ihre Töchter nun schon zum wiederholten Mal darüber. Hinter ihr betraten die Schwestern den für ein Stadthaus ungewöhnlich geräumigen Salon. Marianne schloss ihre Hand um Babettes Arm und lächelte ihr bestärkend zu. »Du siehst wunderschön aus.«

Angespannt sah Babette an sich herunter. Sie trug das dunkelblaue Taftkleid, das ihre Mutter für Rheinberg hatte anfertigen lassen. Ihr gefiel der glänzende, voluminöse Stoff, die tief eingelegten Falten vorn und hinten, die ab Schulterhöhe aufsprangen, denn sie schmeichelten ihrer weiblichen Figur. Ihr Spiegelbild verlieh ihr normalerweise Selbstvertrauen, heute jedoch stärkte es ihre Unsicherheit. Die Welt war wie auf den Kopf gestellt.

»Betty!« Tringen begrüßte sie mit einer so herzlichen Umarmung, dass sie fast das Gleichgewicht verlor. Elisabeth und Eleonore waren nicht weniger zurückhaltend. Unbeabsichtigt geriet Babette in das Zentrum der Aufmerksamkeit, als sich auch Stephan und Christoph von Breuning, Wegeler und Malchus um sie scharten wie die Bienen um ihren Stock.

»Wir haben dich schmerzlich vermisst.« Christoph küsste galant ihre Hand. »Ich hoffe doch, du bist wieder völlig genesen?«

Sie nickte. »Das bin ich. Danke«, brachte sie mit einem erzwungenen Lächeln heraus. Unauffällig ließ sie ihren Blick umherschweifen, auf der Suche nach Ludwig. Ihr war, als würden die Gäste sie anstarren und tuscheln. Dabei kannte sie zu ihrer Verwunderung viele gar nicht. Es war nur ein Flüstern im hohen Raum, trotzdem glaubte sie zu hören, wie ihr Name in Verbindung mit den Göbels genannt wurde. Immerhin hatte ihre Mutter in den vergangenen Wochen genügend

Andeutungen bei ihren Freundinnen gemacht, die persönliche Informationen teilweise noch weniger vertraulich behandelten als sie.

Babette stand zwischen Malchus und Christoph, während sie einem Offizier lauschten, der dazu mahnte, die Bedrohung durch die Franzosen nicht zu unterschätzen. Seine Aussage, der Kurfürst nehme den Krieg zu sorglos hin, bescherte Babette eine Gänsehaut. Was, wenn er recht hatte? Auf einmal kam ihr das Verhalten der Menschen, mit denen sie im gleichen Raum war, vollkommen unangemessen vor. Wie konnten sie lachen, tanzen, feiern, während die preußische Armee am Oberrhein dem Tod entgegensah? Während Tausende für den Erhalt der Monarchie kämpften?

Vehement wich sie dem Blick ihrer Mutter aus, die mit Crevelt bei Belderbuschs Sekretär Lapostolle und dessen beiden Töchtern Nina und Anna stand und mit einem stolzen Lächeln zu ihr hindeutete. Innerlich verdrehte Babette die Augen. Marianne, Tringen und Eleonore tanzten nun schon ihren dritten Tanz, wohingegen sie alle Aufforderungen mit der Entschuldigung ausschlug, sich noch schonen zu wollen.

»Guten Abend.« Ludwigs Stimme nah an ihrem Ohr ließ sie so schnell herumfahren, dass ihr Wein überschwappte. Unbeholfen schüttelte sie die Tropfen von ihrer Hand. Er hatte sie angesprochen. Ihr Herz pochte wie wild in ihrer Brust, vor Freude und Erleichterung.

»Du warst krank.« Seltsamerweise stand in seinen Augen, aus denen er sie sehnsuchtsvoll anblickte, keine Frage.

»Ja«, antwortete sie knapp.

Er ignorierte Eleonores Annäherungsversuch, die auf einen

Walzer mit ihm gehofft hatte. Ernüchtert wandte sie sich stattdessen an Wegeler.

»Du tanzt nicht?«, fragte Babette ihn.

»Ich habe meine Prinzipien.«

»Und ich die meinen.«

»Was das angeht, so habe ich anderes gehört«, entgegnete er spitz, während er wie ein Tiger auf Beutezug um sie herumschlich. »Ach ja. Ich muss euch wohl noch gratulieren. Wie ich hörte, haben sich die Bemühungen deiner Mutter, dir einen reichen Ehemann zu verschaffen, endlich gelohnt.«

Schlagartig schlug Babettes Freude in Verdruss um. Sie schluckte eine Erwiderung hinunter und ließ ihn kurzerhand stehen. Die Flucht in den ruhigen Flurbereich schien ihr die beste Verteidigung gegen seinen Vorwurf zu sein. Allerdings folgte Ludwig ihr. Er schloss leise die Tür zum Salon, dann trat er nah an sie heran.

»Ich hatte dich wirklich anders eingeschätzt.« Sein Blick war durchdringend.

Babette war wie versteinert. Wieder hatte er sie sprachlos gemacht. Diesmal mit seinem Argwohn, seiner Weigerung, die Wahrheit zu sehen, obwohl sie direkt vor ihm lag.

»Ich muss mich wohl einer Illusion hingegeben haben«, fügte er in einem Anfall von Selbstmitleid hinzu.

»Du liegst falsch«, stellte sie klar. Offenbar hatte er keine Ahnung, wie es ihr ging.

Er schnaufte aus, verschränkte seine Hände im Rücken und tat abwesend. Sie kannte ihn gut genug, um zu wissen, wie er sich verhielt, wenn er sich ungerecht behandelt fühlte, und seine Wertvorstellungen ins Wanken geraten waren. Angesichts dessen überraschte es sie umso mehr, dass er sie überhaupt angesprochen hatte. Kopfschüttelnd betrachtete sie ihn. Seine angespannte Miene verriet, dass er Mühe hatte, seinem Frust nicht weiter Luft zu machen. Manchmal fehlten ihr die Geduld und Bereitschaft, auf seine Launen einzugehen, sie blind zu verzeihen und dabei ihre eigenen Gefühle hintanzustellen. Am liebsten hätte sie ihn bei den Schultern gefasst, ihn geschüttelt, aufgeweckt. Doch sie behielt ihre Fassung.

»Ich habe niemandem ein Eheversprechen gegeben«, sagte sie ruhig. Er schwieg, senkte den Blick zu Boden.

»Aber vielleicht bereue ich das.« In der Hoffnung, er würde merken, dass es als Einladung gemeint war, seinen Antrag zu wiederholen, machte sie einen Schritt auf ihn zu.

Doch er schwieg weiterhin, starrte verbissen neben sie ins Leere.

Babette rieb sich resigniert die Stirn und sank auf einen der Stühle, die gegen die Wand lehnten. »Ich werde einfach nicht schlau aus dir. Vielleicht solltest du aufhören, in jedem das Ideal sehen zu wollen. Deine Vorstellung davon ist doch ziemlich utopisch.«

»Dann ist unsere Freundschaft also Utopie?«, fragte er bissig.

»Nein!« Sie schüttelte den Kopf. »Aber sie hat viele Facetten.«

»Offenbar«, brummte er. »Dann wünsche ich dir viel Glück. Auf dass du mit deiner Wahl zufrieden sein wirst.«

»Das werde ich«, erwiderte sie anstößig, weil er nicht einmal versuchte, sich in sie hineinzuversetzen.

Einen Moment schauten sie sich schweigend an, dann wandte er sich ohne ein weiteres Wort ab und kehrte zur Gesellschaft zurück. Babette atmete aus. Sie wusste, wie schnell er zornig wurde und über seine Freunde urteilte, sie kränkte, ohne ihnen auch nur die Möglichkeit zu geben, sich zu erklären. Doch erklärt hatte sie sich nicht. Stattdessen hatte sie gehofft, er würde zwischen den Zeilen lesen und von allein darauf kommen, dass sie *ihn* wollte und nicht Ferdinand. Dass sie sich an diesem Abend für *ihn* hübsch gemacht hatte.

Wütend und ratlos zugleich strich sie eine Locke ihres Haars zurück, die sich aus ihrer Hochsteckfrisur gelöst hatte. Ihre Gedanken drehten sich im Kreis, ihr Herz schlug so schnell, als wäre sie gerade eine steile Treppe hinaufgehastet. Genervt ruckelte sie an ihrem Mieder, das viel zu eng geschnürt war. Durch die Tür, die Ludwig offen gelassen hatte, sah sie, wie Eleonore mit Wegeler tanzte. Marianne stand fasziniert bei dem Offizier. Sie lachten, wirkten fröhlich, hoffnungsvoll.

Mit einer schwindelerregenden Klarheit wurde Babette bewusst, dass der Moment verstrichen war, auf den sie gehofft hatte. Ihr Starrsinn hatte sie davon abgehalten, Ludwig zu sagen, wie sie wirklich empfand. Wie konnte sie ihm vorwerfen, seine Frage nicht wiederholt zu haben, während sie ihn im Glauben gelassen hatte, sie würde die Heirat mit einem anderen in Betracht ziehen?

Während der Zehrgarten immer mehr zu einem politischen Podium geworden war, fand Babette in der Ruhe des Buchladens eine Zuflucht, die ihren aufgewühlten Gedanken Raum zur Ordnung gab.

Sie saß auf einem Stuhl hinter dem Tresen und las den Brief von Ferdinand, den sie am Morgen erhalten hatte. Er schrieb überaus höflich, dass ihn die Geschäfte seines Vaters etwas früher als erwartet nach Bonn führen würden. Und er sich hoffnungsvoll auf ein Wiedersehen mit ihr freue. Babette nestelte an ihrer Kette, während sie grübelte. Nun würde sie ihre Antwort nicht länger aufschieben können. Trotz der Zeit, die seit ihrem letzten Aufeinandertreffen verstrichen war, hatte sie diese noch immer nicht gefunden. Ludwigs Verhalten an Tringens Geburtstag hatte alte Ängste geschürt sowie Verpflichtungen ihrer Familie gegenüber hervorgehoben. Sie zweifelte.

Bei einem Spaziergang am Nachmittag an der Rheinpromenade erzählte Babette ihrer Schwester von ihrem Konflikt. Marianne drehte verspielt ihren Sonnenschirm in der Hand und lächelte vielsagend. »Also ich wüsste, wen ich wählen würde. Aber es ist deine Entscheidung. Du musst wissen, was für dich richtig ist.«

»Und wenn ich es nicht weiß?«

»Dann ist es noch nicht an der Zeit zu heiraten«, antwortete Marianne erstaunlich weise. »Vielleicht will das Schicksal, dass du einen ganz anderen zum Mann nimmst. Jemanden, an den du im Moment noch gar nicht denkst.«

»Oder aber ich sterbe als arme alte Jungfer.« Babettes Wiedergabe der mahnenden Worte ihrer Mutter ließ Marianne laut auflachen.

»Auf keinen Fall!«

Babette seufzte. »Ich werde unserem Bruder nie verzeihen, dass er sich mit Maman zusammengetan hat.«

»Matthias meinte es nicht böse. Er war überzeugt, er würde für dich sprechen.« Im Gegensatz zu ihrer Mutter, die den Zwist nicht so ernst nahm, litt Marianne sehr unter dem Streit ihrer älteren Geschwister.

»Niemand muss für mich sprechen«, antwortete Babette nach einer Pause.

Marianne nickte, verdrehte aber insgeheim ihre Augen. »Jaja, ich denke, das hat er nun verstanden. Du solltest wieder mit ihm reden. Es tut niemandem gut, wenn ihr entzweit seid.«

Babette schluckte ein Brummen hinunter. Seit der Fahrt nach Duisdorf hatte sie mit Matthias kaum ein Wort gewechselt. Die angespannte Stimmung schlug Babette auf den Magen. Sie konnte kaum etwas essen. Mittlerweile war ihre Taille so schmal, dass Guste die Bänder ihres Mieders hatte kürzen müssen. Sie vermisste ihren Bruder und hatte längst eingesehen, dass sie ihm unrecht getan hatte. Dass es bisher noch nicht zu einer Klärung zwischen ihnen gekommen war, lastete wie ein Stein auf ihrem Herzen. Es erinnerte sie daran, dass es nichts Wichtigeres gab als die Familie.

Mit dieser Erkenntnis kehrte sie im Oktober endgültig in ihren Lesezirkel zurück und fühlte sich in dessen Mittelpunkt wieder zu Hause. Mit kühlem Kopf schrieb sie Ferdinand einen Brief. Indem sie seinen Antrag ablehnte, nahm sie wohlwissend die Möglichkeit in Kauf, allein zu bleiben. Auf Gefühle, die sich mit der Zeit vielleicht entwickeln würden, wollte sie nicht vertrauen.

Im Herbst stießen die Franzosen nach Deutschland vor und bahnten sich in alarmierendem Tempo einen Weg über den Mittelrhein. So warf nicht nur die dunkle Jahreszeit ihre

Schatten voraus, sondern auch die Gefahr, derer man sich in Bonn langsam bewusst wurde.

Um sieben Uhr abends zündete Babette die Kerzen auf den Tischen und in den Wandhalterungen des Hinterraumes an. Matthias betrat in Begleitung von Wegeler die Gaststube. Babette wollte sich nicht anmerken lassen, wie befangen sie deswegen war. Reue hing im Raum wie Kerzendampf. Ihr Bruder schickte ihr scheue Blicke. Sie musste sich endlich mit ihm aussprechen. Konzentriert erstickte sie die Flamme eines Kerzenstumpfs mit Daumen und Zeigefinger und legte sich die Worte zurecht. Angeführt von einem tiefen Atemzug begrüßte sie die beiden.

»Guten Abend, Babette.« Wegeler lächelte freundlich wie eh und je. Unwillkürlich stieg die Frage in ihr auf, ob er Bescheid wusste: über sie und Ludwig, über den Streit zwischen ihr und Matthias. Männer redeten. Das hatte ihr Bruder selbst gesagt.

Rasch schob sie den Gedanken beiseite und erwiderte seine Freundlichkeit. »Ihr seid heute die Ersten. Soll ich euch etwas bringen lassen?«

»Nur Wein, bitte. Die Köchin der Breunings hat uns schon mehr als verwöhnt«, entschied Wegeler.

»Dafür seid ihr aber reichlich früh hier.« Sie biss sich auf die Unterlippe, so spitz hatte sie nicht klingen wollen.

Wegeler nahm seinen Platz am Stammtisch ein. Babette fasste ihren Bruder am Arm, ehe er sich hinzugesellen konnte. »Wir müssen uns unterhalten.«

Er folgte ihr in den Innenhof, wo er die Arme vor der Brust verschränkte, wartend auf das, was sie ihm zu sagen hatte.

»Es tut mir aufrichtig leid, wie ich mich verhalten habe. Ich war dir gegenüber nicht gerecht. Du hast nur versucht, mich zu unterstützen. Wahrscheinlich sind meine Neigungen nicht immer so leicht zu erkennen, selbst für dich nicht. Inzwischen habe ich Ferdinand jedoch geschrieben, dass ich ihn nicht heiraten werde.«

Nickend hob er die Brauen. »Was Mamans schlechte Laune erklärt.«

»Ja«, grummelte sie betreten.

»Hm.«

»Ich fürchte, ich habe in den Augen meiner Familie in letzter Zeit ziemlich viel falsch gemacht.«

Er hob einen Mundwinkel an. »Wir alle machen Fehler.«

Babette standen die Tränen in den Augen. »Du hast mir gefehlt!«

»Du mir auch.« Er lächelte nachgiebig, zog sie in seine Arme und drückte sie fest.

»Und Maman wird sich schon wieder beruhigen«, sagte er, und Babette wurde klar, dass er nur darauf gewartet hatte, dass sie auf ihn zuging. »Das tut sie immer. Auch wenn sie nicht den reichen Schwiegersohn bekommt, den sie sich gewünscht hat. Du bist noch jung. Warum solltest du dich vorschnell auf jemanden festlegen? Am Ende wird sie sich mit jedem abfinden, den du wählst. Genau wie ich.«

Dankbar vergrub Babette das Gesicht in seine Schulterkuhle, schmiegte sich an den weichen Stoff des Mantels, der einst ihrem Vater gehört hatte. Nun passte er Matthias perfekt.

Kapitel 18

Mit dem jungen Geistlichen Heinrich Foelix hatte der Lesezirkel erneut Zuwachs bekommen. Als kurfürstlicher Vorleser stand er Max Franz recht nahe. Heinrich besaß einen ruhigen, milden Charakter und strebte wie Babette nach einer modernen Welt. Seit sie sich im Zehrgarten über die Richtigkeit von Dogmen kirchlicher Institutionen unterhalten hatten, wich er ihr kaum mehr von der Seite. Seine Courage beeindruckte sie. Noch nie hatte sie einen Priester kennengelernt, der es wagte, die Kirche anzuzweifeln. Seine lebensoffene Art kollidierte mit der allzu frühen Priesterweihe, die seine Eltern für ihn bestimmt hatten. Es war offensichtlich, dass er sich dieses Leben nicht ausgesucht hatte. Unverhofft hatte Babette in ihm jemanden gefunden, der sich noch weniger vom Willen seiner Familie befreien konnte, obwohl er ein Mann war. Jene Tatsache führte ihr vor Augen, dass das Geschlecht nicht unbedingt vor Eltern bewahrte, die über die Zukunft ihrer Kinder bestimmen wollten.

Während ganz Bonn in einer lauernden Anspannung verharrte, hatte es sich die Hofrätin zur Aufgabe gemacht, der französischen Bedrohung mit Ausgelassenheit und gesellschaftlichem Amüsement zu begegnen. Sie schien sich vor den Invasoren in Sicherheit zu wähnen, doch Babette glaubte, die wahren Gründe für ihr Verhalten durchschaut zu haben. Sie sah sich selbst als Verfechterin der guten Sitten und setzte alles daran, gute Miene zum bösen Spiel zu machen. Babettes Mutter, die mittlerweile sorgenvoller in die Zukunft schaute, nannte das Leichtsinn. Aber Babette glaubte nicht, dass Helene von Breuning blind für die Gefahr war. Vielmehr war sie überzeugt, dass diese so lange wie möglich die Unbeschwertheit der Welt bewahren wollte, die sie kannte. Und ein Teil von ihr war gewillt, sie dafür zu feiern.

»Es sind doch seltsame Zeiten, meinst du nicht auch?« Eleonore hakte sich bei einem Spaziergang am Fluss bei Babette unter.

»Irgendwie verändert sich alles.« Sie schaute sich nach ihrer Familie um, die in einigen Metern Entfernung den Blick auf das andere Rheinufer genoss. »Meine Brüder planen fortzugehen. Nach Göttingen. Mutter meint, es wäre eine fabelhafte Möglichkeit für sie. Die Universität hat einen außerordentlich guten Ruf.«

»Was stimmt mit der unseren nicht?«, fragte Babette leicht spöttisch.

»Du kennst doch meine Mutter. Sie setzt auf Traditionen. Unsere Universität ist ihr einfach zu … neu.«

Babette nickte. Zweifellos gehörte Eleonores Mutter zu den Menschen, die das Altbewährte dem Modernen vorzogen – jedenfalls wenn es um die Bildung ihrer Kinder ging.

»Sie werden Bonn verlassen.« Eleonore hielt an und drehte sich erneut zu ihrer Familie um. »Ich dachte, du würdest es gerne wissen wollen.«

Babette strich ihr tröstend über die Wange, bevor auch sie zu Christoph und Stephan schaute. Dabei konnte sie nicht verhindern, dass sich ihre Blicke trafen. Bei dem Gedanken, dass beide schon bald auch nicht mehr da sein würden, spürte sie einen Stich im Herzen. »Sie werden sicherlich sehr fehlen. Aber mir wird es ein Trost sein zu wissen, dass sie ihrer Bestimmung gefolgt sind. Solange sie glücklich sind, ist alles gut.«

»Gewiss. Dennoch ist es schade, wenn unsere Gemeinschaft zerbricht. Alle scheinen auf einmal fortzuwollen.« Eleonore wirkte plötzlich tief betrübt.

»Ludwig?«, fragte Babette einfühlend. Zuvor hatte sie stets vermieden, mit ihr über das Gerücht zu sprechen, sie hätten eine Beziehung.

»Ich weiß, ich sollte mich für ihn freuen. Aber es fällt mir schwer, Freude vorzuheucheln, wo nur Bedauern ist. Vermutlich hältst du mich jetzt für sehr egoistisch.«

»Ich halte es für menschlich, wenn man denjenigen nicht verlieren will, den man liebt.«

»Liebe«, wiederholte Eleonore mit Empörung in der Stimme. »Was für ein mächtiges Wort!«

Verwirrt runzelte Babette die Stirn. »Entschuldige, aber ich hatte vermutet, du und Ludwig, ihr wärt …?«

»Eine Zeit lang dachte ich das auch. Wer würde sich nicht in ihn verlieben? Er ist besonders.«

»Ja«, seufzte Babette zustimmend, während sie langsam stromaufwärts weitergingen.

»Aber so jemanden wie Ludwig hat man nie für sich allein.«

In Eleonores schwermütigem Blick erkannte sie, dass sie seinetwegen gelitten hatte. Auch das hatten sie gemein. Auf einmal bekam das, was Matthias über Ludwigs Neigungen gesagt hatte, eine völlig neue Bedeutung. Babette legte ihre Hand auf Eleonore und drückte sie fest. Sie bereute es, nicht früher für sie dagewesen zu sein. Gleichzeitig war sie verwundert darüber, dass sie Ludwig nicht verachten konnte. Nach allem, was sie erfahren hatte, brachte der Gedanke an ihn, seinen Kuss, seine Berührung, ihr Innerstes immer noch zum Schmelzen. Sie musste wahnsinnig sein! Kurz zog sie in Erwägung, Eleonore davon zu erzählen, sah dann jedoch davon ab. Bald würde er fort sein, und es würde keine Techtelmechtel mehr geben. Nur noch Vernunft und eine Zukunft, in der Ludwig van Beethoven nicht ihre Freundschaft bedrohte, weil er Babette und Eleonore gleichermaßen die Sinne raubte.

Gemeinsam spazierten sie bis zum Belderbuscher Hof, der unter einem fast durchgehend blauen Himmel lag. Der Anblick des pompösen weißen Bauwerks ließ beide andächtig innehalten. In dem Palais, das selbst die Eisflut von 1784 überstanden hatte, erkannte Babette eine Beständigkeit.

»Unsere Gemeinschaft wird sich vielleicht verändern, aber sie wird nicht zerbrechen«, sagte sie mit eindringlicher Klarheit.

Eleonore betrachtete sie aufmerksam. »Ich bewundere dich, Betty. Deinen Mut. Deine Fähigkeit, für dich einzustehen, ist beneidenswert. Dass du Göbels Antrag abgelehnt hast, ohne zu wissen, ob sich dir je wieder eine ähnliche Möglichkeit bietet, war sehr tapfer.«

»Andere würden es dumm nennen. Maman hält mir meine Entscheidung immer noch vor.« Unschlüssig hob sie einen

Mundwinkel an, während ihr Blick zum Rhein ging, den ein niederländisches Frachtschiff hinauffuhr.

Noch beim Frühstück hatte Anna ihre Tochter durch eine spitze Bemerkung wieder einmal spüren lassen, dass sie überzeugt war, diese habe einen Fehler begangen. Babettes Drang nach einem selbstbestimmten Leben hatte ihrer innigen Mutter-Tochter-Beziehung geschadet. Selbst Crevelt war es bisher nicht gelungen, zwischen ihnen zu vermitteln.

»Ich weiß, du wirst einmal weit über den Erwartungen aller heiraten. Und du wirst diesen Mann lieben und er dich – aus vollem Herzen.« Kichernd schmiegte sich Eleonore an ihre Freundin.

Babette konnte ein Lachen nicht zurückhalten. »Du bist eine Phantastin, Lorchen.«

»Schon möglich.« Sie zuckte die Schulter. »Aber was, wenn ich recht behalte?«

»Dann wärst du eine Prophetin.«

Die beiden Frauen lachten ausgelassen. Ein weiteres Mal wurde Babette klar, wie wichtig ihr die Freundschaft zu Eleonore war. Manchmal brauchte es einfach jemanden, der wie sie unerschütterlich an einen glaubte.

Herbststürme fegten übers Land und trieben losgelöste Blätter in rotgoldenen Farben bis in den Zehrgarten hinein. In der Gaststube versammelte sich die Lesegesellschaft, um Gertruds hausgemachte Mehlspeise zu genießen. Im Buchladen war Babette damit beschäftigt, Erich anzulernen. Der Achtzehnjährige war der Sohn einer jüdischen Familie aus dem Bonner Norden. Er hatte erst kürzlich geheiratet. Seine Frau, eine Katholikin, erwartete ihr erstes Kind.

»Wo soll ich die Kisten hintragen, Fräulein Koch?« Gehetzt betrat Erich die Buchhandlung, nachdem er Besorgungen in der Stadt erledigt hatte. Babette schaute irritiert vom Kassenbuch auf und nahm das Fuhrwerk wahr, das vor dem Fenster parkte. Flüchtig klopfte sie mit der flachen Hand vor sich auf den schmalen Verkaufstisch. Durch die Unruhen im Land kam die Lieferung der bestellten Bücher fast einen Monat zu spät. Im Vergleich zu anderen Gütern wie Tee oder Kaffee, die aus dem Westen importiert wurden, war die Verzögerung jedoch verschmerzbar.

Bevor die letzte Kiste den Tisch erreichen konnte, stolperte Erich. Polternd fielen die Bücher und Hefte auf den Fußboden.

»Was bin ich ein Esel!« Die Hände über dem Kopf zusammengeschlagen, kniete er sich neben die herausgefallene Ware.

»Nicht so schlimm!«, beteuerte Babette und half ihm, die Sachen aufzusammeln. Eigentlich hatte Erich sich für die Gaststube beworben. Ihre Mutter hatte ihn aber ihr zugeteilt, damit Babette zu keiner Zeit mehr allein im Laden war. Sie fürchtete einen überraschenden Einmarsch der Franzosen und das Chaos, das dem folgen würde.

Konzentriert ging Babette die Neuware durch. Nicht wenige Kunden hatten ihre Bestellungen bereits storniert. Das Vorrücken der Sansculotten wirkte sich auf den Buch- und Porzellanhandel aus. Noch war aber eine Schließung der Geschäfte ausgeschlossen.

Mit dem Zeigefinger fuhr Babette über die Liste der Kunden, die noch auf ihre Bücher warteten. Ludwigs Name ließ sie innehalten. Ihr Puls schnellte in die Höhe. Gedankenversunken drehte sie den Erstdruck von Goethes *Torquato Tasso*, den Ludwig vor Wochen geordert hatte, in ihrer Hand. Wieder ein Drama. Wieder ging es um eine unerfüllte Liebe. Sie musste an den Theaterbesuch mit ihm denken, und an den sonnigen Nachmittag am Rolandsbogen, damals war zwischen ihnen noch alles in Ordnung. Bis jetzt hatte sich seine Abreise nach Wien weit weg angefühlt. Doch nun neigte sich das Jahr dem Ende zu und sie nahte mit jeder Stunde mehr. Verbissen starrte Babette auf den Einband. Sie konnte ihn nicht gehen lassen. Nicht so. Nicht mit tausend ungesagten Worten in ihrem Kopf. Eilig strich sie mit den Fingerspitzen über die farbigen Einbände der Alben, die sie im Laden vorrätig hatten, dann nahm sie eines aus dem Regal und legte es über den Goethe.

»Wir sehen uns morgen.« Sie drückte Erich den Schlüssel in die Hand.

Verwundert über diesen Vertrauensbeweis hob er die Brauen, nickte und lächelte erlöst.

Es dämmerte bereits, als sie sich auf den Weg zu Ludwig machte. Der Abend hatte kühle Luft mit sich gebracht, finstere Wolken zogen mit dem Rheinstrom über die Stadt. Babette schnürte ihren Mantel enger, zog die Kapuze auf und nahm die Abkürzung durch eine kleine Seitengasse, um dem aufkommenden Schauer zu entgehen. Kindergeplärr sowie der beißende Gestank von Fäkalien und Abfällen schwallte ihr entgegen. Babette verhüllte Mund und Nase unter ihrem

Mantel und beschleunigte ihren Gang. Im Halbdunkel eines Hausvorsprungs wiegte eine junge Frau ihr Kind im Arm. Deren erbärmlich dürre und zerlumpte Erscheinung machte es Babette unmöglich, einfach weiterzugehen.

»Wo seid Ihr zu Hause?«, fragte sie, kaum gegen das anhaltende Schreien des Kindes ankommend.

Die Frau zog die Nase hoch, ihre schaukelnden Bewegungen wirkten fahriger, doch sie antwortete nicht.

»Ihr habt kein Heim?«, hakte Babette nach.

Schluchzend schaute die Frau zu ihr auf, und der Anblick ihrer hervorgetretenen Wangenknochen ließ Babette erschaudern. Sie schien nicht älter als Marianne zu sein, was sie eher zu einem Mädchen machte als einer Frau. Babette schluckte schwer. Das Leid, das sich ihr bot, wann immer sie aller Warnungen ihres Bruders zum Trotz die Nebengassen Bonns besuchte, ging ihr durch Mark und Bein. Es zeigte, dass die Armut noch immer allgegenwärtig war. Es musste mehr getan werden, um den Menschen zu helfen, die von allen vergessen worden waren.

Eilig kramte Babette ihre Börse hervor. Es war nicht viel, was sie dabeihatte. Innerlich schimpfte sie sich, nicht mehr mitgenommen zu haben. Sie nahm erst einen, dann zwei Geldstücke, bevor sie letztlich den gesamten Inhalt ihres Beutels in die Hand der Frau entleerte, die völlig entgeistert daraufstarrte.

»Ihr kennt doch sicher Doktor Crevelt?« Babette nahm ihren Mantel ab und legte ihn der Frau um die Schultern.

Ungläubig blinzelnd sah diese von dem Geld auf und nickte.

»Sagt ihm, Babette Koch schickt Euch.«

»Ja«, hauchte sie, immer noch überrascht von der Wohltätigkeit einer völlig Fremden.

»Er wird sich um Euch kümmern. Danach könnt Ihr im Zehrgarten bleiben, wenn Ihr das wollt. Wir benötigen noch jemanden für die Reinigung der Zimmer.«

In den Augen der jungen Frau glitzerten Tränen der Erleichterung, und ein Lächeln umspielte ihren schmallippigen Mund. Dankend klaubte sie ihren Kleiderbeutel vom Boden und eilte mit dem Kind im Arm Richtung Markt davon.

Das Kirchengeläut ließ Babette zusammenzucken und erinnerte sie an ihr eigentliches Vorhaben. Erste dicke Tropfen fielen vom Himmel, und mit einem Mal ergoss sich ein heftiger Schauer über ihr. Babette klemmte sich die Bücher zwischen Mieder und Weste, um sie trocken zu halten, raffte ihr Kleid und rannte das letzte Stück. Triefnass läutete sie an Ludwigs Tür und trat unruhig von einem auf den anderen Fuß. Sie hatte keine Ahnung, ob er überhaupt zu Hause war. Ihr Haar klebte an ihren Wangen, während sie voller Anspannung wartete. Erleichtert schnappte sie nach Luft, als sich die Tür endlich öffnete.

»Betty?« Ludwig stand mit ungläubiger Miene vor ihr.

»Ich dachte, ich bringe dir das Buch vorbei, das du bestellt hast.«

Stirnrunzelnd sah er ihr dabei zu, wie sie erst den Goethe, dann das Album aus ihrem Ausschnitt hervorholte, als sei sie eine Zauberin.

»Wie freundlich von dir«, sagte er und bat sie herein.

Im Wohnzimmer fand sie sich zwischen Bergen von zerknülltem Papier wieder. »Du hast viel zu tun. Ich will dich nicht aufhalten.«

»Tust du nicht«, versicherte er, während er fahrig Ordnung schaffte. »Kann ich dir etwas anbieten?«

»Nein, danke.«

»Kommst du direkt aus der Buchhandlung?«, fragte er, während er am Tisch einen umgekippten Becher aufrichtete.

»Ja.« Langsam ging sie um sein Klavier herum, auf dessen Notenpult Zettel aneinandergereiht waren. Die Notizen darauf sahen komplex und unordentlich aus.

»Ist das für Haydn?« Sie platzierte die beiden Bücher auf dem Klaviergehäuse. Konzentriert nahm sie daraufhin auf seinem Hocker Platz und versuchte sich an der Musik, die er geschrieben hatte.

»Nein.« Er legte ihr eine Decke um. Kurz ruhten seine Hände auf ihren Schultern. Babettes Herz klopfte so schnell, dass ihre Finger von den Tasten rutschten. Für einen Moment hatte sie vergessen, wie man spielt. Peinlich berührt ließ sie ihre Hände in den Schoß sinken.

»Es ist nur ein Entwurf. Etwas, das ich zu Schillers Gedicht im Kopf hatte.« Sich räuspernd raffte er die Notenblätter mit den Händen zusammen.

»Ode an die Freude?«

Er presste seine Lippen aufeinander und nickte. »Es ist längst nicht fertig.«

»Schade, dass ich es nicht hören kann, wenn es das ist.« Eine unangenehme Stille folgte, in der Ludwig sie einnehmend betrachtete.

»Das, was zwischen uns war, hat mich sehr beschäftigt.«

Babette meinte, den richtigen Moment für ihre Aussprache gefunden zu haben, doch sein verkniffener Gesichtsausdruck ließ sie erneut zweifeln. Im Glauben, sie habe nichts zu verlieren, fuhr sie dennoch fort: »Ich hätte es nicht ertragen, wenn wir so auseinandergegangen wären. Deshalb bin ich in Wahrheit hier.«

Über sein Gesicht huschte ein Lächeln, das ansteckend war. »Ich bin froh, dass du gekommen bist und dass wir unsere Unstimmigkeiten noch beiseitelegen können – in Zweisamkeit. Nun, da ich wahrscheinlich durch den Krieg gezwungen sein werde, früher nach Wien aufzubrechen.«

Ihr Lächeln erstarb. »Wann?«

»Ich gedenke, Anfang des neuen Jahres in Wien einzutreffen.«

»So bald schon?« Babette schnappte nach Luft. Das war unmöglich. Sie war noch nicht bereit, ihn zu verlieren.

Er nickte bedauernd, näherte sich ihr. »Ich werde meiner Heimat nicht auf ewig fernbleiben. Das könnte ich gar nicht. Hier sind meine Wurzeln, meine Familie, die Menschen, die ich liebe.«

Sie spürte, wie ihre Wangen erröteten. Er tat es schon wieder. Er flirtete mit ihr, und sie konnte nicht abstreiten, dass sie es auf eine Weise genoss, die ihr unheimlich war.

»Was ist mit dir?«, fragte er, und seine Brauen bildeten eine sorgenvolle Linie.

»Mit … mir? Nun, ich würde mich freuen, wenn du uns ab und zu besuchen kämst.« Sie weigerte sich, ihre wahren Gefühle preiszugeben, denn sie hatte nicht vergessen, wie sich ein gebrochenes Herz anfühlte.

»Dann könntest du etwas von deiner Zeit entbehren?« Er trat hinter sie.

»Natürlich! Wieso nicht?«

»Ich dachte nur, wegen deiner vielen Verehrer. Die Breunings, Göbel, Malchus und Foelix …«

Verärgert über seine Stichelei fuhr sie herum. »Foelix ist ein Geistlicher!«

»Was ihn nicht davon abhielt, sich in dich zu verlieben.«

Babette schnaufte leise aus. Es hatte sich herumgesprochen, dass Heinrich sie weit mehr mochte, als er sollte. Aber warum hielt Ludwig ihr das jetzt vor? Kopfschüttelnd stand sie auf. »Ich werde jetzt gehen.«

»Du solltest das Unwetter abwarten.«

Ihr Blick streifte das Fenster, gegen das die Tropfen trommelten. »Ein bisschen Regen wird mich nicht umbringen.«

Für einen Moment betrachtete er sie abwartend, dann sog er lautstark Luft ein und nickte. »Was bin ich dir schuldig?«

»Die Rechnung liegt dem Goethe bei. Du kannst bezahlen, wenn du wieder im Zehrgarten bist.«

Abermals nickend nahm er sich das Album zur Hand, das sie ihm mitgebracht hatte. »Was ist das?«

»Ein Geschenk. Ein … Abschiedsgeschenk. Du sagtest einmal, du hättest gern so ein Buch wie meines. Da ist es.« Sie lächelte angespannt. »Mit besten Grüßen von der Familie Koch.«

»Ein Stammbuch«, hauchte er ergriffen. »Vielen Dank! Ich freue mich sehr darüber.«

»Also dann.« Sie wandte sich zum Gehen.

»Ach … Betty?«

Noch einmal drehte sie sich ihm zu.

»Es ist leer.« Er hielt ihr das aufgeschlagene Buch hin. »Würdest du mir die Ehre des ersten Eintrags erweisen?«

Sie haderte mit sich, stimmte aber schließlich zu. Ludwig schob seinen hohen Lehnstuhl zurecht und stellte Tinte und Feder für sie bereit. Während er im Erdgeschoss des Hauses nach seinem Vater schaute, hatte sie Zeit, in Ruhe an ihrem Eintrag zu schreiben. Zunächst schien die Uhr unaufhaltsam zu ticken, ohne dass sie die richtigen Worte finden konnte. Wieder und wieder tauchte sie die Feder in die Tinte, doch nichts als schwarze Kleckse trafen auf das Papier. Händeringend suchend nach dem richtigen Spruch, ließ sie ihren Blick durch den Raum schweifen, in dem Ludwig lebte und arbeitete. Hier entstanden seine einzigartigen Kompositionen. Über der Lehne des Stuhls, auf den sie gesunken war, hing sein Gehrock. Sie sog den Geruch von frischem Pergament und der markanten Essenz aus Blüten und Kräutern ein, die er so mochte. Es war wie ein Impuls. Schnell festigte sie ihren Griff um den Federkiel und begann zu schreiben. Sie entschied sich für die Wahrheit, verborgen in einem Zitat aus *Don Carlos*, das sie immerzu mit Ludwig verband:

Liebe kennt der allein, der ohne Hoffnung liebt.

Manchmal sind wir nicht genug.

Meinem liebsten Freund Louis
Deine Dir auf ewig zugewandte Freundin Betty

Sie klappte das Buch zu, stand auf und drückte es ihm in die Hand, sobald er den Raum betreten hatte.

»Ich geh dann jetzt«, sagte sie mit einem wehmütigen Lächeln. Auf dem Weg hinunter klopfte ihr Herz plötzlich so schnell, dass sie fürchtete, es würde zerspringen. Hatte sie die richtigen Worte gewählt? Nein, flößte ihr der Verstand ein. Sie waren zu offensichtlich gewesen. Unkreativ hatte sie sich ausgedrückt. Sich eine Opferrolle verschrieben, die sie nun bereute. Das kam also dabei heraus, wenn man handelte, ohne zu überlegen, dachte sie und biss sich so fest auf die Lippe, dass sie den metallischen Geschmack von Blut schmeckte. Sie hatte gehofft, die Wahrheit hätte eine erleichternde Wirkung, doch nun wog sie schwerer auf ihrer Seele als zuvor.

Das Knarren der sich im ersten Obergeschoss öffnenden Tür ließ sie auf der untersten Stufe verharren. Langsam drehte sie sich zu Ludwig um, der hörbar atmend zu ihr herabschaute, das Album in der Hand. Es war zu spät für eine Korrektur. Einen Augenblick lang schauten sie einander an, dann gingen sie gleichzeitig aufeinander zu und begegneten sich in der Mitte der Treppe. Ludwig schlang seine Arme um sie. Polternd fiel das Album mit der aufgeschlagenen Seite zuerst auf die Stufen, als sie sich stürmisch küssten. Babette wurde vom Glück durchströmt. Viel zu lange hatte sie einen inneren Kampf gegen das Bedürfnis geführt, ihm nahe zu sein, ihn zu spüren. Nun hatte sie kapituliert.

Ludwig nahm sie bei der Hand und brachte sie zurück in seine Stube. Der Regen pochte heftiger denn je gegen die Fenster, als Ludwig ihre Lippen, Wangen und ihren Hals liebkoste. Bruchstücke der Dinge, die gegen das sprachen, was gerade geschah, flimmerten vor ihrem geistigen Auge auf. Ihre Tugend, die Verantwortung ihrer Familie gegenüber, seine Wienreise, Lorchen – all das verlosch vor der ungezügelten Leidenschaft, die sich zwischen ihnen entlud.

»Wir sollten das nicht …«, hauchte sie dennoch in dem müden Versuch, Kontrolle über die Situation zu gewinnen.

In seinem Blick lag tiefe Bewunderung und Lust. Und sie wusste, dass es für ein Zurück längst zu spät war. Ludwig öffnete ihr Haar, so dass ihr die fülligen braunen Locken um die Schultern fielen.

»Wunderschön«, flüsterte er fasziniert von ihrem Anblick. Im fahlen Licht der Kerzen wirkten seine Augen fast schwarz. Unverhohlene Begierde stand in ihnen.

»Was soll ich nur ohne dich machen, geliebte Babette?«

Seine Worte trafen sie direkt ins Herz. Sie erinnerten sie daran, dass sein Abschied unmittelbar bevorstand und dass sie nicht wussten, wann sie sich wiedersehen würden. Zärtlich strich er ihr das Haar hinters Ohr und senkte seine Lippen über ihre. Babette konnte sich seinem süßen Kuss nicht verweigern und ließ es zu, dass er sie in sein Schlafzimmer zog. Gekonnt schälte er sie aus ihrem Kleid, befreite sie scheinbar mühelos aus dem Mieder. Behutsam führte er sie ans Bett. Für Babette war es das erste Mal, dass sie sich einem Mann hingab. Doch Ludwigs Erfahrenheit sprach aus jeder seiner Gesten. Zweifellos beherrschte er die Liebe ebenso wie die Musik. Und es gefiel ihr, sich ganz von ihm dirigieren zu lassen – wenn auch nur ein einziges Mal.

Inzwischen war es dunkel geworden. Babettes Kopf lag auf Ludwigs Brust. Aufgewühlt horchte sie seinem Herzschlag, der einem rhythmischen Trommeln glich. Sie versuchte, einen Ausweg zu finden. Eine Erklärung für das, was gerade geschehen war und was es für sie beide bedeutete.

»Ich muss gehen«, hauchte sie, setzte sich ruckartig auf und schlüpfte in ihre Kleider, als könne sie dadurch möglichen Folgen entkommen. Sie hatte eine Grenze überschritten, die keine achtbare Frau hätte übertreten sollen.

»Bitte, tu das nicht!« Ludwigs Hand auf ihrem nackten Rücken ließ sie zusammenzucken. Er legte seine Arme um sie und bedeckte ihre Schulter mit seinen Küssen.

»Was denn?«, murmelte sie in vorgespielter Unwissenheit.

»Es bereuen.«

Sie seufzte laut.

Ludwig berührte sie sanft am Arm und brachte sie auf diese Weise dazu, sich zu ihm umzudrehen.

»Ich bereue es nicht«, sagte sie schwerfällig. »Aber ich weiß, ich sollte.«

Er schluckte hörbar, während er sie eingehend betrachtete. »Das, was heute passiert ist, kann in diesem Zimmer bleiben. Für immer. Wenn du das möchtest.«

»Was möchtest du?«, stellte sie die Gegenfrage, dabei versuchte sie, in seinem Gesicht zu lesen, wie er empfand. Waren seine Gefühle stark genug, um einer räumlichen Trennung standzuhalten? Dem Gegenwind, der sie vonseiten ihrer Mutter und der Gesellschaft erwarten würde?

Er strich ihr Haar zurück, dann streiften seine Finger ihre vollen Lippen. »Noch kann ich dir nicht viel bieten. Aber das kann sich ändern. In Wien. Du könntest mit mir gehen.«

Babette legte den Kopf schief. »Das kann ich nicht«, sagte sie so leise, dass sie sich selbst kaum hörte, und kleidete sich weiter an.

»Deine Familie?«

»Ich darf Maman jetzt nicht allein lassen, wo doch die Franzosen vor der Tür stehen.«

»Ich muss nach Wien«, sagte er nach einer Pause, als hätte er innerlich sämtliche Möglichkeiten abgewogen.

Babette führte ihre Hand an seine Wange und ließ sie darauf ruhen. »Ich weiß! Und es ist in Ordnung. Du darfst dir diese Gelegenheit nicht entgehen lassen. Du bist zu etwas Höherem bestimmt, Louis. Deine Musik wird alle Zeiten überdauern.«

Ihre Worte brachten ihn zum Lächeln. Notdürftig steckte sie sich das Haar hoch, glitt in ihre Stiefel und ging zum Fenster. »Es hat aufgehört zu regnen.«

Ludwig trat neben sie, eine Decke um die Hüfte geschlungen. »Ich begleite dich nach Hause.«

»Nein.« Sie wandte sich ihm zu. »Das wird nicht nötig sein.«

Eine Mischung aus Bedauern und Ratlosigkeit lag in seinem Blick. Mit einer Hand fuhr sie durch sein zerzaustes Haar und küsste ihn auf die Lippen. »Gute Nacht, Louis.«

Sie ging aus dem Zimmer und schloss leise die Tür hinter sich. Auf der Treppe stehend, hielt sie noch einmal inne, darauf horchend, ob er ihr nachkam. Doch nichts rührte sich.

Hastig riss sie die Haustür auf und erstarrte sogleich. Eleonore stand mit Wegeler vor ihr. Beide betrachteten sie perplex.

»Hallo«, hauchte sie mit matter Stimme, während sie hektisch ihren Rock glättete.

Beinahe synchron schauten Eleonore und Wegeler an ihr hinunter und wieder hinauf.

»Was machst du hier?« Ihre Freundin lächelte dünn.

»Ich habe Ludwig ein Buch gebracht, das er vor einiger Zeit bestellt hat.«

»Wie zuvorkommend.« Wohlwollend sah Wegeler ebenso über ihre Aufmachung wie die ungewöhnliche Uhrzeit ihrer Lieferung hinweg.

Eleonores Augen jedoch wurden schmal. »Ich hatte ja keine Ahnung, dass du selbst auslieferst. Habt ihr dafür kein Personal?«

Babette überlegte genau, welche Erklärung ihre Freundin zufriedenstellen würde.

»Und wo ist dein Mantel?«, kam ihr Eleonore zuvor. »Du siehst irgendwie … aufgerieben aus.«

»Das ist eine längere Geschichte«, antwortete Babette, der das Herz bis zum Hals schlug. »Ihr seid mit Ludwig verabredet?«

Eleonore wechselte einen flüchtigen Blick mit Wegeler. »Louis bat uns, ihm dabei zu helfen, eine Liste der voraussichtlichen Ausgaben für seine Fahrt nach Wien zu erstellen. Na ja, genau genommen mich. Mutter und ich sind uns einig, dass er sich vollkommen auf sein Studium konzentrieren soll. An den notwendigen Mitteln soll es ihm nicht mangeln.«

»Finanziert nicht der Kurfürst seinen Aufenthalt in Wien?« Babette legte die Stirn in Falten, darüber grübelnd, ob sie falsch informiert war.

»Die Breunings wollen sichergehen, dass er auch wirklich zurechtkommt«, erklärte Wegeler.

»Wie überaus großzügig«, rühmte Babette verzögert. Eleonores starres Lächeln ließ sie schlucken, und sie drängte sich an ihren Freunden vorbei. »Maman erwartet mich im Zehrgarten.«

»Wenn du kurz wartest, können wir dich begleiten.«

»Nein, danke. Ich bin in Eile.« Babette hatte keine andere Wahl, als Wegelers gut gemeintes Angebot auszuschlagen. Was, wenn herauskam, was zwischen ihr und Ludwig passiert war?

»Auf Wiedersehen, Babette«, verabschiedete sich Wegeler freundlich, als sie ohne ein weiteres Wort die Straße hinuntereilte. Ungeordnete Gedanken schossen ihr durch den Kopf. Hatten die beiden etwas gemerkt? Für gewöhnlich witterte Eleonore ein Geheimnis bereits aus weiter Entfernung. Sicher waren ihr weder Babettes unordentliche Frisur noch das nachlässig geschnürte Kleid entgangen. Was wäre, wenn sie ihren Verdacht Ludwig gegenüber äußerte und ihn zur Rede stellte?

Zu Hause angekommen, rannte Babette in ihr Zimmer. Mit dem Rücken lehnte sie sich pochenden Herzens gegen die Tür. Tränen der Verzweiflung und der Scham verschleierten ihre Sicht, als sie auf die Bettkante sank. Wie hatte es so weit kommen können? Lautlos weinend presste sie den Stoff ihres Rocks an ihr Gesicht. Die Dinge würden nie wieder so sein, wie sie einmal waren. In einem winzigen Moment der Schwäche hatte sie die Freundschaft zu Ludwig endgültig in etwas anderes verwandelt und die zu Eleonore gefährdet. Sie vielleicht sogar zerstört.

In dieser Nacht ließ sie sich von Marianne im Zehrgarten entschuldigen und weinte sich in den Schlaf. Sie war wütend auf sich, weil sie unvorsichtig gewesen war. Weil sie ihrem Herzen die Entscheidungsgewalt übertragen hatte. Zu welchem Preis? Als sie endlich einschlief, war es, als hätte es die letzten Stunden nie gegeben. Weder ihr schriftliches Geständnis noch das ihres Herzens, dem auch ihr Körper am Ende erlegen war.

Kapitel 19

»Ist alles in Ordnung, Bärbchen? Du sitzt nun schon eine ganze Weile da und starrst dein Spiegelbild an.« Sorgfältig legte ihre Mutter die Kleidungsstücke aus Babettes Reisetasche zurück in den Schrank. Seit gestern Nachmittag war sie aus Rheinberg zurück und hatte sich bisher nicht selbst dazu aufraffen können.

»Es ist nichts.« Babette nahm einen tiefen Atemzug, um sich von der Erinnerung an Ludwigs Berührungen zu lösen, die sie immer wieder unvorbereitet einholte. Sie hatte gehofft, der Kurzurlaub mit ihrer Schwester und Crevelt würde sie auf andere Gedanken bringen, doch dem war nicht so.

»Hat jemand nach mir gefragt, während ich fort war?« Babette warf ihrer Mutter einen zaghaften Blick über den Spiegel zu.

»Tringen wollte wissen, wie lange ihr weg sein würdet. Du solltest sie unbedingt bald zum Tee bitten. Ich hatte das Gefühl, sie kommt sich etwas vernachlässigt vor.«

Babette nickte leicht, in Gedanken bei ihren anderen Freunden: Eleonore und Wegeler. Offenbar hatten sie ihr Aufeinandertreffen vor Ludwigs Haus für sich behalten. Und was war mit ihm, Ludwig? Ihre Mutter nach ihm zu fragen, traute sie sich nicht. Bestimmt hatte er sich im Zehrgarten nach ihr erkundigt. Immerhin war *sie* diesmal diejenige gewesen, die sich ohne ein Wort davongemacht hatte. Es gab Tage, an denen sie sich einzureden versuchte, dass nichts zwischen ihnen geschehen war. Dass sie nicht aus seinem Schlafzimmer direkt in die Arme ihrer Freunde gelaufen war. Doch dann hätte sie nie bei ihm gelegen, vielleicht nie erfahren, was Leidenschaft bedeutete, oder wie es sich anfühlte, mit einem Menschen ganz und gar zu verschmelzen.

»Du bist blass.« Die Stimme ihrer Mutter durchtrennte scharf ihre Gedanken.

»Mir geht es gut, Maman«, sagte sie um ein Lächeln bemüht.

Ihre Mutter legte schmunzelnd den Kopf schief. »Solange es nichts mit einem gewissen Herrn zu tun hat.«

Nervös schickte Babette ihr einen Blick zu. Sie wusste, dass sie ihr nichts vormachen konnte. Hatte Matthias mit ihr gesprochen? Hatte Ludwig etwas preisgegeben? Er hatte ihr versichert, ihre gemeinsamen Stunden für sich zu behalten. Jedenfalls war es ihr so in Erinnerung. Gestern Abend, als sie noch kurz im Zehrgarten vorbeigesehen hatte, hatte sie kein Gemunkel darüber gehört, dass sie und er … Ludwig war nicht einmal anwesend gewesen. Seit sie bei ihm gewesen war, hatte sie ihn nicht gesehen. Was, wenn er sich Wegeler anvertraut hatte? Wie würde sie dastehen? Auf einmal wurde ihr furchtbar schlecht.

»Ich muss zugeben, ihr würdet ein hübsches Paar abgeben«, fuhr ihre Mutter fort, während sie ein Unterkleid aufrollte, nur um es dann wieder zusammenzulegen.

Babettes Augen weiteten sich, ruhelos wickelte sie ihre Halskette um den Zeigefinger ihrer rechten Hand.

»Natürlich ist eine Verbindung nicht möglich.« Anna schloss konzentriert die Kleiderschranktüren, nachdem sie Babettes Sachen einsortiert hatte.

»Gewiss«, murmelte Babette in zweifelhafter Zustimmung.

»Obwohl … bedauerlich ist das schon.«

Babettes Hand sank auf ihren Oberschenkel, als ihre Mutter hinter sie trat. Anna beugte sich über sie, öffnete das Medaillon um deren Hals und betrachtete rührselig das Bild ihres verstorbenen Mannes, das sich darin befand. Nach dem Schlossbrand von 77, bei dem Eleonores Vater ums Leben kam, hatte sie es an ihre Tochter abgetreten. Babette war damals erst fünf Jahre alt gewesen, doch der Anblick der hochschlagenden Flammen hatte ihr noch Wochen später Albträume beschert, die sich erst mit ihrem neuen Talisman gelegt hatten.

»Er sieht wirklich äußerst ansprechend aus. So für einen Geistlichen.« Anna schloss das Medaillon und küsste ihre Tochter auf den Schopf.

Babette versuchte, ihre Erleichterung zu verbergen, als sie erkannte, über wen sie sprach. Heinrich hatte sie am Vorabend bereits ungeduldig erwartet. Babette hatte sich schon gefragt, wann ihre Mutter sie darauf ansprechen würde.

»Ich hörte, er glaubt nicht an den Zölibat und wünscht sich eine Frau.« Mit ernster Miene griff Anna nach der Bürste.

»Wer könnte es ihm verdenken?«

»Man sagt auch, er habe ein Auge auf dich geworfen«, fuhr ihre Mutter beiläufig fort, während sie Babette das Haar kämmte.

»Es wird stets viel erzählt.«

»Bärbchen«, ermahnte ihre Mutter, die Zunge schnalzend. »Mir ist nicht entgangen, wie gut ihr euch versteht. Du weißt, ich schätze deinen Sinn für anregende Konversationen und deinen tiefgründigen Verstand. Nichtsdestotrotz solltest du dich mehr in Zurückhaltung üben, wenn du auf einen Ehemann hoffst, der dich gesellschaftlich voranbringt. Der männliche Geist kann nicht zwischen natürlichem Charme und Flirterei unterscheiden. Dafür ist er nicht ausgelegt.«

Grob teilte sie Babettes Haar in zwei Zöpfe, schloss die Hand um einen davon und kämmte Strähne für Strähne des anderen.

Babette entfuhr ein Zischen, als sie einen hartnäckigen Knoten bearbeitete. Ihre Mahnung war deutlich gewesen. Sie wollte sie vor einer Torheit bewahren. Babette hatte sich gerade erst daran gewöhnt, dass sich ihr Verhältnis wieder gebessert hatte. Auf keinen Fall wollte sie es erneut aufs Spiel setzen. Wie ironisch, kam es ihr in der nächsten Sekunde in den Sinn, denn das hatte sie längst getan.

Babette schwieg gedankenverloren, als ihre Mutter sie zum gefühlt hundertsten Mal an Marie erinnerte – die Frau, die Babette mit ihrem kleinen Sohn von der Straße aufgelesen hatte. Der Abend mit Ludwig drängte sich ihr wieder auf, und sie spürte eine Traurigkeit in sich, die einer schmerzenden Leere gleichkam. Sie war heilfroh, als ein Klopfen an der Tür ihren Gedanken durchbrach. Matthias steckte seinen Kopf herein, und Babettes Miene erhellte sich.

»Du bist zurück?«

Fast drei Wochen hatte er mit seinem Onkel in Nürnberg

verbracht. Wochen, in denen sie stets Angst davor hatte, die Franzosen könnten ihm den Rückweg versperren.

Matthias sank auf die Kleidertruhe, die am Fuß ihres Bettes stand.

»Schön, dass du wieder da bist.« Anna begrüßte ihren Sohn mit einem Kuss auf die Wange.

»Wie war es?« Beschwingt drehte sich Babette auf dem Stuhl zu ihm um.

»Anstrengend«, sagte er. »Aber auch lehrreich. Ich bin froh, wieder zu Hause zu sein. Wie geht es unseren Schützlingen? Als ich aufbrach, stand es nicht gut um den Kleinen.«

»Der gute Doktor gab sein Bestes, um das Kind vor dem Tod zu bewahren«, erklärte Anna. »Es war ja nur noch Haut und Knochen.«

»Jetzt ist es über den Berg«, fügte Babette hinzu.

Matthias atmete erleichtert aus. Auch ihm war Maries Schicksal und das ihres Jungen nahegegangen.

»Sie hatten Glück im Unglück«, sagte ihre Mutter. »Der liebe Crevelt ist überaus ausgelastet. Nun, da Katarrh- und Faulfieber wieder angefangen haben. Die Fälle bei den Armen häufen sich. Aber ihr wisst ja, wie er ist. Er kann keinen Patienten wegschicken. Egal, ob er bezahlen kann oder nicht.«

Babette und Matthias tauschten zustimmende Blicke. Die Krankheitsausbrüche waren der Grund, weshalb Babette und Marianne ihre Reise mit dem Doktor nach Rheinberg verkürzen mussten. Wieder einmal hatte ihr väterlicher Freund bewiesen, wie ernst er seinen Beruf nahm. Er behandelte Angehörige aller Schichten und war oft rund um die Uhr im Einsatz.

»Dann bleiben sie im Zehrgarten, Marie und ihr Kind?«, fragte Matthias nach einer Weile.

»Wo sollten sie sonst unterkommen?« Anna seufzte theatralisch. »Keiner nimmt eine ehrlose Frau zur Gattin. Auch auf dem Arbeitsmarkt wird sie es schwer haben.«

Babette knirschte mit den Zähnen. Sie war ihrer Mutter dankbar, dass sie Marie und deren Sohn im Zehrgarten wohnen ließ, sogar eine Amme bezahlte, damit er satt wurde. Marie musste selbst erst noch zu Kräften kommen, bemühte sich aber schon redlich, um ihr Bleiberecht zu sichern. Sie machte sich in der Küche nützlich, kümmerte sich um die Gästezimmer und half sogar beim Ausschank. Offenbar war das nicht genug. Babette schüttelte den Kopf, nachdem ihre Mutter den Raum verlassen hatte, um Guste zu bitten, Tee für sie alle aufzusetzen.

»Ich weiß, was du denkst.« Matthias war ihre angespannte Miene nicht entgangen. »Aber Maman hat nicht unrecht. Eine Frau darf sich nicht leichtfertig einem Mann hingeben.«

»Wer sagt denn, dass es leichtfertig war!« Babette war empört von seinem Urteil und der Doppelmoral, die sich hinter seinen Worten verbarg. »Warum darf ein Mann tun und lassen, was immer er will, wohingegen eine Frau nur gehorchen soll? Ich habe das so satt!«

»Wir leben nun mal in einer von Männern bestimmten Welt«, erwiderte er schulterzuckend.

»Das ist aber ungerecht!« Wütend richtete sie sich vor ihm auf. »Wir stehen euch in nichts nach. Wir können all das, was ihr könnt, und noch mehr.«

Er lachte überheblich. »Das ist nicht wahr. Jeder hat seinen Platz in der Welt. Männer wie Frauen.«

»Tatsächlich? Dann ist mir wohl entgangen, dass ein Mann in der Lage ist, ein Kind zu gebären.«

»Das … das ist etwas anderes.«

»Ich denke nicht!«

»Du kennst meine Meinung. Wenn ich könnte, würde ich die Regeln aushebeln, die Frauen einschränken, aber diese Macht habe ich nicht.«

»Und deshalb arrangierst du dich mit ihnen?«

Er starrte sie an. Reue und Scham standen in seinem Gesicht ebenso wie Ratlosigkeit. Manchmal schien er nicht zu wissen, was sie von ihm erwartete. Verlangte sie zu viel?

»Ich bin müde von der Reise.« Matthias stemmte sich hoch und ging. Babette wandte sich grummelnd um. Für sie war die Diskussion noch nicht beendet.

»Du bist mit einem außergewöhnlichen Verstand gesegnet«, sagte ihre Mutter, die die Diskussion vom Flur aus mitangehört hatte und jetzt das Zimmer betrat. »Zweifellos bist du deiner Zeit voraus.« Sie setzte sich aufs Bett und strich akribisch Babettes Tagesdecke glatt. »Aber, Bärbchen, viele verstehen das nicht. Deine Klugheit kann dich weit bringen, vorausgesetzt du stellst dich geschickt an. Wir Frauen haben es schwer, zweifellos. Doch du weißt, wie es funktioniert: Die Kunst, in unserer Welt zu bestehen, liegt darin, den Männern stets das Gefühl zu geben, sie hätten die Zügel in der Hand. Sei vorsichtig mit deinen Worten. Denk nicht, mir wäre nicht klar, wie stark das Herz sein kann. Aber es trifft nicht immer die besten Entscheidungen. Die, die für uns am vorteilhaftesten wären.« Mit einem ermutigenden Lächeln stand sie auf und strich Babette im Vorbeigehen über den Kopf. »Wir warten auf dich im Salon.«

Babette nickte matt. Sie saß noch eine Weile still vor dem Spiegel und dachte darüber nach, was ihre Mutter gesagt hatte. Ihr Verhalten war so weise wie ihr Rat, die Männer nicht mit Diskussion zu überfordern, für die sie nicht bereit waren. Sie mussten überzeugt sein, sie hätten sich selbst aufgeklärt. Matthias nahm ebenso Anteil an Maries Situation wie Babette, und doch wollte er nichts davon hören, dass sie unschuldig in ihre Lage geraten war. Was Babette überraschte, immerhin kannte auch er ihre Geschichte. Marie hatte geglaubt, dass ihre Liebe zu dem Sohn eines niederländischen Schiffers allen Schwierigkeiten standhalten würde. Doch sie hatte sich getäuscht. Die großen Gefühle waren verflogen, ehe der Sommer zu Ende gegangen war. Sie verschwanden wie die Schiffe der Handelsflotte in den reißenden Strömungen des Rheins. Und ihr Kind sollte sie auf ewig daran erinnern, dass die Liebe für eine Frau ein gefährliches Spiel war. Niemand konnte das besser nachempfinden als Babette, die für ihren Monatsfluss gebetet hatte. Als es endlich so weit war, hatte sie der heiligen Maria auf Knien dafür gedankt.

KAPITEL 20

Die Nachricht, dass die Sansculotten die österreichischen Niederlande überrannt hatten, schürte die Angst der Bonner vor einer Invasion. Nachdem französische Truppen Mainz eingenommen hatten, marschierten sie Richtung Koblenz. Mitglieder des französischen Hofes, die im Zentrum der Gegenrevolution Zuflucht gesucht hatten, flohen nach Bonn, wo eine Ratssitzung die Lage als besorgniserregend einstufte. Man überlegte, ob man sich den Franzosen ergeben solle. Die Angst vor Plünderungen ging um, weshalb zusätzliche Wachen aus dem Bürgertum rekrutiert wurden. Der Kurfürst ließ vorsorglich die Schatzkammer flussabwärts, nach Düsseldorf, verschiffen. Wer konnte, setzte auf das andere Rheinufer über und brachte sich in Sicherheit. Die Zuspitzung der politischen Lage zwang Ludwig, seine Reise trotz der laufenden Theatersaison noch früher als geplant anzutreten.

Am Donnerstag, dem 1. November, feierte er, wie angekündigt, seinen Abschied im Zehrgarten. Matthias war maßgeblich an der Organisation beteiligt gewesen. Im Hinterzimmer hatte er Girlanden aus buntem Papier anbringen lassen. Ein festliches Büfett aus gebratenem Huhn und Kuchen stand bereit. Es wurde Wein und Bier in rauen Mengen an alle ausgeschenkt.

Mitglieder der Hofkapelle sorgten für die musikalische Untermalung der Abschiedsfeier. Es herrschte Gedränge sowohl im klassischen Boden als auch in der Gaststube. Viele Menschen waren gekommen, um den Bonner Genius zu verabschieden und einen letzten Blick auf den Mann zu werfen, der die Musikwelt aufrütteln sollte. Vor einigen Tagen hatte Babette in einem günstigen Moment im Zehrgarten sein Stammbuch an sich genommen, ehe es an dem heutigen Abend die Runde machen konnte. Ludwig war selbst so mit seiner neuesten Komposition beschäftigt gewesen, dass er nichts davon gemerkt hatte. In einem Anflug von aufsteigender Panik hatte Babette sorgfältig ihren Eintrag entfernt, der ihr, nach reichlicher Überlegung, zu privat erschienen war. Ihre Zuneigung, Ludwigs Abschied und das Gefühl, in einer Welt zurückgelassen zu werden, die vor dem Abgrund stand – das alles störte ihren Geist. Sie konnte nicht klar denken, also handelte sie impulsiv, geleitet von Schuldgefühlen, die an ihr nagten wie eine ausgehungerte Ratte an einer Brotrinde.

Stolz präsentierte Matthias Wegeler seine Zeichnung von einem Freundschaftsaltar, die nun ihre Zeilen auf der ersten Seite in Ludwigs Album ersetzte. Kurz stieg Wehmut in ihr auf, weil sie Ludwig das einzige Zeugnis ihrer Liebe genommen hatte, die jedoch von einer sich anschließenden Furcht überlagert worden war. Hatte sie ihre Worte wirklich rechtzeitig getilgt, bevor sie jemand hatte lesen können? Jedenfalls ließ sich niemand irgendetwas anmerken. Nur Eleonore verhielt sich ungewöhnlich kühl und distanziert.

»Die Unsterblichkeit ist ein großer Gedanke. Ist des Schweißes der Edlen wert!«, posaunte Matthias, auf einem der Tische stehend, in die Runde.

Das Zitat, das er in Ludwigs Album geschrieben hatte, stammte von Friedrich Gottlieb Klopstock, einem Dichter, über dessen Brillanz sich beide stets einig gewesen waren. Jene Worte hatten sich Matthias und Ludwig bereits am Tag ihrer gemeinsamen Immatrikulation durch die Universitätshallen zugerufen. Vielleicht, so dachte Babette kindisch, hatte Matthias damals schon gewusst, dass dieser Abend des Abschieds kommen würde. Dann hatte er es verdient, vorne im Album zu stehen.

Für wenige Stunden schien es nichts Wichtigeres im Leben der Zirkelfreunde zu geben, als Zeit miteinander zu verbringen. Obwohl Babette Teil dieser Zeremonie war, gehörte sie an diesem Abend nicht zum engsten Kreis. Sie war eine von vielen Bewunderern und doch eine der wenigen, die sich zurückhielten und anderen den Vortritt ließen, damit sie sich in Ludwigs Album eintragen konnten. Freunde übertrafen sich gegenseitig mit intellektuellen und nachdenklich stimmenden Texten. Babette beobachtete das Geschehen aus der Ferne. Sie stand am Durchgang zum Hinterzimmer. Die Hände vor sich haltend, versuchte sie sich nicht anmerken zu lassen, wie sehr ihr Bauch rebellierte.

»Es ist kaum zu glauben. Unser Ludwig in Wien. Wer hätte das gedacht?« Malchus hatte sich aus der Menschentraube gelöst, die Ludwig umlagerte, und war neben Babette getreten.

»Du? Ich? Wahrscheinlich jeder, der diesem Kreis angehört«, sagte sie verschmitzt.

Er nickte grinsend mit Blick auf seinen Freund, der sich über einen Eintrag in seinem Buch besonders zu amüsieren schien.

»Ach …« Nachdenklich griff er in die Innenseite seiner Weste und holte Babettes Album hervor. »Ich habe mich geehrt gefühlt, in dein Buch schreiben zu dürfen«, verriet er lächelnd und reichte es ihr.

Sofort blätterte sie bis zu seinem Eintrag, auf den sie erst mitten im Buch stieß. Scheinbar hatte er ihn wahllos platziert.

»Que tout le monde me haïsse me déteste, Pourvu que votre amitié me reste«, las sie laut den Abschlussvers. Zweifellos hatte er französisch gewählt, weil er wusste, wie sehr sie den Klang der Sprache mochte.

»Soll mich doch jeder hassen, Hauptsache deine Freundschaft bleibt«, übersetzte sie sogleich, lächelte und blickte gerührt zu ihm auf. »Karl, es ist wunderschön. Ich danke dir.«

Kurz berührte sie seine Schulter. Als sie merkte, wie er darunter erbebte, ließ sie ihre Hand verlegen sinken, und es wurde kurz still zwischen ihnen.

»Der große Ludwig van Beethoven …«, brachte Malchus das Gespräch zurück auf den Gastgeber, um das unangenehme Schweigen zu brechen. »Er wird in die Geschichte eingehen, als der neue Mozart.«

»Das wird er nicht.« Babette, die seinem Blick auf Ludwig gefolgt war, schüttelte den Kopf. »Er wird als der in die Geschichte eingehen, der er ist. Louis hat seine eigene unverwechselbare Stimme. Man wird sie unter Tausenden heraushören. Jeder wird seinen Namen kennen. Jeder etwas mit ihm verbinden, und das noch, wenn wir alle schon längst nicht mehr sind.« Sie betrachtete ihn aus der Ferne, und ein Lächeln umspielte ihren Mund, weil sie das starke Gefühl überkam, dass sie recht behalten würde. Wie ihre Mutter, wenn diese das Wetter voraussagte. Es war, als hätte sich ihr für einen kurzen Moment ein Fenster in die Zukunft geöffnet.

»Ja«, stimmte Malchus ihr knapp zu. »Wahrscheinlich wird dem so sein.«

»Du darfst nicht versäumen, dich in Ludwigs Album einzuschreiben, Betty«, rief Eilender, der Sohn des Kapellendieners, ihr im Vorbeigehen zu. Sie nickte bedächtig.

Malchus betrachtete sie einnehmend von der Seite. Er selbst hatte sich als einer der Ersten verewigt. Ebenso wie ihr Onkel, Crevelt, Marianne und ihre Mutter, die die Idee für das Abschiedsgeschenk für sich verbuchte.

»Er wird eine ganze Menge zu lesen haben auf der Fahrt nach Wien«, bemerkte Malchus.

Babette klappte ihr Stammbuch zu, und ihre Finger festigten sich um den Einband. Niemand konnte wissen, dass Ludwigs Album von ihr gekommen war. Auch nicht, dass sich die zerknüllte Seite mit ihren Zeilen an ihn in der Schublade ihres Frisiertischs befand. Warum sie sie nicht einfach ins Kaminfeuer geworfen hatte, wusste sie nicht. Vielleicht würde sie sie ihm eines Tages zukommen lassen, damit sie das Buch vervollständigte. Allerdings war sie nicht sicher, ob sie jemals dafür bereit sein würde. Sie wollte Ludwig nicht im Weg stehen, ebenso wenig wie sich selbst. Babette fürchtete die Vergänglichkeit ihrer Liebe, welche die baldige Distanz zwischen ihnen zweifellos mit sich bringen würde. Auch die Zerstreuung, die ihn in Wien erwartete, würde ihren Teil dazu beitragen. Neue Menschen würden in sein Leben treten und andere Bedürfnisse in ihm wecken. Bedürfnisse, die eine Wirtstochter nicht würde stillen können.

»Ich weiß, ihr steht euch nah.«

Babettes Blick glitt zu Malchus, und ihr wurde klar, dass er sie die ganze Zeit über beobachtet hatte. Für einen Moment hatte sie Angst, er könne ihre Gedanken gehört haben. War Eifersucht in seiner Stimme gewesen? Unsicher strich sie sich eine Haarsträhne hinters Ohr.

»Natürlich bin ich kein Experte. Erst recht nicht, wenn es um Herzensangelegenheiten geht.« Sein Lächeln wich einer Bedrücktheit, deren Ursprung sie in ihrer Zurückweisung vermutete.

»Karl, ich …«

Er unterbrach sie mit einer flotten Handbewegung. »Bitte. Es ist alles gesagt. Deine Freundschaft ist mir die Wertvollste.«

Skeptisch betrachtete sie ihn von der Seite, als er Ludwig fixierte und dabei seine Kiefermuskulatur anspannte. Er hatte ihre Ablehnung noch nicht verwunden, auch wenn er sich bemühte, das Gegenteil zu beweisen.

Die Feier dauerte bis spät in die Nacht hinein. Am Ende fand sich von jedem, der Ludwig näher kannte, ein Eintrag in dessen Stammbuch. Seine Freunde hatten die rechten Worte gefunden, in der Hoffnung, ihm im Gedächtnis zu bleiben. Babette jedoch hatte ihm so viel mehr mit auf den Weg gegeben.

Es brauchte kein Zitat, keinen Spruch, keinen Glückwunsch. Nur diesen einen Moment, an den sie sich auf ewig erinnern würde.

Sie stürzte sich in die Arbeit, schenkte Wein und Bier aus, brachte die Bestellungen zu den Tischen und entlastete Gertrud zu deren Verblüffung auch noch in der Küche. Niemandem schien aufzufallen, wie sehr sich Babette bemühte, nicht beachtet werden. Als sich die Gaststube leerte, atmete sie tief durch. Sie sank auf einen Stuhl in der Küche, zog ihr Stammbuch aus der Schürzentasche und legte es unsanft auf dem Tisch ab.

»Was für ein herrlicher Abend«, jauchzte Marianne, die ihr aus der Gaststube gefolgt war. »Ich habe mich selten so gut amüsiert. Maman ist noch auf einen Schlummertrunk beim lieben Doktor. Ich habe ihr gesagt, wir räumen allein auf.« Sie stellte schmutzige Krüge in den Spültrog und schüttete einen Eimer Wasser darüber. »Natürlich ist es schade, dass unser prominentester Freund die Stadt verlässt, aber wir werden sicher so einiges von ihm hören. Und wir können stets behaupten, dass wir ihm zugetan sind. Schließlich stehen sich unsere Familien seit jeher nah.«

»Hm«, machte Babette und ließ die Hände in ihren Schoß fallen.

»Du hast dich heute rargemacht.«

Schweigsam starrte Babette auf ihre Füße.

»Es fällt dir sehr schwer, oder? Ihn gehen zu lassen?«, fragte Marianne mit gesenkter Stimme, hielt an der Spüle inne und wandte sich ihr zu. »Ich weiß doch, dass es so ist. Trotzdem hättest du ihm heute ein wenig mehr Aufmerksamkeit schenken sollen. Es ist sein letzter Abend bei uns. Wer weiß, für wie lange.«

»Er wurde die ganze Zeit belagert und hat bestimmt gar nicht gemerkt, dass ich mich zurückgehalten habe.«

»O doch, da irrst du dich. Wenn ich er wäre, würde ich glauben, dir läge überhaupt nichts an mir.«

Babette schnaufte schwerfällig aus.

Ein lautes Scheppern, das aus dem Gastraum kam, ließ die Schwestern gleichzeitig aufhorchen.

»Ich geh schon.« Vorsorglich nahm Babette Besen, Kehrblech und Eimer aus der Putzkammer und verließ die Küche. In der hintersten Ecke der Stube kniete Marie und sammelte Scherben in ihrer Schürze. Vor ihr glänzte der Fußboden von einer rotbraunen Mischung aus Bier und Wein. Als sie Babette bemerkte, schoss sie so blitzschnell hoch, dass es in ihrer Schürze schepperte.

»Grundgütiger«, murmelte Babette mit Blick auf die Schnittwunde an ihrer Hand. »Mach dir keine Sorgen.« Sie fasste Marie beruhigend am Arm. »Das muss verarztet werden. Bitte geh in die Küche. Marianne wird sich darum kümmern. Und sag ihr, wir brauchen noch etwas zum Aufwischen.«

Sie nickte eifrig und spurtete los.

Routiniert hob Babette die Stühle auf die Tische, um die darunterliegenden Scherben einfacher zusammenkehren zu können. Ein Räuspern ließ sie mit dem Besen in der Hand innehalten. Sie hob den Kopf und schnappte nach Luft.

»Du … bist noch hier«, sagte sie mit belegter Stimme zu Ludwig, der sie aus traurigen Augen ansah.

Kurz vergewisserte er sich, dass sie allein waren, dann trat er nah an sie heran. »Du weichst mir aus.«

»Ja. Nein …« Ihr wurde ganz heiß. Fahrig fegte sie die Scherben zusammen, versuchte einen klaren Kopf zu behalten. »Ich wusste nicht, wie ich mich verhalten sollte.« Sie ging in die Hocke und legte die größeren Bruchstücke in den Eimer. Zu ihrer Verwunderung tat er es ihr gleich, doch anstatt nach Scherben griff er nach ihrer Hand.

»Du darfst nicht denken, es hätte mir nichts bedeutet, Betty.«

Sie sahen einander in die Augen. Er drückte leicht ihre Hand, und Babette spürte einen heftigen Schmerz in ihrem Herz aufwallen, der ihr beinahe die Kraft zu sprechen raubte.

»Mach dir meinetwegen keine Gedanken«, sagte sie heiser, entzog ihm ihre Hand und klaubte weiter die Scherben vom Boden auf.

»Es ist schon seltsam.« Er richtete sich auf. »Ich war mir ganz sicher, dass sich deine Zeilen auf der ersten Seite meines Stammbuchs befunden haben.« Er zog das Buch aus seiner Hosentasche und hielt es vor sich.

Babette sank auf ihre Fersen und legte seufzend die Hände auf ihre Oberschenkel, dann sah sie zu ihm hoch.

»Ich hatte keine Wahl«, schwor sie mit rauer Stimme. Bei all dem Trubel, der um seine Person in den vergangenen Tagen gemacht wurde, hatte sie nicht damit gerechnet, dass ihm überhaupt schon aufgefallen war, dass die Seite fehlte.

Er zog die Brauen tief über die Augen. Unverständnis lag in seinem Blick, und Babette befürchtete schon, er würde wieder impulsiv und verletzt reagieren. Sie rechnete damit, von ihm beschimpft zu werden und glaubte sogar, es nicht anders verdient zu haben. Doch Beleidigungen blieben aus. Stattdessen versteinerte seine Miene.

»Also bleibt die Wahrheit auf ewig in unseren Herzen verschlossen.« Die Härte in seiner Stimme schnellte auf sie herab wie eine Guillotine, die ihre Seele in zwei Hälften trennte. Ein Teil von ihm hatte entschieden, sie hinter sich zu lassen – für immer.

Das Geräusch von Wasser, das sich über einen Eimerrand hinwegsetzte und auf den Fußboden platschte, kündete von Maries Rückkehr. Schwermütig stemmte sich Babette hoch, wischte die Hände an ihrem Rock ab.

»Meine Kutsche geht morgen früh.«

Sie bemerkte Ludwigs fordernde Haltung, die Anspannung seines Kiefers, während er sprach. Was sollte sie nun tun, was verlangte er von ihr? Dass sie sich zu ihm bekannte und damit alle Regeln brach? Die ihrer Freundschaft zu Eleonore, die ihrer Familie, die ihr eigenen? Wofür? Für einen Mann, den sie nie für sich haben konnte, der sie buchstäblich in einem Scherbenhaufen zurücklassen würde.

Zu lieben heißt, ohne Hoffnung zu sein, hallte es in ihr nach, und ihr wurde klar, dass sie ihn gehen lassen musste, ohne Vorhaltungen und ohne etwas von ihm zu erbitten.

»Ich wünsche dir eine gute Reise«, brachte sie mit brechender Stimme hervor und spürte, wie sogleich alles in ihr gegen ein »Leb wohl« rebellierte. Ihr Herz wollte schreien, ihn anflehen nicht zu gehen, aber sie blieb stumm wie ein Fisch.

»Dann sind wir manchmal nicht genug«, schmetterte er ihr ihre eigenen Worte entgegen. Babettes Lippen zitterten, als sie scharf Luft einsog, um ein Schluchzen zu unterdrücken.

»Leb wohl, Betty«, sagte er mit kraftloser Stimme, dann schob er sich brüsk an Marie vorbei, die im Gang stehend verunsichert zwischen ihnen hin und her blickte. Eine Träne machte sich von Babettes Wimpern los, als sich die Tür des Zehrgartens ein letztes Mal hinter ihm schloss.

In der Nacht fand Babette keinen Schlaf. Sie wälzte sich von einer auf die andere Seite. Ihr Herz hämmerte wie wild gegen ihren Brustkorb. Die sich ständig wiederholende Stimme in ihrem Kopf, die ihr vorhielt, einen schrecklichen Fehler begangen zu haben, machte es ihr unmöglich, zur Ruhe zu kommen. Nichts hielt sie mehr im Bett. Sie kleidete sich an, warf sich ihren Umhang über und schlich aus dem Haus.

Draußen strömte ihr eiskalte Luft entgegen. Der Marktplatz, den sie Richtung Universität überquerte, war verlassen. Schlaftrunken lag die Stadt unter einem sternenklaren Himmel – müde von den Feierlichkeiten des vorherigen Abends. Babette zog die Kapuze ihres Umhangs auf, während ihr Atem in feinen Wolken über ihrem Kopf aufstieg. Es war nicht ungefährlich für eine Frau, in der Dunkelheit umherzulaufen, doch sie hatte keine Angst vor zwielichtigen Gestalten. Alles, was sie fürchtete, war, dass ihre Einsicht zu spät gekommen war. Sie hatte Ludwig etwas zu sagen. Das wusste sie jetzt. Und es hatte nichts mit Eleonore zu tun, nichts mit ihrer Familie, mit den Wünschen und Vorstellungen von der Liebe, die sie einst gehabt hatte. Alles hatte sich verändert. Und jene

Veränderung war ganzheitlich. Babette spürte, dass sie gerade erst begonnen hatte.

Nebelschleier hingen über dem Park, vor dessen Eingang die Postkutsche abfahren würde. Babettes Herz pochte schnell und haltlos. Sie stand noch da. Das Licht der Kutschenlaternen schien milchig durch den Novembernebel, der sich über die von Raureif glitzernden Wiesen gelegt hatte. Ludwig reichte dem Fahrer gerade sein Gepäck, der es sorgfältig auf der hinteren Tragfläche verstaute. Babette wollte bereits hinter dem Baum hervorkommen, hinter dem sie lauerte, aber ihre Beine bewegten sich nicht. Sie stand nur da und beobachtete, wie Ludwig in die Kabine stieg und den Kopf aus dem offenen Fenster reckte. Erst, als die Räder ins Rollen kamen, folgten ihre Füße ihrem Befehl. Verzweifelt lief sie los und erreichte sein Fenster in letzter Minute. Ludwig strahlte, als er sie sah, streckte ihr seine Hand entgegen, und sie hielten einander fest, bis die Kutsche an Fahrt gewann und sie loslassen mussten.

»Ich werde dir schreiben, geliebte Babette«, rief er, aus dem Fenster spähend.

Babette lächelte, eine Hand erhoben. Bei all dem Herzschmerz, den sie empfand, hatte dieser letzte Moment ihr etwas Frieden gebracht.

Und sie wäre mit sich im Reinen, hätte es diesen Augenblick tatsächlich gegeben. Hätte sie sich in jener Nacht überwunden, aus dem Bett zu steigen, und Ludwig ein letztes Mal die Hand gereicht. Doch all dies war nur ein Schatten von dem, was hätte sein können und sollen. Eine ersehnte Vorstellung eines besseren Abschieds von ihrem Freund und Liebsten, der ihr auf ewig fehlen würde.

Dritter Teil

Musik ist höhere Offenbarung
als alle Weisheit und Philosophie.
Ludwig van Beethoven

Kapitel 21

Bonn, 1793

Johann van Beethoven war noch vor Weihnachten des letzten Jahres einsam und verarmt an den Folgen seiner Alkoholsucht gestorben. Bei der Beerdigung, die Babette mit ihrer Mutter besucht hatte, waren keine Tränen geflossen. Obwohl Babette Johann für dessen Erziehungsmethoden verurteilte, empfand sie den Umstand, dass sein Tod von allen eher gleichgültig aufgenommen wurde, als überaus traurig. Nachdem der Priester seine Worte gesprochen hatte, hatte Babette Nieswurz gepflückt und auf den Sarg gelegt, bevor dieser in die kalte Erde gelassen worden war.

Johanns ehemaliger Arbeitgeber, der Kurfürst, hatte noch den Rückgang der Weinsteuereinnahmen bedauert, der durch sein Ableben zu erwarten wäre. Kurz darauf war Max Franz zusammen mit Hofstaat und Regierung vor den herannahenden Franzosen nach Münster geflohen. Mit ihnen kehrten auch weitere Freunde Babettes der Stadt den Rücken, darunter die Romberg-Brüder. Professor Fischenich, der gerade erst von seinem Studienaufenthalt in Jena zurück war, hielt sich ebenfalls fluchtbereit. Aus Paris erreichte sie die Nachricht, dass die Hinrichtung von König Ludwig XVI. zu einem morbiden Volksfest ausgeartet war, und eine Weile schien es, als wären die sorglosen Tage, die die Menschen im Zehrgarten zusammenführten, für immer dahin. Doch die Karten wurden unverhofft neu gemischt, als die österreichischen Truppen bei Aachen einen Sieg erlangten, was dem Kurfürsten schon im April die Rückkehr nach Bonn ermöglichte. Zu diesem Anlass bereitete die Bevölkerung ihm einen großartigen Empfang.

Viele Menschen hatten sich vor dem Schloss versammelt, um ihren gerechten Fürsten willkommen zu heißen. Frauen schwenkten freudig ihre Taschentücher oder hielten ihre kleinen Kinder hoch, Fanfaren spielten und Blumen bereiteten Max Franz den Weg. Nie zuvor hatte man die Bürger geeinter und ausgelassener erlebt.

Babette stand mit Marianne und ihrer Freundin Antoinette Klein am Rand der Baumschulallee und beobachtete den feierlichen Einzug des Hofstaats aus der Ferne. Unmerklich rückte sie von der sich weiter verdichtenden Menge ab. Der Trubel wurde ihr einfach zu viel.

»Nun sollte bald wieder Ruhe einkehren«, sagte eine ihr wohlbekannte Stimme, die sie lange nicht gehört hatte. Überrascht schaute sie in das freundliche Gesicht des Grafen Belderbusch, das ihr sogleich ein Strahlen entlockte.

»Wie schön, Euch wiederzusehen!« Hastig verneigte sie sich vor ihm, wies dann mit dem Kinn zum festlichen Einzug des Hofstaates hinüber, zu dem er gehörte. »Sollten Sie nicht eigentlich dort drüben sein?«

Er lächelte verschmitzt. »Diese ganze Aufmerksamkeit – sollen doch andere darin baden.«

»Sie mischen sich lieber unters Volk?«

»Ich bevorzuge die Ruhe.« Er machte eine einladende Geste in Richtung Allee, die nun, da alle einen Blick auf den heimkehrenden Fürsten erhaschen wollten, verwaist dalag. Gefällig schloss sie sich ihm an. Auch, weil sie sich Informationen zur aktuellen Lage an den Fronten erhoffte.

»Glauben Sie, dass der Krieg vorüber ist?«

»Sie interessieren sich für Politik?« Er hob erstaunt seine Brauen.

»Ich denke, das sollte jeder zu einem gewissen Grad. Egal, ob Mann oder Frau. Wir alle sind doch Bürger dieses Landes.«

»Sie sind mutig, so etwas zu sagen.«

»Verzeiht, wenn ich mich zu weit vorgewagt haben sollte. Ich bin es gewohnt, frei zu sprechen.« Strafend biss sie sich auf die Unterlippe, die mahnenden Worte ihrer Mutter in den Ohren. »Ich weiß, ich sollte mich mehr zurückhalten.«

Er musterte sie nachdenklich und führte seine Hände hinter seinen Rücken. »Sie schaffen es trotz alledem, tugendhaft zu erscheinen. Man merkt nicht sofort, dass Sie den meisten Männern intellektuell überlegen sind. Wenn Sie das beruhigt?«

»Das tut es«, gab sie mit einem Lächeln zu, das er sofort erwiderte.

»Ich hörte von Ihrem Zirkel der Ausgelassenheit im Zehrgarten.«

Einen Moment betrachtete sie ihn unschlüssig, dann besorgt.

»Oh, keine Angst«, fuhr er entwarnend fort. »Meine Quellen berichteten mir nur Gutes darüber. Es heißt, es sei der Mittelpunkt allen geistigen und geselligen Vergnügens der Stadt.«

Das war er einmal, dachte Babette, in Erinnerungen schwelgend an wundervolle Abende.

»Dann hat sich Ihre politische Meinung dort entfaltet?«, fragte er forsch.

»Oh, wir sprachen dort nicht nur über Politik. Viel öfter ging es um unsere Gesellschaft, um Kunst und Kultur. Hauptsächlich um Musik. Jedenfalls war es so … vor der Revolution.«

»Wie anregend!«

»Es wurde viel musiziert«, sagte sie, und ihre Gedanken schweiften unwillkürlich nach Wien – zu Ludwig. Beharrlich schluckte sie den dicken Kloß hinunter, der sich in ihrem Hals festgesetzt hatte.

»Sie sprechen in der Vergangenheit.« Belderbusch musterte sie fragend.

»Wie bitte?« Blinzelnd wandte sie sich ihm zu.

»Ich hoffe doch, Ihre Treffen finden immer noch statt?«, erkundigte er sich, während sie im Schatten der hohen Bäume spazierten.

»Viele meiner besten Freunde haben die Stadt verlassen«, antwortete sie wehmütig. »Und in letzter Zeit glaube ich, dass es nie wieder so werden wird, wie es einmal war. Entschuldigung. Ich weiß nicht, warum ich Euch das erzähle. Wir kennen uns ja kaum.«

»Was ich bedauere.« Der Graf blieb stehen und sah sie durchdringend an. Er war kaum größer als sie und hatte dunkles, dünnes Haar. Babette gefiel seine tiefe, freundlich klingende Stimme ebenso wie sein unkonventionelles Auftreten. Er wirkte geerdet. Wie ein Ruhepol in einer raufenden Menge – was für jemanden seines Standes äußerst ungewöhnlich war.

»Wir haben uns ziemlich von den anderen entfernt«, sagte er im Glauben, ihr plötzliches Schweigen beruhe auf Verlegenheit.

Babette schaute sich nach der Menschenmenge um, die sich allmählich aufzulösen begann. »Das habe ich gar nicht bemerkt.«

»Ich auch nicht«, gab er mit einem Lächeln zurück, das seine dunklen Augen zum Strahlen brachte.

»Wir sollten besser kehrtmachen, bevor noch jemand denkt, ich wolle Sie entführen.«

Wieder hatte er ihr ein Lächeln entlockt. Gemeinsam machten sie sich auf den Rückweg. Marianne und Antoinette kamen ihnen in Begleitung von Heinrich Foelix entgegen.

»Auf ein Wiedersehen.« Der Graf verneigte sich vor ihr und ging, bevor sie zu ihnen stoßen konnten.

»Was war das denn?«, fragte Marianne aufgedreht, als diese atemlos ihre Schwester erreichte.

»Wir haben uns ein bisschen unterhalten.« Gedankenverloren sah Babette zu, wie die Kutsche, in die Belderbusch gestiegen war, davonfuhr.

Skeptisch musterte Marianne sie, dann grinste sie vielsagend und wies mit einer flüchtigen Kopfbewegung auf Foelix. »Sieh, wen ich getroffen habe.«

»Hallo, Heinrich«, begrüßte Babette ihn freundlich.

»Betty.« Verzückt nahm er ihre Hand und neigte seinen Kopf, um sie zu küssen.

»Wie charmant«, befand Marianne und wechselte kichernd einen Blick mit Antoinette.

»Du kennst den Grafen, Betty?«, fragte Heinrich.

»Er besucht hin und wieder den Zehrgarten«, antwortete Marianne für ihre Schwester. »Aber du als Mitglied des Hofes kennst ihn sicher besser.«

»Nicht sonderlich«, verriet er in einem leicht abschätzigen Ton. »Seine Frau soll recht umtriebig sein. Eine geborene Freiin Maria Anna Wambolt von Umstadt. *La belle Comtesse* – so nennt der Kurfürst sie.«

»Also ist er ein glücklicher Mann, der Graf.« Abwesend blickte Babette ein letztes Mal in Richtung der Kutsche, die der Graf genommen hatte, doch sie war bereits verschwunden.

»Nun, davon gehe ich aus. Obwohl man ihn schon länger nicht an der Seite seiner Gemahlin gesehen hat.«

Mittlerweile hatten sich die Feiernden zerstreut. Babette kehrte mit ihrer Schwester und ihren Freunden in den Zehrgarten ein, wo auf die Rückkehr des Kurfürsten angestoßen wurde. Mitglieder der Hofkapelle spielten, es wurde getanzt und gelacht. Und für die Dauer weniger Stunden war die Sorglosigkeit ins Herz des Bonner Marktplatzes zurückgekehrt. Selbst aber inmitten des Freudentaumels erwischte sich Babette immer wieder dabei, wie sie zu Ludwigs Stammtisch blickte. Wo er jetzt wohl war? Was er tat? Sie fühlte sich einsam, trotz der vollbesetzten Stube.

Im August begleitete Babette ihre Mutter nach Ems. Die Stadt nahe Koblenz hatte einen guten Ruf als Kurort. Ihre Bauten waren noch jung, das Gesellschaftshaus mit den schönsten Spiegelgläsern, die Babette je gesehen hatte, war gerade erst fertiggestellt worden. Während ihre Mutter in dem Aufenthalt Erholung suchte und die Möglichkeit sah, günstige Bekanntschaften zu knüpfen, hatte Babette Abwechslung im Sinn. Sie schloss neue Freundschaften, wurde umgarnt, fand Verehrer, die glühende Botschaften in ihr Stammbuch schrieben. Der Kurzurlaub war jedoch nur eine vorübergehende Flucht. Eine Verschnaufpause von ihren Gedanken an Ludwig, an den Krieg und ihrer wachsenden Angst davor, allein zu bleiben.

Zurück in Bonn, besuchte sie mit den Bona-Schwestern eine Aufführung von *Der Barbier von Sevilla*. Eleonore, die mit ihrer Mutter und Gerhard Wegeler ebenfalls im Theater war, fing Babette während der Pause im Foyer ab.

»Ehrlich gesagt«, begann sie und zupfte betreten an der dunklen Spitze ihres Ärmels. »Ich hatte gehofft, ich würde dich hier sehen.«

Babette senkte bedauernd den Blick. Sie hasste sich dafür, dass ihr bisher der Mut gefehlt hatte, ihrer Freundin gegenüberzutreten und das Gespräch zu suchen. »Ich weiß, Lorchen. Mein Besuch ist schändlich überfällig.«

»Das ist er!«, sagte sie hart, und ihre ernste Miene verriet, dass sie genau wusste, wieso Babette ihr ausgewichen war. »Aber ich bin nicht hier, um dich daran zu erinnern.«

Eleonore zog sie in eine ruhige Ecke. »Er hat mir geschrieben.«

»Wer?«

»Ludwig!«

Babettes Herz schlug schneller. Natürlich hatte er ihr geschrieben, dachte sie. Gleichzeitig meldete sich die Eifersucht in ihr. Die Missgunst, die ihr zuflüsterte: Warum ihr und nicht mir? Sie zwang sich, diese niederträchtigen Gefühle hinunterzuschlucken. Immerhin hatte sie sein Schweigen ihr gegenüber selbst zu verantworten.

»Ist er … ist er wohlauf?«, stammelte sie haltlos, vermied es aber, Eleonore in die Augen zu sehen.

»Das ist er. Er bat mich, ihm eine Weste zu stricken. Und er hat sich entschuldigt für die Zweideutigkeiten, die es zwischen uns gab. Es geschah in Unwissenheit.« Sie machte eine Pause und holte tief Luft, bevor sie weitersprach. »Ich weiß das mit euch, Betty«, sagte sie mit gesenkter Stimme und ergriff fest ihre Hände, ehe Babette etwas antworten konnte.

Zaghaft schaute sie Eleonore ins Gesicht. Die Tatsache, dass sie darin keine Spur von Feindseligkeit entdecken konnte, erfüllte sie mit Demut.

»Du sollst wissen, dass ich dir nichts nachtrage«, versicherte Eleonore ihr und drückte leicht ihre Hände. »Ludwig zu lieben – wer könnte besser verstehen als ich, was das bedeutet?«

Babette starrte sie fassungslos an, überwältigt von so viel Selbstlosigkeit und Reflexion.

»Er hat sich nach Malchus erkundigt und nach dir.« Eleonore lächelte sanft. »Vergib ihm, Betty! Was auch immer zwischen euch geschehen ist, ich bin sicher, er meinte es nicht so, und er versteht nicht, warum du ihm nicht antwortest.«

»Antwortest?« Babette konnte ihr nicht folgen.

»Er sagt, er hätte dir geschrieben. Zweimal schon.«

Angestrengt überlegte sie.

»Erlöse ihn doch bitte und schreib ihm!«, forderte Eleonore nachdrücklich.

»Ich habe keinen Brief bekommen«, murmelte Babette ratlos.

»Seltsam. Vielleicht sind sie auf dem Weg abhandengekommen.«

Babette starrte unschlüssig vor sich hin.

»Ich muss.« Eleonore bedachte Gerhard, der vor der Treppe mit ihrem Onkel und der Hofrätin stand, mit einem liebevollen Blick, was Babette stutzig machte.

»Ist es etwas Ernstes?« Gemeinsam mit ihrer Freundin schaute sie unauffällig zu Wegeler, der in seinem feinen dunkelgrünen Gehrock eine ansehnliche Figur machte.

»Das wird sich zeigen.«

»Ihr kennt euch schon lange. Gerhard ist ein guter Mann und nun auch noch Rektor der Universität.«

Sie nickte schmunzelnd.

»Ihr würdet sicher glücklich miteinander werden.«

»Schon möglich. Aber ehrlich gesagt, fühle ich mich doch noch nicht ganz bereit für das Leben als Ehefrau«, gab sie leise zu.

»Du sollst dich ja auch nicht sofort entscheiden. Ich denke, er wird warten.«

»Das hoffe ich.«

Babette drückte ihre Freundin kurz, aber herzlich und kehrte zu Tringen zurück.

Die zweite Hälfte der Vorstellung verbrachte Babette damit, ihren Gedanken nachzuhängen. Während sich alle um sie herum über die Komödie amüsierten, ging sie innerlich wieder und wieder die möglichen Erklärungen dafür durch, warum sie keinen Brief von Ludwig erhalten hatte. Sie konnte nicht ausschließen, dass einer davon auf dem Postweg verloren gegangen war. Es war ein weiter, nicht ungefährlicher Weg von Wien nach Bonn. Aber wie unwahrscheinlich war es, dass gleich zwei Briefe ihr Ziel verfehlten? Unmöglich, dachte sie, wenn Eleonore sein Schreiben doch erhalten hatte. Es musste etwas mit ihrer Post passiert sein, das nichts mit dem weiten Postweg zu tun hatte.

Wieder zu Hause, riss Babette sich Hut und Handschuhe vom Leib und warf beides auf ihr Bett. Eilig nahm sie ihr Exemplar von *Don Carlos* aus dem Regal, blätterte es durch, drehte es um, so dass mögliche lose Blätter herausfallen würden. Nichts. Ihr Herz hämmerte so heftig, dass sie kaum mehr atmen konnte. Das Papierstück aus Ludwigs Album, das sie darin verstaut hatte, war weg. Sie schlug eine Hand vor ihren Mund und sank in den Stoffen ihres ausladenden Kleides auf dem Fußboden zusammen. Fahrig überlegte sie, wie lange es schon fehlen könnte. Das letzte Mal hatte sie es vor ihrer Reise nach Ems gesehen, als sie es in dem Buch versteckt hatte. Die ganze Zeit über hatte sie es sicher verwahrt geglaubt.

»Hattet ihr einen angenehmen Abend, Bärbchen?« Ihre Mutter kam zur Tür herein.

Hastig richtete sich Babette auf. »Ja«, antwortete sie mit kraftloser Stimme und schob das Buch zurück ins Regal.

»Soll Guste dir noch einen Tee bringen?«

»Nein. Ich bin erschöpft und lege mich gleich schlafen.«

»Gute Nacht, Liebes.«

»Gute Nacht.« Skeptisch starrte Babette auf die sich schließende Tür. War sie es gewesen? Hatte ihre Mutter die Seite entdeckt und daraufhin Ludwigs Briefe verschwinden lassen, um den Kontakt mit ihm zu unterbinden?

Die Tatsache, dass auch Eleonore angedeutet hatte zu wissen, was zwischen ihr und Ludwig gewesen war, besorgte sie ebenfalls. Andererseits hatte sie sich in der Vergangenheit stets auf ihre Freundin verlassen können. Zu intrigieren passte einfach nicht zu ihr. Ihre Mutter hingegen war unberechenbar, wenn es darum ging, ihre Familie zu beschützen. War sie vielleicht, ohne es zu wissen, zum Mittelpunkt einer Verschwörung geworden, in der es um die Rettung ihrer Ehre ging?

Ein ungutes Gefühl machte sich in Babette breit. Und sie bereute es, nicht vorsichtiger gewesen zu sein.

Die nachfolgenden Tage verrannen zäh. Nervös wartete Babette darauf, von ihrer Familie wegen Ludwig verhört zu werden, doch eine Konfrontation blieb aus. Ihre Mutter war mit dem Geschäft ausgelastet, ihr Bruder damit, ihre Freundin Antoinette zu umwerben.

Seit einem Jahr war Ludwig schon fort, und noch immer zehrte Babette von der Erinnerung an den gemeinsamen Abend. Bei dem Gedanken an die Leidenschaft, die sie durch ihn erlebt hatte, durchflutete sie auch jetzt noch ein wohliges

Gefühl – weshalb sie sich weigerte zuzugeben, dass es ein Fehler gewesen war.

Im Dezember zog es Christoph und Stephan von Breuning nach Göttingen. In Nürnberg wollten sie Ludwig treffen, der dort Konzerte gab. Anschließend würden sie mit ihm nach Wien fahren. Matthias plante gemeinsam mit Wegeler, zu ihnen zu stoßen. Seit dem Nachmittag streunte er durchs Haus, füllte seine Tasche mit Kleidung und Malutensilien. Er hatte vor, die unterschiedlichen Stationen der weiten Reise auf Papier zu bannen.

Babette war am Abend früh aus dem Zehrgarten zurückgekommen, um ihren Bruder bei einem letzten, großen Abendessen mit der Familie zu verabschieden. In ihrem Zimmer fiel ihr ein Brief auf, der gegen die Vase auf dem Kaminsims gelehnt war. Zögerlich nahm sie ihn an sich. Sofort erkannte sie Ludwigs Schrift, und ihr Herz machte einen Sprung, um gleich darauf einen Schlag auszusetzen. Wollte sie ihn überhaupt lesen? Die vergangenen Monate hatte sie damit zugebracht, sich mit seiner Abwesenheit zu arrangieren. Sie hatte versucht, die Leere zu füllen, die er hinterlassen hatte, und zwischenzeitlich geglaubt, einen Weg für sich gefunden zu haben. Einen Weg ohne ihn. Eine Weile starrte sie ruhig auf ihren Namen, der in geschwungener Schrift auf dem Umschlag stand. Langsam drehte sie das Schreiben in ihrer Hand und geriet ins Stocken. Das Siegel war gebrochen. Jemand hatte ihn geöffnet. Noch während Babette erstaunt den Brief in den Händen wog, betrat Matthias den Raum. Langsam schloss er die Tür hinter sich und betrachtete sie schweigend.

»Warst du das?«, fragte sie leise und wedelte mit dem Schreiben vor seinem Gesicht herum. »Du warst das!«

Von dieser bitteren Erkenntnis übermannt, sank sie auf die Bettkante.

»Bärbchen, ich …«, begann er reuig, doch sie wehrte ihn kopfschüttelnd ab.

»Warum liest du meine Post?« Ihre Stimme war nur ein heiseres Flüstern.

»Ich musste einer Sache nachgehen«, raunte er schwermütig.

»Welcher?« Bitterkeit stieg in ihr auf, als sie sich ihm zuwandte.

Er setzte sich neben sie, griff seufzend in seine Tasche und hielt ihr die zusammengefaltete Seite aus Ludwigs Album hin. Babette überkam ein eisiger Schauer. Sie hatte ihre Mutter verdächtigt, dabei steckte er hinter all dem. Wütend riss sie ihm das Papier aus der Hand.

»Wie konntest du nur?« Sie musste tief einatmen, um ihm keine Ohrfeige zu verpassen.

»Maman ist zufällig darauf gestoßen«, sagte er trocken.

»Maman?« Sie lachte abfällig, unschlüssig, ob sie ihm das glauben wollte. »Was ist mit dem anderen Brief von Ludwig? Ich weiß, er hat mir zwei Briefe aus Wien geschickt.«

»Beruhige dich. Bitte!«

»Wie könnte ich?« Sie sprang auf, verschränkte die Arme vor der Brust. »Meine Familie vertraut mir nicht. *Du* spionierst mir nach.«

»Du hättest mir keinen Grund geben sollen!«, schmetterte er ihr entgegen. »Es ist mein gutes Recht, deine Briefe zu lesen, wenn ich glaube, du bist in Gefahr, dich selbst zu ruinieren. Ich bin schließlich für dich verantwortlich.«

»Es ist nicht das, was du denkst.« Kopfschüttelnd zerknüllte Babette das Papier in der Hand. Sie hätte es längst vernichten sollen. Aufgebracht ging sie im Zimmer auf und ab, bevor sie erneut aufs Bett sank.

»Ludwig und ich … wir sind, also wir waren Freunde. Innige Freunde.« Sie sprach in der Vergangenheit, weil so vieles ungesagt zwischen ihnen geblieben war, weil er sich weit weg von ihr befand und sie nicht wusste, wann und ob sie sich wiedersehen würden.

»Ich bezweifle, dass das die richtige Bezeichnung ist«, antwortete Matthias nach einer Weile des Schweigens.

»Ich will den anderen Brief!«, verlangte sie.

»Das geht nicht. Ich habe ihn nicht mehr.«

Babette schnaufte wütend aus.

»Bärbchen, das, was er in diesem Brief angedeutet hat, das … das will ich nicht glauben.«

Sie hielt inne, sah ihn an, und ihr wurde klar, dass ihr Bruder mehr wusste, als ihr lieb war.

»Es ist vorbei«, beteuerte sie wie gelähmt.

Er schüttelte den Kopf und hob unschlüssig die Brauen, dann deutete er auf das Papier in ihrer Hand.

»Erklär's mir, Schwester. Das da hast du geschrieben, an ihn. Anschließend hast du die Seite entfernt. Warum? Damit niemand Schlüsse daraus ziehen kann?«

War sie so leicht zu durchschauen? Kapitulierend starrte sie ins Leere. Es hatte keinen Zweck mehr, irgendetwas abzustreiten.

»Hast du gewusst, dass Malchus seine Einträge in Alben stets wahllos einfügt? Du warst nicht schnell genug. Er hat gelesen, was du Ludwig geschrieben hast.«

Lautlos schnappte sie nach Luft, vergrub das Gesicht in ihren Händen. Sie war so dumm!

»Du solltest wissen, dass es in der Stadt Gerede gegeben hat, du wärst eine von Ludwigs Eroberungen.« Matthias strich sich durch das Haar.

»Im Zehrgarten habe ich nichts davon gehört«, dachte sie laut.

»Weil wir es abstreiten.«

»Wir?«

Er nickte. »Maman, ich … Malchus hat sich für deine Unschuld verbürgt. Er wird in der Stadt respektiert.«

Babette sah ihn mit großen Augen an. War Malchus so selbstlos gewesen? Oder erhoffte er sich etwas von seinem Einsatz für sie?

»Was stand in dem ersten Brief?«, hakte sie nach einer Pause nach, in der sich alles ein wenig in ihr gesetzt hatte.

»Ein Vers. Es war der Eintrag in dein Stammbuch, den er nie verfasst hat.«

Babette stützte sich am Kaminsims ab und schlug wehmütig die Augen nieder. Tränen quollen hervor, und es gelang ihr nicht mehr, sie zurückzuhalten. Ebenso wenig wie die schmerzvolle Erinnerung daran, Ludwig an etwas verloren zu haben, gegen das sie nie hätte ankommen können: die Musik.

»Es tut mir leid, dass ich ihn verbrannt habe«, sagte ihr Bruder. »Aber anfangs hielt ich es für das Beste, kein Öl ins Feuer zu gießen. Es gab einen Streit zwischen Ludwig und Malchus in der Nacht nach der Abschiedsfeier. Ludwig hatte wieder einmal zu viel getrunken. Eleonores Name fiel und … deiner.«

Auf einmal fügte sich alles zusammen. Malchus' Anteilnahme ihr gegenüber, die Tatsache, dass er ihre Ehre vor anderen verteidigt hatte, und Ludwigs Entschuldigungsbrief an Eleonore. Hatte er während des Streits etwa auch offenbart, dass sie mehr für ihn empfunden hatte als Freundschaft? Babette wagte es nicht, weitere Details bei ihrem Bruder zu erfragen, sein beschämter Blick sprach Bände.

»Wie konnte er?«, knurrte sie durch zusammengebissene Zähne.

»Offenbar hat er sich von Malchus herausgefordert gefühlt. Nun, du kennst ihn ja und weißt, wie er ist, wenn er sich im Recht sieht.«

Sekundenlang starrte sie zu Boden, sich fragend, ob dem so war. Kannte sie ihn wirklich? Ein so schamloses Wortgefecht auf ihre und Eleonores Kosten hätte sie ihm jedenfalls nicht zugetraut, Alkohol hin und her. Es schien, als würde zumindest ein Teil von ihm doch nach seinem Vater schlagen.

»Und jetzt fährst du zu ihm?« Sie sah ihren Bruder verständnislos an.

»Ludwig bereut seinen Gefühlsausbruch. Er hat sich entschuldigt. Bei Malchus ebenso, aber der ist noch nicht bereit, ihm zu vergeben. Er braucht mehr Zeit«, erklärte Matthias mit ruhiger Stimme.

»Dann muss es in der Tat ein schlimmer Streit gewesen sein«, sagte Babette, die wusste, wie gutherzig Malchus war.

Insgeheim hatte sie sich schon gewundert, warum er Matthias und Gerhard nicht nach Wien begleitete.

»Bärbchen, ich möchte nicht gehen, wenn es noch etwas gibt, dass du mir sagen solltest«, holte ihr Bruder sie aus tiefdunklen Gedanken.

»Da gibt es nichts«, widersprach sie kopfschüttelnd.

Er suchte energisch ihren Blick. »Dann seid ihr nicht heimlich verlobt, du und Ludwig?«

»Nein«, antwortete sie schwerfällig. »Sind wir nicht. Es hat nie ein Versprechen gegeben.«

Erleichtert atmete er aus. »Was er getan hat, war nicht richtig. Maman würde mich schelten für das, was ich dir jetzt sage, aber du solltest trotzdem darüber nachdenken, ihm zu schreiben. Sei es auch nur, um für dich einen Abschluss zu finden.«

»Ich weiß nicht, ob ich das kann: so tun, als wäre nichts gewesen. Er ist zu weit gegangen. Und ich bin nicht Lorchen.«

Sie sah ihren Bruder an, dessen Mund eine schmale Linie bildete. Er schien zu wissen, was sie meinte. Eleonore hatte ein weiches Herz. Sie hatte Ludwig immer all seine Verfehlungen verziehen. Auch Babette hatte sich stets nachsichtig gezeigt, doch nun hatte er sie zutiefst verletzt. Das Schlimmste daran war, dass er glaubte, sein impulsives Verhalten hätte keine Konsequenzen. Lernte er nicht genau das von den Menschen, die bereit waren, ihm alles zu vergeben? Dass er mit seinen Freunden tun und lassen konnte, was er wollte? Missmutig schüttelte sie den Kopf. Diese Rolle wollte sie nicht spielen. Nicht mehr.

Matthias nickte seufzend. »Er sieht sich oft im Recht. Und erkennt dann, dass er falsch lag. Im Grunde will er niemanden verletzen.«

»Und doch tut er es«, raunte sie mit erschreckender Klarheit darüber, dass es Ludwig nicht zu kümmern schien, wie sie dastand. Was für eine Liebe sollte das sein?

Matthias legte seine Hand tröstlich über ihre. »Verzeih mir, dass ich die Briefe zurückhielt. Ich handelte aus Sorge um dich.«

»Das weiß ich«, hauchte sie, wandte sich ihm zu und lächelte sanftmütig. Die ganze Wahrheit zu kennen, war sie auch noch so bitter, milderte ihre Trauer. Sie brachte die lang ersehnte Ruhe in den Sturm, der seit Ludwigs Abreise in ihrem Innern tobte. Auf einmal hatte sie das Gefühl, wieder befreiter atmen zu können.

»Mach dir wegen Maman keine Sorgen. Sie will es auf sich beruhen lassen. Die Franzosen bereiten ihr schon genug Kummer.«

Bestimmt hatte er recht, dachte Babette bei sich. Er hatte immer recht, wenn es um den Gemütszustand ihrer Mutter ging.

»Bitte passt auf euch auf, du und Gerhard.«

Matthias lächelte sanft, nickte und stand auf. »Möchtest du, dass ich Ludwig etwas von dir ausrichte?«

Darüber hatte Babette bereits nachgedacht. Ihre Entscheidung war gefestigter denn je. »Nein. Vorerst sehe ich es wie Malchus. Ich brauche Zeit.«

»Ist gut.« Mitfühlend strich er ihr über den Rücken und verließ den Raum.

Eine Weile saß Babette einfach nur da und horchte in sich hinein, Ludwigs Brief in der einen und das zusammengeknüllte Papier mit ihren Zeilen darauf in der anderen Hand.

Neben der Enttäuschung über Ludwigs Verhalten, empfand sie auch eine einnehmende Dankbarkeit ihren Freunden, ihrer Familie gegenüber. Auf jene Menschen konnte sie sich verlassen. Die Liebe hingegen sah sie nun mit ganz anderen Augen. Dass sie am Abgrund gestanden hatte, hatte sie erst bemerkt, als es schon fast zu spät gewesen war. Ihre Mutter hatte recht gehabt. Gefühle zu einem Mann waren wünschenswert, doch sie konnten ebenso vernichtend sein.

Im Kamin brachte das Feuer die Holzscheite zum Knistern. Ludwigs Brief wog schwer in Babettes Händen, während sie darauf zuging. Ein letztes Mal betrachtete sie sein Schreiben und spürte neben der Enttäuschung auch Verachtung in sich aufwallen. Nein, sagte sie zu sich und beschloss, es ungelesen zu lassen. Einem inneren Impuls folgend, warf sie den Brief zusammen mit ihren Zeilen ins Feuer. Babette hatte Ludwig loslassen wollen, ein für alle Mal. Aber bevor die hellen Flammen hochschlugen und das Papier endgültig verzehrten, fingen seine Worte, wie ein allerletzter Gruß, ihren Blick. Ihre Kehle wurde staubtrocken, und ihr Herz schnürte sich auf grausame Weise zusammen, als sie die Sehnsucht, die Leidenschaft und Verbundenheit aus seinen Worten herauslas. Und sie wusste, er war nicht länger wütend auf sie. Vielleicht, so dachte sie, stand nun nichts mehr zwischen ihnen. Was blieb, war die Erinnerung an ihre geteilte Kindheit und Jugend. Und an eine turbulente Zeit, in der aus inniger Freundschaft Zuneigung geworden war.

»Meiner ewigen Geliebten, Babette«

Kapitel 22

Ende 1794 bis Mitte 1795

Mehr als fünf Jahre waren seit dem Sturm auf die Bastille vergangen. Erschrocken hörte Babette vom Schicksal Eulogius Schneiders, der in Paris unter der Guillotine gestorben war – gerichtet von einem aufgewiegelten Volk. Kurz darauf war ihm der Jakobinerführer Robespierre in den Tod gefolgt. Sein Ableben bedeutete zwar das Ende seiner Terrorherrschaft, den Einmarsch der Franzosen in Bonn konnte er aber nicht verhindern.

Am 8. Oktober waren sie von Norden her in die Stadt gekommen. Seitdem war nichts mehr, wie es war. Max Franz hatte seine Residenz aufgegeben und war geflohen. Ebenso wie Hofleute und Beamte. Bonn war um wichtige Persönlichkeiten wie Waldstein beraubt, und auch Graf Belderbusch hatte es auf die andere Rheinseite gezogen. Anders als die meisten seiner Standesgenossen war er jedoch zurückgekehrt, um die Enteignung seines Besitzes zu verhindern. Mutig hatte er sich den Eroberern gestellt, wurde ausgeraubt, seine Wachen verwundet. Nur knapp war er der Gefahr, als Geisel festgesetzt zu werden, entkommen.

Lange hatte Babette an der Möglichkeit festgehalten, dass sich ihr Lesezirkel von den vielen Rückschlägen erholen könnte. Dass die Lücken, die liebe Freunde hinterlassen hatten, von anderen gefüllt werden würden. Letztlich waren die Veränderungen aber zu groß.

Mit dem Kriegsrecht auf ihrer Seite verleibten die Franzosen sich die Stadt ein. Auf dem Marktplatz pflanzten sie einen Freiheitsbaum, die Jesuitenkirche machten sie kurzerhand zum Pferdestall. Geldbestände mussten in Assignaten umgetauscht werden. Rücksichtslos wurde den Bürgern alles genommen: Früchte, Schlachtvieh, Wein und Lebensmittel. Die französischen Offiziere residierten in den vornehmen Häusern der Stadt. Im Zehrgarten war Babettes Mutter bemüht, den grölenden Heerscharen von Soldaten Einhalt zu gebieten. Trotz geringerer Einkünfte orderte sie Weine aus der Provence, um Generäle und Kriegskommissare freundlich zu stimmen. Männer wie Degenhardt und Eilender erkannten ihre Aufstiegschancen unter den Franzosen. Andere waren von dem Willen angetrieben, die Situation der Bonner zu verbessern. Zu Letzteren zählte Graf Belderbusch, auf den Babette immer häufiger im Zehrgarten traf. Während andere Hochgeborene die Gaststube wegen sich raufender Franzosen mittlerweile mieden, ließ er sich nicht davon abbringen, seinen abendlichen Wein dort einzunehmen. Geschah es aus Mitleid oder Gewohnheit? Einer Art Sorgfaltspflicht gegenüber dem einfachen Volk? Babettes Mutter und ihre Schwester waren sich einig, dass er eine Vorliebe für Babettes Gesellschaft entwickelt hatte. Sie selbst wagte nicht, auch nur darüber nachzudenken. Er war freundlich, gebildet, weltoffen – und verheiratet. Sicher würde er sich, allein schon aus privaten Gründen, bald wieder zurückziehen. So lange wollte

Babette seine Freundschaft genießen, denn je näher sie ihn kennenlernte, desto mehr faszinierten sie seine Ansichten. Die Tatsache, dass er, wie sie, für eine moderne Welt ohne gesellschaftliche Grenzen einstand, war immer öfter Mittelpunkt wohltuender Gespräche. Aus zufälligen Treffen im Gasthaus waren mit der Zeit feste Verabredungen geworden, die auch außerhalb der Wirtsstube stattfanden. Trotz der Gefahren, die durch die zum Teil rücksichtslose Besatzung drohte, hielt Anna an den sonntäglichen Spaziergängen mit ihren Töchtern fest. Und der Graf leistete ihnen mit Freuden Gesellschaft.

Anfang Juli, wenige Tage nach Babettes vierundzwanzigstem Geburtstag, bedauerten sie gemeinsam die Abholzung des linken Rheinufers durch die Franzosen. Wo einst idyllische Wälder gestanden hatten, war nur noch karge Landschaft, für die es eine Beschreibung gab, bei der sich Bonner wie Franzosen einig waren: *désolé* – trostlos. Angespannt hielt Babette die Konfektdose vor sich, die ihr der Graf als Geschenk mitgebracht hatte. Ihr war, als könne sie angesichts der Respektlosigkeit der Franzosen gegenüber ihrer Heimat nichts wirklich aufheitern.

Ein Spatzenschwarm zog aufgeregt zwitschernd über ihre Köpfe hinweg und ließ sich auf dem Dach des Gärtnerhauses nieder. Die Generäle und Offiziere, die sie passierten, durchbrachen den friedlichen Augenblick. Mit einer Mischung aus Ablehnung und Neugier musterte Babette die uniformierten Männer. Mittlerweile war die Distanz, die ihre Mutter mit Marianne zu ihnen hielt, noch größer geworden, so dass sie und der Graf außer Hörweite waren.

»Es ist doch seltsam, bedenkt man, wie viele von uns die Ideen von Gleichheit, Freiheit und Brüderlichkeit einst gefeiert haben. Selbst der Kurfürst hat sie nicht von Anfang an verurteilt.« Belderbusch war Babettes argwöhnischer Blick auf die Offiziere nicht entgangen.

»Empfanden wir nicht alle einmal das Zusammenwirken von französischer und deutscher Kultur als gewinnbringend? Seine Durchlaucht hat sich bestimmt nicht vorstellen können, was einmal daraus werden würde.« Babette musste an den wundervollen Ball denken, bei dem Max Franz sie so herzlich empfangen hatte. Zum ersten Mal hatte sie sich bedeutend gefühlt. Und nun bangten sie nicht nur um ihre Existenz, wann immer es auf den Straßen zu ausufernden Schlägereien zwischen Soldaten und Einheimischen kam, sondern auch ums Überleben. Gewalt gegenüber Frauen konnte die Obrigkeit nur schwer Einhalt gebieten. Erst vor zwei Tagen war sie erneut am Brunnen von einem Offizier bedrängt worden. Hätte ihre Mutter ihn nicht mit einem Krug Wein von ihr abgebracht, wer weiß, was geschehen wäre …

Sie rastete auf einer der wenigen unversehrten Steinbänke mit Blick auf die einstmals prächtige Allee. Unwillkürlich fühlte sie sich an Degenhardts Geburtstag vor mehr als zwei Jahren erinnert, den sie mit ihren Freunden verbracht hatte. Damals war ihr Herz mit so viel Zuversicht erfüllt gewesen. Jetzt war es voller Angst. Schweigsam setzte sich der Graf neben sie. Eine Kutsche fuhr an ihnen vorbei. Radwerk und Pferdehufe bohrten sich tief in das, was von der einst gepflegten Wiese noch übrig war.

»Sie trauern sehr um das, was verloren ist«, stellte Belderbusch mitfühlend fest. Babette schaute stumm zu Boden, wo die schweren Räder einer weiteren Kutsche die Erde zerfurchten wie ein Pflug den Acker. Keine zehn Meter davon entfernt zersägten Soldaten einen der Bäume. Es schien, als wären die Klänge der Musik, die einst in Bonn ihre Heimat hatten, von Gewalt und Zerstörung abgelöst worden.

»Ich teile Ihre Ansicht«, sagte der Graf leise und legte zögerlich seine Hand über ihre. Babette nahm deren tröstliche Wärme wahr, die Stärke, die davon ausging, und verspürte große Dankbarkeit – dafür, dass er sie auch ohne viele Worte verstand. Auf unerwartete Weise schloss Belderbusch so die Lücke in ihrem Herzen, die alte Freunde hinterlassen hatten – von der sie dachte, niemand könne sie je füllen.

Während ans Heiraten für Babette momentan nicht zu denken war, hatte sich Tringen mit Joseph Veit, einem Hofkammerrat der Ordensregierung, verlobt. Marianne fand Gefallen daran, von Johann Kirchner umworben zu werden. Bei einem ihrer nächtlichen Gespräche in Babettes Zimmer hatte sie ihrer Schwester anvertraut, dass es bereits an St. Cäcilia zum ersten Kuss gekommen war. Babette war überaus überrascht. Offenbar war es Marianne ernst. Matthias wurde von der Familie schmerzlich vermisst, und doch beneidetet Babette ihn ein wenig für das Glück, dem Land entfliehen zu können. Er befand sich mit ihrem Onkel in Mailand und würde noch eine Zeit lang fort sein. Eleonore war bei ihrer Tante in Ahrweiler. Von Ludwig hatte Babette nichts mehr gehört.

Auf einmal wirkten die unbeschwerten Tage ihrer Jugend, als sie geglaubt hatte, alles sei möglich, unendlich weit entfernt: die schillernden Bälle und Soireen, die fröhlichen Abende im Zehrgarten. Und die Musik, die stets ein Teil von alledem gewesen war. Manchmal hatte sie das Gefühl, als hätte Ludwig all das mit sich genommen, als er Bonn verlassen hatte. Sie dachte noch immer an ihn, aber nicht mehr so oft wie früher. Matthias, der ihn vor vier Monaten bei seiner Durchreise in Wien getroffen hatte, hatte ihr von gesundheitlichen Problemen berichtet. Ludwigs Gehör habe nachgelassen, so schrieb er, und dass er sich nun um seine Zukunft sorge, sofern es nicht wieder ganz hergestellt werden könne. Als Babette davon in Matthias Brief las, hatte sich ihr sofort eine Erinnerung aus ihrer Kindheit aufgezwungen. Mit sieben Jahren hatte sie vom Flur der Familie Beethoven aus mitangesehen, wie Johann Ludwig während einer Klavierprobe mehrmals heftig ins Gesicht geschlagen hatte. Die Wucht hatte ihren Freund vom Hocker gerissen, und Ludwig hatte sich daraufhin wimmernd auf dem Boden liegend gekrümmt – eine Hand an sein Ohr gepresst, aus dem Blut hervorgequollen war. Babette war damals derart erschrocken, dass sie hinausgerannt war und tagelang ihr Zimmer nicht verlassen wollte. Von da an hatte sie Ludwigs Vater mit anderen Augen gesehen. Sie hatte Furcht vor ihm und seinen Wutausbrüchen gehabt und war erleichtert gewesen, als Ludwig sich endlich von ihm befreit hatte. Zu erfahren, dass er auch noch nach dessen Tod unter den Folgen dieser Erziehung zu leiden hatte, erfüllte sie mit Mitgefühl. Was, wenn sie ihm das Wertvollste kosten würde, das er besaß?

Geschrei, das von draußen kam, veranlasste Babette dazu, vom Klavier aufzustehen, wo sie nach langer Zeit die Töne ihres Sonnenaufgangs am Rhein hatte erklingen lassen. Mühsam und schwunglos, aber immerhin. Vorsichtig schob sie die Gardinen beiseite und lugte auf die Straße, wo sich zwei Männer ein Handgemenge lieferten. Ein Schuss fiel. In unmittelbarer Nähe stoben die Menschen schreiend auseinander. Kurz wich auch Babette vom Fenster zurück, wagte jedoch einen letzten Blick hinunter, der sie erschaudern ließ. Qualm stieg von der Straße bis zu ihrem Stockwerk auf. Unter dem sich lichtenden Rauch lag ein Mann leblos am Boden. Niemand war mehr sicher, dachte sie mit vor Angst ersticktem Atem und zog die Vorhänge zu. Mit jeder Faser ihres Herzens sehnte sie sich nach den friedvollen Zeiten unter Max Franz und allem, was mit ihm aus Bonn vertrieben worden war.

Kapitel 23

Mergentheim, Oktober 1795 bis Januar 1796

Trinkgelage und Schlägereien waren im Zehrgarten mittlerweile an der Tagesordnung. Ständig ging etwas zu Bruch und musste ersatzlos hingenommen werden. Der Glanz der einst vorbildlichen Wirtsstube war längst verblasst. Der Ort, an dem sich die gesellschaftliche Elite Bonns zum Austausch getroffen hatte, an dem philosophiert und musiziert worden war, war zu einer schmutzigen Kneipe verkommen. Babette und ihre Geschwister drängten ihre Mutter, nach dem Buch- und Porzellanhandel auch die Gaststätte aufzugeben. Noch war diese jedoch nicht bereit, sich von ihrem hart erarbeiteten Lebenswerk zu trennen. Stattdessen schickte sie ihre Töchter aus der Gefahrenzone nach Mergentheim, das neben Münster zur Notresidenz des Hofes geworden war. Babette und Marianne kamen bei ihrer Freundin Amalia von Mastiaux unter, nunmehr Frau Grub, die mit ihrem Gatten an der Tauber ein dreistöckiges Mietshaus bewohnte. Den Schwestern war nicht wohl dabei, ihre Mutter im besetzten Bonn zurückzulassen, Crevelt hatte jedoch versprochen, sich gut um sie zu kümmern. Zweifellos war ihm selbst daran gelegen, seine Ziehtöchter aus der unruhigen Stadt zu wissen. Insbesondere Babettes Niedergeschlagenheit war ihm nicht entgangen.

Tatsächlich half es Babette, alte Freunde wiederzusehen und Bonn kurzzeitig hinter sich zu lassen. Wer nicht da war, über den wurde gesprochen. Stunden wurden zu Tagen, Tage zu Wochen. Babette wunderte sich immer wieder darüber, wie gut die Menschen über die Schicksale Bekannter und Freunde am Rhein informiert waren. Sie erfuhr, dass es Graf Belderbusch mit viel Verhandlungsgeschick gelungen war, seine Rechte und Güter zurückzuerhalten, und sie freute sich für ihn und die Bürger ihrer Heimatstadt. Ein Hoffnungsschimmer, der Babette nach langen dunklen Wochen wieder optimistischer in die Zukunft blicken ließ.

Mergentheim strahlte eine Unbekümmertheit aus, auf die sich Babette nur schwerlich einlassen konnte. Während sie immer wieder daran erinnert wurde, wen sie in Bonn zurückgelassen hatte, schien die feine Gesellschaft nicht einen Gedanken an das zu verschwenden, was durch die Sansculotten verloren gegangen war. Selbst Marianne interessierte sich offenbar für nichts anderes mehr als ihren Angebeteten. Wenn sie Johann nicht gerade seitenweise Briefe schrieb, wartete sie voll Ungeduld und Aufregung auf seine Nachrichten an sie. Babette hatte ganz andere Sorgen. Heinrich Foelix freute sich wie kaum jemand über ihre Anwesenheit in Mergentheim und war schlimmer denn je für sie entflammt. Die Trennung von Bonn und ihr hatte ihm endgültig vor Augen geführt, dass er nicht für das Priesteramt geschaffen war. Beim Kurfürsten hatte er deshalb darum gebeten, von seinem Amt befreit zu werden.

»Ich weiß nicht, was ich sagen soll«, waren Babettes Worte, nachdem er ihr von seiner Absicht erzählt hatte, sie zu heiraten.

Sie hatte geahnt, dass seine Zuneigung für sie stark war, aber nicht, dass er bereit war, für sie seinen Beruf aufzugeben. Einen Moment sah sie schweigend aufs glitzernde Wasser der Tauber, das unter dem ausladenden Balkon des Teehauses dahinfloss. Die vergangenen Tage hatte sie Zeit mit Heinrich verbracht, aber auch mit anderen Freunden. Bei allen Unternehmungen und Spielen, die sie initiiert hatte, war er dabei gewesen.

»Was denkst du?«, fragte er mit glänzenden Augen, auf Zustimmung hoffend. Betreten schluckte Babette. Sie musste sich den Vorwurf machen, nicht vorsichtiger gewesen zu sein. Schon wieder! Niemals hätte sie geglaubt, dass er bereit war, so weit zu gehen.

Kurz lauschte sie in sich hinein, erkundete ihr Herz. Nichts. Sie war weder geschmeichelt noch gerührt. Stattdessen regte sich eine Art Zermürbung in ihr. Und für einen kurzen Augenblick fragte sie sich, ob etwas mit ihr nicht stimmte. Was, wenn ihr Herz erkaltet war? Was, wenn Ludwig ihr das Vertrauen in die Männer geraubt hatte und damit, die Fähigkeit zu lieben? Unmerklich schüttelte sie den Kopf. Nein, schalt sie sich. Sie hatte eine Enttäuschung erlebt, aber sie war weit davon entfernt, verbittert zu sein.

»Betty?«, erinnerte Heinrich sie mit beinahe ängstlicher Stimme an seine Anwesenheit.

Doch Babette starrte weiterhin schweigend auf die raue Oberfläche des Flusses. Am liebsten wäre sie hindurchgetaucht, bis hinunter zum Grund, und dortgeblieben. So lange, bis alles wieder so wie früher war und die Männer um sie herum endlich aufhörten, sich in sie zu verlieben. Sie war es leid, umworben zu werden, hatte die Blicke jener satt, bei denen sich Freundschaft in Begierde verwandelte. Heinrichs hartnäckiges Räuspern drängte sich in ihr Bewusstsein. Er stand direkt neben ihr, die Hände auf die Brüstung gestützt, wartend auf Antwort. Sie schielte zu ihm, sprach aber kein Wort.

Er lehnte sich zu ihr vor. »Sag, habe ich etwas falsch gemacht?«

Sie blickte stur geradeaus, als hätte sie ihre Zunge verschluckt.

Angeführt von einem lauten Ausatmen, senkte Heinrich das Gesicht. »Dann habe ich mich womöglich getäuscht. Ich dachte dein Verhalten, die Freundlichkeit, deine Offenheit … Du hast so ungezwungen mit mir gesprochen.«

»So bin ich nun mal«, sagte sie mit einem Hauch von Trotz in der Stimme. Als sie sich ihm zuwandte, merkte sie, wie der Glanz aus seinen Augen wich. »Ich bin eine Wirtstochter«, schob sie hastig achselzuckend nach. »Wir haben ziemlich viel verloren, seit die Franzosen da sind.«

Für gewöhnlich machte sie sich nicht klein, reduzierte sich nicht auf ihren Stand, aber in diesem Moment erschien es ihr passend. Sie musste ihn daran erinnern, wer sie war. Für wen er bereit war, alles aufzugeben.

»Denkst du, das spielt eine Rolle?«, fragte er sie verständnislos.

»Es spielt eine Rolle. Für mich.«

Seine Augen wurden groß, ehe sie sich verletzt von ihr abwandten.

»Es geht dir gar nicht um mich«, raunte er, die Hände um die Brüstung gekrallt. »Du erwartest eine bessere Partie. Keinen einfachen Priester.«

Fassungslos schüttelte sie den Kopf.

»Ich weiß von den Spaziergängen mit Belderbusch«, ergänzte er beiläufig. »Du musst mir nichts erzählen.«

»Das ist lächerlich, Heinrich. Er ist ein verheirateter Mann.« Was warf er ihr da vor? Sie mochte den Grafen, hielt große Stücke auf ihn. Aber er hatte bereits eine Frau. Wie könnte sie sich da Hoffnungen machen?

Er lächelte missfällig, als glaube er ihr nicht. Es erschütterte sie, dass er sie beschuldigte, sich an wohlhabende Männer heranzumachen, unabhängig davon, ob diese ledig waren oder nicht. Es war Belderbusch gewesen, der sie aufgesucht hatte. Nicht umgekehrt. Nie hatte sie auch nur in Betracht gezogen, dass sich zwischen ihr und dem Grafen eine tiefe Freundschaft entwickeln würde.

»Offensichtlich bin ich nicht die Frau, die du zu sehen glaubst«, sagte Babette verteidigend. »Wenn es dein Wunsch ist zu heiraten, dann wirst du die eine für dich finden. Aber ich bin es nicht.« Ihr Blick glitt zum Fußweg, der zwischen den Häusern und dem Flussufer verlief. Eine Familie spazierte an ihnen vorüber. Die zwei kleinen Kinder, ein Junge und ein Mädchen, rannten laut lachend vorweg.

»Ich bin für niemanden gut«, raunte Babette wie zum Wasser, das sie an ihre Heimat erinnerte. Mit einem Mal spürte sie ein schreckliches Heimweh in sich aufwallen.

»Dann muss ich das so hinnehmen.« Heinrich hatte seinen Blick auf ihr ebenmäßiges Profil gerichtet. »Aber wisse, ich würde es nie tun. Nie könnte ich eine andere heiraten.«

Resigniert wandte er sich von ihr ab. Wieder hatte sie einen Freund gekränkt, der ihre ungezwungene Art verkannt und ihre Offenheit mit Liebe verwechselt hatte. Eleonore und ihre Mutter hatten sie davor gewarnt. Und doch schaffte sie es nicht, sich selbst zu verleugnen. Während sich andere Frauen zurückhielten und bei Vergnügungen lieber nur zuschauten, stürzte sich Babette selbst ins Getümmel, warf Bälle, rannte – genau wie ein Mann. Frei sein bedeutete für sie zu leben. Und von diesem Credo konnte sie sich nicht lösen.

Es stellte sich heraus, dass Heinrichs Plan, sein Kirchenamt niederzulegen, größere Wellen warf, als gedacht. Wahr oder nicht, ganz Mergentheim war plötzlich der Ansicht, dass Babette im guten Foelix eine Glaubenskrise hervorgerufen hatte, und sie sah sich plötzlich Verleumdung und Missgunst gegenübergestellt. Weniger begehrte Damen erfreuten sich daran, sie schlecht gemacht zu sehen. »Die hochtrabende Wirtstochter wird hilflos und verlassen als alte Jungfer enden, da sie vorsätzlich den Männern den Kopf verdreht, sich aber zu schade ist, einen von ihnen zu heiraten«, tuschelten die Neiderinnen.

Nirgends konnte Babette dem Gerede entgehen. Die Leute schlachteten ihre angebliche Beziehung zu Foelix aus, fügten ständig neue Wendungen hinzu, erfanden Versprechen, die sie ihm gemacht haben soll. Babette hielt es nicht mehr länger aus. Das besetzte Bonn konnte nicht schlimmer sein als das, was sie in Mergentheim ertragen musste. Obwohl Amalia zu ihr hielt, sah auch sie sich dem Druck der Gesellschaft ausgeliefert und pflichtete ihr bei abzureisen.

Kapitel 24

Bonn, Frühjahr bis Sommer 1796

»Morgen essen wir mit dem Grafen zu Abend.«

Anna faltete einen Brief zusammen. Stolz stellte sie ihn gegen das Pferdegespann aus feinstem Dresdner Porzellan. Ein Geschenk ihres Mannes, kurz nachdem er das alte Spiegelhaus am Markt erworben hatte.

»Du wirst das blaue Kleid tragen«, sagte ihre Mutter und schob sich den Stuhl Babette gegenüber zurecht. »Das ist das beste, das du hast. Und du siehst doch so hübsch darin aus.« Konzentriert platzierte sie ihre Serviette auf ihrem Schoß. Babette nickte einvernehmlich. Es war still im Haus der Kochs geworden, seit ihre Geschwister sich verlobt hatten. Marianne befand sich in den Hochzeitsvorbereitungen und verbrachte die meiste Zeit in der Boutique der Bonas, wo sie letzte Änderungen ihres Kleides vornehmen ließ. Matthias hatte Antoinette Klein einen Antrag gemacht, sie aber mit der Heirat auf das nächste Jahr vertröstet. Er war erst kürzlich von Italien nach Wien gereist und hatte vor, noch eine Weile dort zu bleiben. Babette war nunmehr mit ihrer Mutter allein zurückgeblieben.

Der Zehrgarten hatte sich nicht von den französischen Eroberern erholt, und Babette wusste, wie sehr ihre Mutter darunter litt. Wann immer es laut auf der Straße vor ihrem Haus wurde, schreckte sie hoch. Babette brach es das Herz, sie so zu sehen. Sie war es nicht gewohnt, dass ihre Mutter Schwäche erkennen ließ. Die Tatsache, dass Anna hilflos zusehen musste, wie alles um sie herum wie ein Kartenhaus in sich zusammengefallen war, war zu viel für sie gewesen. Der einstige Glanz ihrer Familie war dahin. Nur eine brillante Vermählung für Babette würde ihnen helfen können, wieder auf die Beine zu kommen.

»Ich habe mir bereits Gedanken gemacht.« Flüchtig schaute Anna von ihren weich gekochten Steckrüben auf. »Wir werden nicht über seine Frau sprechen, solange er nicht selbst auf sie zu sprechen kommt. Der Arme hat weiß Gott genug durchgestanden. Das, was ihm seine Gattin da angetan hat, das hat der gute Mann beim besten Willen nicht verdient. Furchtbar, das Ganze.« Sie seufzte mit übertriebener Theatralik, in ihren Augen blitzte jedoch so etwas wie Genugtuung auf. Babette nickte knapp. Sie wusste genau, was ihre Mutter dachte, als diese schmunzelnd ihr Hammelfleisch in mundgerechte Stücke schnitt. Sie hatte den Eindruck, als wäre ihr Eifer seit Belderbuschs Einladung zurückgekehrt. Ein Ziel vor Augen zu haben war so etwas wie ihr Lebenselixier.

»Und kein Wort über unsere veränderten Verhältnisse«, erinnerte Anna Babette mit Nachdruck. »Es muss ja niemand wissen, dass die Geschäfte gerade nicht so gut laufen. Mit Verlusten prahlt man nicht, man verschweigt sie.« Sie schob sich ein Stück Fleisch in den Mund, kaute und spülte es mit einem großen Schluck Wein hinunter.

»Wie du meinst«, stimmte Babette ihr gehorsam zu.

»Wir sollten uns im Gespräch auf seine herausragenden Dienste gegenüber der Bonner Bevölkerung beschränken. Das wird den Abend füllen und ihm zeigen, dass wir ihn und seine Arbeit schätzen.«

Schmunzelnd nickte Babette, stocherte dann weiter in ihrem Essen herum. Sie konnte nicht sagen, was sie mehr überraschte. Die Tatsache, dass ihre Mutter die Einladung von Belderbusch erwartet hatte oder, dass sie die Gesprächsthemen für das Dinner im Vorfeld festlegte. Auch der Umstand, dass es ihr wichtig war, auf die Gefühle des Grafen Rücksicht zu nehmen, versetzte sie in Staunen. Zweifellos hatte ihn der Skandal, durch den seine Ehe zerbrochen war, schwer belastet. Hatte sich doch seine Frau mit einem Herrn von Lichtenstein eingelassen und war mit ihm, samt ihrem beweglichen Vermögen, in die Schweiz geflüchtet, wo sie zum evangelischen Glauben konvertiert war. Obwohl der liebe Graf Babettes volles Mitgefühl hatte, konnte sie nicht bestreiten, eine Art Erleichterung zu verspüren. Nun nahm die gefallene Gattin des Grafen die Gespräche der Bonner Bevölkerung für sich ein und lenkte vom Staub ab, den sie selbst in Mergentheim aufgewirbelt hatte. Aus Briefen, die Doktor Crevelt von seinen Freunden im Exil erhielt, ging hervor, wie sehr der Kurfürst bedauerte, dass die schöne Gräfin Belderbusch nun als Ehebrecherin für Bonn und alle katholischen Staaten verloren war. Glücklicherweise hatte das Paar keine Kinder, es wurde gemunkelt, dass sich die Eheleute dafür nie nah genug gekommen waren.

Anna brachte kein Bedauern für die Belderbuschs auf. Schließlich hatte die kopflose Entscheidung der Gräfin ihrer Tochter womöglich einen Weg an die Seite eines hochgeborenen reichen Herrn geebnet. Längst hatte sie geahnt, dass sich der Graf in Babette verliebt hatte. Nun war es an ihr, alles in ihrer Macht Stehende zu tun, um die zarte Flamme anzuheizen, die ihre Tochter im Herzen des vermögenden Aristrokraten entfacht hatte.

Über Foelix schrieb man aus Mergentheim, er habe Bekanntschaft mit einer Dame gemacht, die tiefe Gefühle in ihm auslöste. Es verblüffte Babette doch immer wieder, wie vergänglich ein Schwur sein konnte. Heinrich war dafür wahrscheinlich das beste Beispiel.

Das Abendessen fand im Belderbuscher Hof am Rheinufer statt. An dem Ort, vor dem Babette unzählige Male voll Bewunderung gestanden hatte. Zu ihrer eigenen Überraschung war ihr Herzklopfen nicht dem Fußweg geschuldet, den sie zurückgelegt hatten, weil sie sich keine Kutsche hatten leisten können. Nein, Babette war in freudiger Erwartung darauf, ihren Freund, den Grafen, wiederzusehen.

Annas Behauptung, sie hätten sich vom Kutscher oberhalb der Rheingasse absetzen lassen, um die milde Abendluft zu genießen, nahmen die vor dem Haupteingang postierten Wachen regungslos zur Kenntnis. Wortlos ließen sie sie durch das mächtige Eisentor treten.

»Ist das zu glauben«, flüsterte Anna, als sie über einen lang gestreckten Hof zum prunkvollen Haupthaus gingen. »Wir Kochs am Belderbuscher Hof. Wenn dein Vater uns jetzt sehen könnte.«

Babette sah am hohen Gebäude hinauf und lächelte ungläubig. Ihr ganzes Leben stellte sie sich bereits vor, wie es darin aussah. Nun war sie auf Einladung des Grafen hier, würde mit ihm zu Abend essen. Ihre Aufregung stieg ins Unermessliche, als ein Diener ihnen die Tür zum Haupthaus aufhielt. Überwältigt von dem Prunk der Vorhalle, bemerkte sie Belderbusch zunächst nicht, der sie neben einer breiten Steintreppe stehend erwartete. Ihre Mutter stieß Babette ermahnend mit dem Ellenbogen in die Seite.

»Willkommen am Belderbuscher Hof.« Der Graf kam ihnen auf halber Strecke entgegen. Gleichzeitig verneigten sich die beiden Frauen vor ihm.

»Vielen Dank für die Einladung. Wir fühlen uns geehrt, hier sein zu dürfen.« Anna brachte das Gespräch in Gang, aber Belderbuschs Augenmerk lag auf Babette.

»Die Ehre ist ganz meinerseits«, beteuerte er und räusperte sich mehrmals, als hätte er einen widerspenstigen Kloß im Hals.

»Bitte.« Höflich dirigierte er sie über die Treppe in den oberen Flur und in den Speisesaal. Von der reich verzierten Decke hingen schwere Kristallkronleuchter, die das sanfte Licht unzähliger Kerzen im Raum verteilten. Im kurfürstlichen Schloss kannte Babette nur den Ballsaal, aber sie glaubte, dass es in seiner Gesamtheit nicht prunkvoller sein konnte als der Belderbuscher Hof.

Über dem Kamin am anderen Ende des Raums hing ein Gemälde, das den Onkel des Grafen, den ehemaligen kurkölnischen Minister Caspar von Belderbusch, zeigte. Babettes Blick glitt weiter zur mit Blumen dekorierten Tafel. Sie zählte drei Gedecke, erfasste erlesenes Porzellan, silbernes Besteck und hohe Weingläser auf reinweißen Tischdecken.

Zögerlich setzte sie sich auf den Stuhl, den ihr der Graf höchstpersönlich an seiner Seite zurechtrückte. Sie kannte sich mit der Etikette nicht in Gänze aus, und doch rief die Tatsache, dass sie so eng beieinandersaßen, Stirnrunzeln in ihr hervor. Anna warf ihrer Tochter einen vielsagenden Blick zu und hob verschmitzt die Brauen, während sie in einem der Lehnstühle ihr gegenüber Platz nahm.

»Wie beschaulich«, trällerte sie beschwingt.

»Ich finde es angenehmer, wenn man sich nicht quer über den Tisch zurufen muss«, sagte Belderbusch und setzte sich. »Wenn Sie können, blenden Sie den Rest der viel zu langen Tafel aus. So, wie ich es immer tue.«

Wieder räusperte er sich. War er etwa verlegen? Seine Natürlichkeit entlockte Babette ein Lächeln. Sofort erfasste er ihre Regung. Seine Augen strahlten, als wäre er erleichtert, sie gelöst zu sehen.

Die Tage zuvor hatte ihre Mutter ihre Redekunst eingesetzt, um herauszufinden, ob noch jemand eine Einladung von ihm erhalten hatte, hatte jedoch nichts in Erfahrung bringen können. Nun wussten sie, warum. Sie waren allein. Anna konnte ihre Freude nicht zurückhalten. Babette hingegen fühlte eine Beklommenheit in sich, die ihr die Sprache verschlagen hatte. Sie hatte nie für möglich gehalten, dass der Graf mehr als Freundschaft für sie empfinden könnte. Wie hätte sie sich auch Hoffnungen machen können? Er war hochgeboren und damit unerreichbar für sie, zudem war er bereits verheiratet, wenn auch getrennt lebend. Unentschlossen musterte Babette ihre Mutter über den Rand ihres Weinglases. Was dachte sie, was passieren würde?

Ein Diener trug schaumige Kressesuppe auf. Anna rühmte den Grafen für seine großzügige Übernahme finanzieller Lasten, die die neue Verwaltung Bürgern auferlegt hatte. Sie versicherte ihm, die ganze Stadt spräche ausschließlich darüber. In regelmäßigen Abständen sah Belderbusch zu Babette, die schweigend dasaß und nur ab und an nickte. Währenddessen wurden Vorspeiseteller durch den Hauptgang getauscht.

»Sie sind so still.« Der Graf lehnte sich zu Babette. »Schmeckt es Ihnen nicht?«

Babette hielt mit der Gabel in der Hand inne, so dass etwas Preiselbeergelée hinuntertropfte. »Es ist köstlich. Wie ich hörte, trifft sich die Lesegesellschaft wieder häufiger«, sagte sie, weil sie den Umstand als Zeichen dafür deutete, dass die Stadt in vertraute Bahnen zurückkehrte.

»In der Tat.« Belderbusch atmete sichtlich erleichtert aus. »Ich kann gar nicht sagen, wie sehr ich den Austausch mit den anderen Mitgliedern vermisst habe. Zum Glück ist es wieder möglich, an Altbewährtem anzuknüpfen.«

»Wie wundervoll.« Anna ertränkte ihren Missmut darüber, dass die Lesegesellschaft dem Zehrgarten fernblieb und ihre Treffen in private Häuser verlegt hatte, im Wein.

»Ja. Ein Jammer, dass meine Pflichten mir kaum mehr Zeit für derlei Vergnügungen lassen«, sagte Belderbusch.

»Wie bedauerlich«, stimmte Anna ihm zu.

Mit einem Nicken tat Babette es ihrer Mutter gleich.

Belderbusch bedachte sie mit scheuem Blick, und sie schenkte ihm ein Lächeln. Bei ihren gemeinsamen Spaziergängen war deutlich geworden, wie sehr er das ruhige Leben brauchte. Aufopfernd stellte er sein Bedürfnis hinter den Belangen der Bürger an. Er schätzte das Vertrauen, das sie ihm entgegenbrachten, und kümmerte sich um sie. Damit trat er unwillentlich politisch in den Vordergrund. Obwohl er kein Wort darüber verlor, spürte Babette im Gespräch mit ihm seinen inneren Konflikt.

In Babette lösten sich letzte Spuren von Befangenheit. Sie unterhielten sich unentwegt. Über die Ordnung der Franzosen, deren Führung sich nach Robespierres Tod nur schwer gegen Volksinitiativen behaupten konnte. Die Demokratie war noch längst nicht gefestigt. Erschreckend angesichts der zahlreichen Opfer, die die Revolution schon gefordert hatte.

Geschickt lenkte Anna das Thema um, als sie merkte, wie sehr es sich auf Belderbuschs Gemüt auswirkte. Sie entlockte ihm eine Aufzählung seiner Güter und Besitztümer. Sofort war Babette von der Art und Weise angetan, mit der er über den Ort berichtete, den er sein Zuhause nannte. Auf Schloss Miel in der Voreifel hatte er einen sicheren Hafen gefunden, so wie er es nannte. Er beschrieb den parkähnlichen Garten mit seinen Eichen und Fichten, von denen Amseln und Lerchen sangen, mit solcher Hingabe, dass sie ihn direkt vor sich sehen konnte. In ihr kam der Wunsch auf, das Schloss eines Tages mit eigenen Augen zu sehen. Sie lachten miteinander, sprachen über alle möglichen Dinge, nicht aber über seine Frau. Zweifellos litt er unter dem Umstand, dass sie mit einem anderen Mann durchgebrannt war. Seine Ehre war verletzt worden. Aber sein Herz? Am Ende des Abends hatte Babette nicht das Gefühl, dass er besonders niedergeschmettert war.

Während sie beieinandergesessen hatten, hatte er sie immer wieder unverhohlen angesehen. Babette hatte so getan, als würde sie es nicht bemerken. Und dennoch hatten sich ihre Blicke ab und zu getroffen. Dann hatte er verlegen weggesehen und seine Finger in seinem Schoß geknetet. Babette war, als wäre er aufgeregt gewesen. Ihretwegen? Unmöglich! Ein Mann wie er. Verehrt, adlig und mächtig. Wie sollte sie ihn schon durcheinanderbringen können?

KAPITEL 25

Keine Woche später erhielt das Koch-Haus einen weiteren Brief vom Belderbuscher Hof.

»Ich sage ja nicht, dass ich es wusste. Aber ich wusste es«, hatte Babettes Mutter selbstgefällig verlauten lassen, als Babette ihr die Bitte des Grafen mitteilte, sie zu einem Spaziergang auf die Poppelsdorfer Allee ausführen zu dürfen.

»Jetzt wendet sich unser Schicksal. Die Kochs sind zurück!« So wie ihre Mutter sonst das Wetter vorhersagte, so erahnte sie diesmal eine Partie für ihre Tochter, die alles übersteigen würde, was sie sich erhofft hatten. Babette jedoch hatte Zweifel. Zwar hatten die Franzosen Gleichheit für alle Bürger vor dem Gesetz geschaffen, ein so großer Standesunterschied wie der zwischen ihr und dem Grafen blieb jedoch unüberwindbar. Dessen war sie sich sicher. Und nur eine Geliebte würde sie nicht sein. Nie wieder!

Der Optimismus ihrer Mutter aber kannte keine Grenzen. Vergnügt begleitete sie Babette als Anstandsdame zum vereinbarten Treffen. Kaum stand der Graf vor ihnen, gab sie an, etwas Wichtiges im Zehrgarten zu erledigen zu haben. Ihr raffinierter Plan ging auf, als Belderbusch versprach, Babette im Anschluss an den Spaziergang nach Hause zu begleiten.

Eine Weile gingen beide still nebeneinanderher, entlang der mittig gelegenen Wiese, wo früher die Poppelsdorfer Kirmes mit ihren zahlreichen Schaubuden und musikalischen Spielen stattgefunden hatte. Manchmal klang Babette die fröhliche Musik der Schausteller noch in den Ohren, die nun dem Marschieren von Soldaten und dem Rattern von Kutschen gewichen war. Einmal mehr vermisste Babette die einstigen Klänge ihrer Heimatstadt. Sie hatten ihr Sicherheit und Vertrauen gegeben. Würde sie sie je wieder hören können?

»Ihre Mutter ist vielbeschäftigt«, sagte der Graf, während sie in den Schatten eines Baumes traten.

Sie nickte, inständig hoffend, er würde deren offensichtliche Taktik nicht durchschauen. »Ich kenne es nicht anders. Sie lebt für das Geschäft.«

»Und für ihre Kinder«, bemerkte er anerkennend.

Sie lächelte verhalten. Überstürzt wichen sie einem Fuhrwerk aus, das an ihnen vorbeirauschte. Versehentlich streifte Babette dabei den Arm des Grafen, und ihre Blicke verfingen sich ineinander.

»Verzeiht«, sagte sie und senkte den Kopf.

»Nicht dafür«, erwiderte Belderbusch.

Zaghaft schaute sie zu ihm auf. Seine großen dunklen Augen erschienen ihr wie ein Fenster zu seinem Herzen, ein Einblick in seine Seele. Angestrengt versuchte sie, sich daran zu erinnern, wer der Mann gewesen war, der sie zuletzt so fasziniert angesehen hatte. *Ludwig*, verriet die Stimme in ihrem Kopf. Klar und deutlich und mit einem Hauch von Wehmut. Manchmal träumte sie noch immer davon, ihn an der Kutsche zu verabschieden. Ihr Unterbewusstsein spielte ihr diese Version vor, weil ein Teil von ihr überzeugt war, dass es so hätte passieren müssen – immer noch. Sie holte tief Luft, um diese Gedanken ein für alle Mal zu vertreiben. Um Platz zu schaffen für die Gegenwart, die es wert war, gelebt zu werden.

»Ihre restliche Familie ist wohlauf, hoffe ich?«, fragte Belderbusch, als sie ihren Spaziergang fortsetzten. »Wie ich hörte, hat Ihre jüngere Schwester vor, schon bald zu heiraten?«

Sie nickte. »Wir sind alle sehr glücklich über diese Verbindung. Marianne und Johann sind wie füreinander geschaffen.«

»Hm«, machte er, und sein Blick glitt hinauf zum Himmel, an dem blassgraue Wolken geschmeidig entlangzogen.

»Das mit Ihrer Frau tut mir sehr leid.« Babette empfand es als unpassend, weiterhin so zu tun, als wüsste sie nicht, wie es um seine Ehe stand. Sie wollte nicht, dass er sie für empathielos hielt.

»Das muss es nicht«, sagte er nach kurzem Schweigen. »Es war keine Liebesheirat. Sie wurde von unseren Familien aus politischen Gründen initiiert. Die Jahre, in denen wir verheiratet waren, standen wir einander nie wirklich nahe. Ich kann und will ihr keinen Vorwurf machen, dass sie glücklich sein wollte. Vielleicht muss ich ihr sogar dankbar sein. Es erfordert Mut, sich gegen gesellschaftliche Normen aufzulehnen. Sie mag verstoßen worden sein, aber wenigstens ist sie jetzt mit demjenigen zusammen, den sie gewählt hat.«

Babette betrachtete ihn eindringlich von der Seite, überrascht von so viel Charakterstärke. »Ich habe nie verstanden, warum man Menschen vorschreibt, wen sie heiraten sollen. Das ist wahrscheinlich die wichtigste Entscheidung in unserem Leben. Niemand hat das Recht, sich da einzumischen.«

»Sie vertreten Ihre Meinung äußerst bestimmt«, merkte er mit einem schmunzelnden Gesichtsausdruck an.

»Ich habe gelernt, mir ein eigenes Bild zu machen und keiner Haltung zu folgen, nur weil dies bequem ist. Im Grunde ist es doch so: Die meisten Menschen ergeben sich einem Schicksal, das andere für sie bestimmen. Sie scheuen den Kampf, der unweigerlich bevorsteht, wenn sie es nicht tun.«

»Dann bezeichnen Sie das Leben als Kampf?« Er musterte sie interessiert.

Sie zuckte leicht die Schultern. »Nun, das ist es! Da sollten wir uns nichts vormachen. Wer einen ungewöhnlichen Weg einschlägt, wird immer Leuten begegnen, denen das nicht gefällt.«

»Menschen sind Herdentiere«, stimmte er zu.

»Und sie fürchten nichts mehr als die Veränderung. Das, was sie nicht kennen, macht ihnen Angst.«

Zeitgleich schauten sie zu einem französischen Offizier auf, der auf einem Hengst mit glänzender Mähne an ihnen vorbeiritt. Eine Stille machte sich zwischen ihnen breit, die keinesfalls unangenehm war. Es war eher eine selige Ruhe, die etwas Tröstliches in sich barg. Babette hatte den Eindruck, als würde sich vor ihr ein Nebel teilen. Mit einem Mal erkannte sie, dass zwischen all den Veränderungen, dem Verlorengeglaubten, sich ein völlig neuer und unkonventioneller Weg vor ihr auftat. Noch bis vor wenigen Jahren erschien er undenkbar. Es war an ihr zu entscheiden, ob sie bereit war, ihn einzuschlagen.

Am 22. Juli heirateten Marianne und Johann in St. Remigius. Mit Freuden war Graf Belderbusch Annas Bitte nachgekommen, einen Trauzeugen zu ersetzen, der kurzfristig verhindert war. Dass er sich sofort bereit erklärt hatte, war für Anna ein eindeutiges Zeichen der Wertschätzung ihrer Familie gewesen. Babette hingegen fühlte sich zunehmend in die Enge getrieben und befürchtete, dass ihre Mutter die Gutmütigkeit des Grafen fehlinterpretierte. Immerhin wurde Belderbusch von den angesehensten Damen der Region umgarnt, die nicht nur blutjung und hübsch, sondern auch standesgemäß waren. Die Kochs hingegen hatten ihren Status der gutbürgerlichen Familie verloren. Noch dazu ging Babette mittlerweile auf die Dreißig zu. Oft fragte sie sich, woran es lag, dass sie sich bisher nicht hatte binden können. Vier Jahre waren seit ihrer kurzen, geheimen Beziehung zu Ludwig vergangen. Aber vergessen hatte sie sie nie. Der Vertrauensbruch und die Enttäuschung, die sie mit der Jugendliebe verband, wogen noch immer schwer in ihr. Ebenso wie das Zurückgelassenwerden – nicht nur von Ludwig, sondern auch von den vielen guten Freunden, Mitgliedern ihres Lesezirkels, um den sie nach wie vor trauerte.

Hin und wieder hörte sie von einigen. Ihren lieben Malchus hatte es zurück nach Hildesheim verschlagen, wo er sich als staatswissenschaftlicher Schriftsteller versuchte. Der schillernde Waldstein war inzwischen in den Dienst der englischen Krone getreten und hielt sich in London auf. Eleonore berichtete von Ludwigs Fortschritten und Konzerten in der Wiener Gesellschaft. Mit den Breunings wechselte er regelmäßig Briefe, weshalb sie auch über seine Reisen nach Prag und

Dresden sowie seine Begegnung mit dem preußischen König informiert war. Es klang, als wäre er überaus beschäftigt und gern gesehen. Würde ihn sein aufregendes, bedeutsames Leben eines Tages wieder in die Heimat führen? Babette hoffte es.

Kichernd stand sie zwischen Crevelt und Maries Sohn im klassischen Boden. Wilhelms kleine Hand lag in ihrer. Inzwischen war er zu einem aufgeweckten Jungen herangewachsen und wie seine Mutter zu einem festen Teil der Zehrgartenfamilie geworden. Gemeinsam amüsierten sie sich über Crevelt, der sich schniefend eine Freudenträne nach der anderen aus dem Augenwinkel wischte. Wie ein stolzer Vater schaute der Doktor auf das glückliche Paar, das gerade seinen Hochzeitstanz begann.

»Es ist, als wäre es erst gestern gewesen, dass wir zusammen am Brühler Schloss waren«, sagte er, ohne den Blick von seiner frischvermählten Ziehtochter zu nehmen.

Babette nickte mit einem Lächeln, denn sie wusste, woran er dachte.

»Jänchen hat damals geschworen: Eines Tages werde ich einen Prinzen heiraten.« Crevelt schnäuzte lautstark in sein Taschentuch.

»Ihre Wahl hätte nicht besser sein können.« Babette tätschelte seine Schulter.

Er nickte zufrieden. »Ich bin froh, sie glücklich zu sehen – nach all den Entbehrungen der letzten Jahre.«

»Das bin ich auch.«

Wilhelm stürmte zum Büfett. Auch Babette wollte gerade gehen, da hielt der Doktor sie am Arm zurück. »Dein Glück ist ebenfalls zum Greifen nah, Bärbchen.«

Er wies auf Belderbusch, der sich auf der anderen Seite des Raums mit Degenhardt unterhielt. Kurz ruhte Babettes Blick auf ihm, bis auch er zu ihr sah. Abrupt wandte sie sich wieder dem Brautpaar zu und schwieg. Es würde keinen Sinn machen, Crevelt zu erklären, dass es unmöglich war. Dass eine solche Verbindung die Grenzen des Machbaren sprengen würde. Trotzdem wagte sie zum ersten Mal den Blick in ihr Innerstes. Sie fühlte nichts als Freude, wenn sie an den lieben Grafen dachte, und einen Seelenfrieden, der die Macht hatte, den Kummer der vergangenen Jahre zu tilgen.

Fackeln erhellten den Innenhof, als Babette später am Abend mit einigen Gästen dort zusammenkam. Über ihnen funkelten die Sterne an einem wolkenlosen Himmel. Pflichtbewusst jagte Freitag unter bedrohlichem Miauen einer Maus hinterher, so dass die Gäste kurzzeitig auseinanderstoben. Es waren kleine Details, die Babette lächeln ließen, denn sie erinnerten sie an ihre Jugend. An jene Nacht vor so vielen Jahren, als Bonn noch Residenz des Kurstaats war und Ludwig der Mann in ihrem Herzen. Es hatte Jahre gedauert, doch nun hatte sie begriffen, dass nicht nur die Welt sich verändert hatte, auch sie war eine andere geworden.

»Ich habe mich schon lange nicht mehr so amüsiert.« Graf Belderbusch kam an ihre Seite und führte die Hände hinter seinem Rücken zusammen. »Ihre Familie ist so herzlich, dass es ansteckend ist. Was für eine gelungene Feier.«

»Das finde ich auch«, antwortete sie. »Fast hatte ich nicht

mehr zu hoffen gewagt, dass es noch einmal so unbeschwert sein würde.«

Er nickte mit ernster Zustimmung. »Es liegen turbulente Zeiten hinter uns allen. Wer hätte gedacht, dass sich die Dinge einmal so entwickeln würden? Für wahr, manchmal bin ich immer noch überrascht von dem Verlauf.«

Sie nestelte an ihrem Medaillon, in dem Versuch, sich von der Anzugskraft seines bedachten Lächelns abzulenken.

»Ich habe nochmals über unser Gespräch auf der Poppelsdorfer Allee nachgedacht«, fuhr er fort. In seinen Augen spiegelte sich das Licht der Fackeln.

»Und?« Sie grinste leicht, weil sie an jenem Tag über vieles gesprochen hatten. Was davon könnte ihn nachhaltig beschäftigt haben?

»Es ist so.« Er nahm sie zur Seite, um ungestört sprechen zu können, dann sog er hörbar Luft ein. »Ich fühle mich gewappnet für einen Umsturz.«

Verunsichert hob sie die Brauen. »Nun, das ist … gut.«

»Ja?« Er strahlte über das gesamte Gesicht, dann machte er einen Schritt auf sie zu. »Ich hatte gehofft, Sie würden das sagen.«

Immer noch blickte sie ihn verwirrt an. Worauf wollte er hinaus? Die Kirchenglocke erklang, und Babette schaute unwillkürlich zum Glockenturm.

»Liebste Babette.« Der Graf ergriff ihre Hand, um ihre Aufmerksamkeit zurückzuerlangen. Zaghaft schaute sie ihn an, und ihr schlug das Herz wie wild in der Brust.

»Wir unterhielten uns über neue Wege, über die Macht der Veränderung, wenn wir bereit sind, für sie einzustehen.«

»Mein lieber Graf …«

»Anton«, unterbrach er sie milde. »Bitte, nenn mich Anton.«

Sie lächelte gerührt und sprachlos.

»Wir kennen uns nun schon eine ganze Weile, teilen Ansichten und Werte. In den letzten Monaten bist du für mich die wichtigste Vertraute geworden. Eine Freundin, die ich nicht mehr missen möchte.« Er holte tief Luft, bevor er weitersprach. »Ich kann nicht sagen, ob es ein Glück ist, mit mir verheiratet zu sein.« Er lachte leise und kurz auf. »Wahrscheinlich nicht. Zumindest wenn es nach der Meinung meiner ersten Frau geht. Aber ich denke, unter anderen Umständen wäre es das, Babette.« Er strich sanft mit dem Daumen über ihre Finger. »Ich weiß, ich kann dich glücklich machen, wenn du mich lässt.«

Du, hallte es in ihrem Kopf wider und wider. Er hatte *du* zu ihr gesagt. Dieses Verschwimmen der gesellschaftlichen Normen fühlte sich so richtig, so vollkommen an. Als hätte er es schon hunderte Male gesagt. Titel und Herkunft waren nicht länger von Belang.

»Ist das überhaupt möglich?«, flüsterte sie mit heiserer Stimme. Angst und Hoffnung lieferten sich ein Gefecht in ihrem Innern. War sie bereit, ihm ein Versprechen zu geben, das er vielleicht nicht halten konnte? War sie so weit, alles hinter sich zu lassen? Ja, schrie ihr Herz, nachdem es das Risiko abgewogen hatte, erneut verletzt zu werden. Schließlich war er der Mann, der ihren Schmerz vom Hintergangen- und Verlassenwerden mit ihr teilte wie kein anderer.

»Die Französische Revolution hat die Standesunterschiede aufgehoben«, sagte er nach einer Pause hoffnungsvoll. »Wie du weißt, bin ich nun ein einfacher Bürger – wie du. Ich kann dir leider keinen Titel bieten, dafür aber meine aufrichtige Liebe.«

Sie verkniff sich ein Lächeln. Mehr wollte sie nicht.

»Ich habe meine Scheidung bereits beantragt. Die Mühlen der Bürokratie mahlen langsam, das ist auch bei der neuen Verwaltung nicht anders. Aber immerhin ermöglicht sie uns, zusammen zu sein. Diese Veränderung ist gut, scheint sie doch wie geschaffen für uns.« Verunsichert versuchte er, in ihrem Gesicht zu lesen.

Babette schwieg. Sie dachte daran, was ihr Vater einst zu ihr gesagt hatte. Darüber, dass nichts wirklich verloren war. Dass ein Ende immer auch einen Anfang bedeutete.

Entschlossen blickte Babette in Antons Augen, zögerlich legte sie ihre Hand an seine Wange. Er strahlte ermutigt und zog sie behutsam zu sich heran.

»Liebste Babette«, hauchte er, und der letzte Glockenschlag verging in der lauen Sommernacht wie ein Teil einer neuen Sinfonie, die in Babette zum Leben erwachte. Weich und warm lagen ihre Lippen auf seinen. Babette spürte, dass sie angekommen war. Sie waren ein Paar, das sich liebte. Zwei Menschen, die sich auf Augenhöhe begegneten. Und ihr wurde klar, dass es genau darauf ankam. Das Glück war im Begriff, ihr Herz zu sprengen. Nie hätte sie gedacht, dass dies möglich sein konnte.

EPILOG

Belderbuscher Hof, 1807

Liebevoll strich Babette über ihren Bauch. Ein weiteres Wunder wuchs in ihr heran. Auch wenn es ihr Übelkeit und Schwindel bereitete, sie bei der kleinsten Anstrengung ermüdete, wusste sie doch, dass es sich lohnte.

Babette hing ihren Gedanken nach, während sie auf ihre Kammerfrau wartete, die ihr in das dunkelrote Taftkleid hineinhelfen sollte, das ihr Anton aus Paris mitgebracht hatte. Unzählige Klämmerchen und Spangen hielten ihr Haar hoch, so dass sie um einen halben Kopf größer wirkte. Die Frisur saß stramm, die Haarmassen wogen schwer. Schon jetzt spürte sie das Ziehen im Nacken, das unangenehme Verspannungen ankündigte. Sie bewegte den Kopf nach rechts, dann nach links, nahm ein Stechen in der Muskulatur wahr und verzog das Gesicht. Weidenrindentee, dachte sie und massierte ihre Schläfen – das einzige Mittel, das sich in der Schwangerschaft gegen Kopfschmerzen bewährt hatte. Irgendwie fühlte sich alles schwer an, doch der Abend mit ihren lieben Freunden war lange geplant, und sie wollte ungern auf ihn verzichten, auch wenn Anton sie stetig dazu anhielt, sich mehr Ruhe zu gönnen. Wann immer es Babette möglich war, lud sie Verwandte und Freunde auf ihren prächtigen Hof am Rhein ein.

Jener Ort, der für sie früher so unerreichbar schien, war zu einem neuen glanzvollen Treffpunkt geworden, an dem musiziert und philosophiert wurde. An dem die Vergangenheit des Zehrgartens zu neuem Leben erwacht war und der Geist ihres Lesezirkels umging.

Träge kramte sie in der Schublade ihres Schminktischs nach dem Handspiegel, um sich zu vergewissern, ob sie wirklich so blass war, wie ihr Mann behauptete. Ihre Finger ertasteten jedoch etwas anderes. Gedankenlos holte sie ihr Stammbuch hervor, ein zeitloses Zeugnis ihrer Jugend. Sie strich vorsichtig über den festen dunkelblauen Einband. Lange hatte sie es sich nicht angesehen, so dass es ihr nun so vorkam, als würde sie es neu entdecken. Schmunzelnd blätterte sie Seite für Seite um, erinnerte sich an jeden Schreiber, jeden Scherenschnitt. Dutzende Freunde und Bekannte hatten ihre Spuren hinterlassen, nicht nur auf dem Papier, sondern auch in ihrem Leben. Der letzte Eintrag stammte von ihrer Freundin Tringen, einen Monat nach Babettes Hochzeit mit Anton im Juni vor sechs Jahren:

An des treuen Gatten Seite strahlt dich Himmelswonne an,
Freuden sind stets dein Geleite
Rosen blühen auf deiner Bahn.
Pflücke sie zu schönen Kränzen,
doch zertritt das Blümchen nicht.
Dessen Farben minder glänzen,
Das nennt man Vergißmeinnicht.

Mit gemischten Gefühlen blickte Babette zurück auf das, was war – den erstaunlichen Wandel, den sie miterlebt hatte. Im Jahr ihrer Trauung mit Anton hatten die Revolutionskriege durch den Aufstieg Napoleon Bonapartes endlich ein Ende gefunden. Kurz zuvor hatte Eleonore Gerhard Wegeler geheiratet, der inzwischen ein erfolgreicher Arzt und Professor geworden war. Letzte Hoffnungen auf ein Wiederaufleben der kurfürstlichen Herrschaft waren zerschlagen worden, die Universität wurde aufgelöst. Ihr geliebtes Bonn war von einer herrschaftlichen Residenz zur bedeutungslosen Stadt verkommen, angehängt an eine fremde Nation. Trotz aller Bestrebungen hatte sich Frankreichs Demokratie nicht durchsetzen können. Sie war durch eine neue Monarchie abgelöst worden, die sämtliche Befürworter Bonapartes zu seinen Feinden machte, als er sich in der Kathedrale von Notre-Dame selbst zum Kaiser krönte. Nur zwei Monate zuvor hatten Babette und Anton ihn und seine Frau Joséphine im Belderbuscher Hof begrüßt. Die Frauen hatten sich so gut verstanden, dass Joséphine die Patenschaft für Babettes erstgeborenes Kind übernommen hatte. Eine Tatsache, die Babettes Neider endgültig zum Schweigen brachte. Der Kaiser hatte nicht nur neuen Adel geschaffen, sondern auch den alten wieder anerkannt. Im Zuge dessen hatte Anton seinen Titel zurückerhalten, war zum Stadtoberhaupt von Bonn ernannt worden, und aus Babette, der Wirtstochter, war doch noch die neue Gräfin Belderbusch geworden. Sie hatte weder damit gerechnet noch hatte sie es sich erhofft. Dennoch verfügte sie plötzlich über sämtliche Mittel, Armut zu bekämpfen und Not und Elend in ihrer Stadt zu lindern.

Babette ließ die Seiten des Albums durch ihre Finger gleiten, blätterte bis zu dem blassroten Papierherz, das sie wie einen Schatz hütete.

An meine liebe Freundin
Betty Koch

Am ersten Januar 1789

Sie strich mit den Fingerkuppen über die unverkennbare Schrift. Buchstabe für Buchstabe war mit präzisem Federstrich geführt worden. Wie die Noten, die schon damals durch ihn auf das Papier geflossen waren.

Auch jetzt noch strahlte die Erinnerung in ihr wie eine Fackel in der Nacht. Ludwig hatte ihr das kleine Herz heimlich zugesteckt, nachdem sie im Zehrgarten vorgesungen hatte. Ohne ein Wort. Die erste Seite ihres Albums war lange leer geblieben. Niemand hatte sich für wichtig genug gehalten, sie einzunehmen. Mit den Jahren war ihr Buch zu einem Andenken geworden und die erste Seite zu Ludwigs. Sie hatte das kleine, zerbrechliche Herz hineingeklebt, es vorn angestellt, weil er ihr wichtig war.

Die Jahre hatten seine Musik konserviert. Die Klänge, die Melodien, die sie durch ihn gefühlt hatte, fühlte sie auch jetzt noch. Sie nahm sie in den rauschenden Blättern der hohen Kastanienbäume wahr, die zum verwaisten kurfürstlichen Schloss hinführten. Sie waren im Geräusch des prasselnden Regens, im Aneinanderklirren von Gläsern und in der aufgeladenen Atmosphäre einer hitzigen Diskussion ebenso wie in einem zärtlichen Kuss. Babette lauschte seinen Melodien, wenn die Sonne über dem Siebengebirge aufging, den Himmel in Flammen setzte und der Rhein im Morgennebel unter ihrem Schlafzimmerfenster leise plätscherte. Wann immer sie Klavier spielte, eigene Noten notierte, fand sie ihn in sich wieder – trotz der Jahre, die sie nun schon voneinander getrennt waren.

Wien war Ludwigs neue Heimat geworden. Oft konnte Babette kaum glauben, wie viel Zeit inzwischen vergangen war, seit sie sich zum letzten Mal gesehen hatten. Er hatte versprochen, nach Bonn zurückzukehren. Doch etwas in ihr glaubte nicht daran, dass es dazu kommen würde. Was blieb, war die Erinnerung, die Dankbarkeit, weil er sie für kurze Zeit in seine Welt entführt hatte.

Eine Zeichnung fiel aus dem Album, als sie es gerade zuklappen wollte, und landete vor ihren Füßen. Sie hob sie auf, und ein stechender Schmerz hielt ihr Herz umklammert. Babette nahm Matthias' Skizze in die Hand, die einen mit Bäumen bedeckten Felsen über einem See zeigte. Schluchzend drückte sie sie fest an ihre Brust. Ihr Bruder hatte nach einer schweren Krankheit fast ein Jahr auf Genesung gewartet, bevor er im Alter von nur dreiunddreißig Jahren gestorben war. Antoinette war mit ihren zwei gemeinsamen Kindern Caoline und Heinrich nach Hennef gezogen. Mit dem Verlust on Matthias hatte sich ein Schatten über die Familie gelegt. re Mutter war um Jahre gealtert und hatte ihre Fröhlichkeit ngebüßt. Ihre Geschäfte hatte sie endgültig aufgegeben und te nun in einem Haus in der Hundsgasse, von wo aus sie ette häufig besuchte. Mariannes Mann war in den Osten beordert worden. Sie kam nur noch selten nach Bonn und schrieb ihrer Schwester, dass sie von beträchtlichem Heimweh getroffen sei.

Seufzend legte Babette Matthias' Zeichnung zwischen die Seiten ihres kostbaren Büchleins zurück und verstaute es wieder in der Schublade. Als es an der Tür klopfte, riss sie sich von den Erinnerungen los.

»Darf ich reinkommen, Liebes?« Anton steckte seinen Kopf zur Tür herein.

Gefasst drehte sie sich zu ihm um. »Sicher.«

»Ich wollte, dass du es zuerst siehst«, sagte er und bewegte erwartungsfroh seine Brauen auf und ab. Ein Diener betrat den Raum. Er hielt ein Porträt hoch, dass Babette die Sprache verschlug.

»Es ist fertig«, hauchte sie nach einer Pause unschlüssiger Bewunderung. Sie stand vom Stuhl auf und trat näher an das Gemälde heran.

»Es ist gelungen. Findest du nicht?«, fragte Anton zaghaft.

»Dir muss es gefallen«, antwortete sie schelmisch.

»Das tut es! Auch wenn es dir nicht gerecht wird.« Er ging auf sie zu und küsste sie auf den Mund. In all den Jahren, in denen sie bereits zusammen waren, hatte er stets zu ihr gehalten. Seine Liebe vor seiner Familie verteidigt, die zunächst strikt gegen eine bürgerliche Frau an seiner Seite gewesen war.

»Ich lasse es dir hier«, fuhr Anton fort. »Dann kannst du dich schon mal daran gewöhnen, dass es bald im Salon über dem Kamin hängen wird.«

Sie nickte schmunzelnd.

Ein zweiter Kammerdiener brachte eine Staffelei, auf die das Porträt gestellt wurde.

»Die ersten Gäste kommen gleich«, erinnerte Anton seine Frau, dann schloss er ihre Hände besorgt in seine. »Fühlst du dich auch wirklich ausgeruht genug? Wir können noch immer alles absagen.«

»Aber ja. Ein bisschen Gesellschaft wird mir guttun«, versicherte sie ihm.

Er lächelte beruhigt, küsste sie ein weiteres Mal und ging hinaus. Babette näherte sich ihrem Bildnis, dessen Farbe noch feucht im Licht der Sonne, die durch die bodentiefen Fenster drang, glänzte. Wie seltsam, sich so unbewegt zu sehen, dachte sie und legte den Kopf zur Seite. Die auf Leinwand gebannte Frau schaute ihr mutig entgegen. Ihr Gesicht war ebenmäßig, mit hohen Wangenknochen, fein gezogenen Lippen und wachen dunklen Augen. Sie war für die Ewigkeit bestimmt. Und was auch immer das Leben für die Selbige aus Fleisch und Blut vorgesehen hatte, dieses Abbild würde die Zeit überdauern.

ENDE

Nachwort der Autorin

Es war wohl ein Wink des Schicksals, als meine Schwester und ich während unserer Ahnenforschung auf die Wirtin Anna Maria Koch und ihre Kinder stießen. Zunächst war es aber nur dem Umstand geschuldet, dass sie neben dem Zehrgarten auch eine Buchhandlung besaß, der uns weiterforschen ließ. Was folgte, war eine unglaublich packende Geschichte, die mich nicht mehr losließ. Nämlich die ihrer ältesten Tochter Anna Barbara, genannt Babette, die Klugheit, Schönheit, Witz und Charme vereinte. So sehr, dass es zu der damaligen Zeit kaum einen Mann gab, der ihr nicht verfallen war. Sie war der Mittelpunkt des musikalischen und geistigen Kreises einer jungen Elite. Ihre Heirat mit dem steinreichen Grafen Belderbusch machte sie zur ersten Dame Bonns. Sie wurde hochverehrt von der Bevölkerung, für deren Belange und Sorgen sie bis zuletzt ein offenes Ohr hatte. Man kann durchaus behaupten, sie war ein Star zu ihrer Zeit.

Als Gräfin Belderbusch schloss sie Freundschaft zum französischen Kaiserpaar, so dass Napoleons Frau Joséphine die Patentante und Namensgeberin ihrer ältesten Tochter wurde.

Während es über ihre kurze Zeit als Gräfin Aufzeichnungen gibt, wurde von ihrer Jugend nur wenig überliefert. Wir wissen, dass ihre Familie eng mit den Beethovens befreundet war. So war Babettes Mutter die Patin der erstgeborenen, früh verstorbenen Tochter der Beethovens. Es liegt also nahe, dass sich Babette und Ludwig seit dem Kindesalter gut kannten, zusammen gespielt und so manche Freuden wie auch Kummer geteilt haben. Zudem hatten beide zahlreiche Gemeinsamkeiten. Sie waren begeistert von Musik und Literatur und standen für eine moderne Welt ohne gesellschaftliche Grenzen ein. Die Treffen im Zehrgarten waren für Ludwigs künstlerische Entwicklung ebenso wichtig wie das Zusammenkommen im Haus der Breunings am Münsterplatz. Zu Letzterem fand er jedoch erst später, vermutlich durch Empfehlung seines Freundes Gerhard Wegeler.

Ludwig ging im Zehrgarten ein und aus und wuchs wie Babette in die Gemeinschaft des Lesezirkels hinein. Dass beide eine innige Beziehung hatten, wird in dem Bericht von Gerhard von Breuning, dem Sohn Stephans, deutlich, der Ludwigs »Herzensneigungen« zu Babette erwähnt hat. Über die bekanntere Eleonore von Breuning versichert er hingegen, es habe zwischen ihr und Ludwig nur unvergängliche Freundschaft bestanden. Wie tief Ludwigs und Babettes Beziehung tatsächlich ging, wird sich aber nie mit Gewissheit sagen lassen. Ludwig van Beethoven war ein Mann, der oft verliebt war, aber niemals lange. Das sagte sein Freund Wegeler über ihn, der neben Babettes Bruder und Malchus zu seinen engsten Bonner Freunden gehörte. Während meiner Recherchen habe ich mich neben Babette auch intensiv mit dem jungen Ludwig beschäftigt. Eine Zeit lang hatte ich mit dem Gedanken gespielt, das Mysterium der *unsterblichen*

Geliebten aufzugreifen. Nachdem ich mir aber ein Bild von seiner Jugend in Bonn gemacht hatte, führte die Spur eher zu einer ganz anderen Annahme. Nämlich, dass Ludwigs einzig wahre Liebe die Musik selbst gewesen ist.

Frauen haben ihn trotzdem beschäftigt. Von der Liebe war er stets im höchsten Maß ergriffen. Wahrscheinlich gehörte sie zu seinen größten Inspirationsquellen. Ob ihn das dazu verleitet hat, Eleonore in einem Brief zu bitten, Babette dazu zu bringen, ihm zu schreiben?

> *Sollten Sie die B. Koch sehen, so bitte ich Sie, ihr zu sagen, dass es nicht schön sei von ihr, mir gar nicht einmal zu schreiben, ich habe doch zweimal geschrieben …*

Fakt ist, dass er Babette kurz nach seiner Ankunft in Wien Briefe schickte. Warum war ihm so an ihrer Antwort gelegen? Und wieso schrieb sie ihm nicht? Bedauerlicherweise wissen wir nichts über den Inhalt von Ludwigs Briefen, sie existieren heute nicht mehr. Einiges deutet jedoch darauf hin, dass es einen heftigen Streit zwischen Babette und Ludwig gegeben hat, bevor er Bonn verließ. Auch mit Malchus, der mit beiden eng befreundet war, hatte sich Ludwig zu der Zeit überworfen. Über ihn ist bekannt, dass er sehr für Babette schwärmte. Könnte es zu einer Auseinandersetzung, einem Streit aus Eifersucht, gekommen sein? Die Tatsache, dass Malchus sich Babettes Schweigen Ludwig gegenüber anschloss, als dieser in Wien war, könnte ein Hinweis darauf sein.

Auffällig ist auch, dass sich Babette, anders als ihre Mutter und ihre Geschwister, nicht in seinem Stammbuch eingetragen hat. Dabei liegt es nahe, dass Ludwig das Album als Geschenk der Familie Koch erhalten hat. Möglicherweise sogar von ihr: Babette, die viel Zeit in der Buchhandlung ihrer Mutter verbrachte, in der es eben solche Alben zu kaufen gab. Außerdem besaß sie ein ganz ähnliches Buch. Auch hier fehlt Ludwigs Eintrag. Was war also geschehen? Was hatte der engen Bindung der beiden so geschadet?

Höchstwahrscheinlich waren Babettes eigene Kompositionen von ihm beeinflusst. Leider wurden sie wie so vieles, was an sie erinnerte, im Zweiten Weltkrieg bei einem Feuer auf Burg Heimerzheim vernichtet. Darunter bedauerlicherweise auch ihr Portrait.

Obwohl Beethoven versprach, nach Bonn zurückzukehren, und alle fest mit seiner Rückkehr rechneten, kam es nicht dazu. Babette und er sahen sich nie wieder. Ende 1795 waren sie sich, ohne es zu wissen, relativ nahe. Zu der Zeit hielt sich Babette in Mergentheim auf, Ludwig in Nürnberg. Ihre Heirat mit dem Grafen Belderbusch muss ihn sehr schockiert haben. Wütend und enttäuscht äußerte er sich in einem Brief an Gerhard Wegeler dazu:

Was Kochs angeht, so wundere ich mich gar nicht über deren Veränderung, das Glück ist kugelrund und fällt daher natürlich nicht immer auf das Edelste, das Beste …

Ludwigs missgünstige Worte darf man hier allerdings nicht zu ernst nehmen. Immerhin war er dafür bekannt, impulsiv zu reagieren und vorschnell zu urteilen, was ihm hinterher oft sehr leidtat. Malchus scheint ihm Jahre später verziehen zu haben. So nutzte er seinen Einfluss vermutlich bei dessen Berufung nach Kassel, wo er die Stelle als Hofkapellmeisters übernehmen sollte. Vieles bleibt jedoch ungewiss und kann nur spekuliert werden. In dieser Geschichte habe ich die Fakten, die über Babettes Jugend mit Ludwig van Beethoven bekannt sind, mit Fiktion gefüllt, die für mich anhand meiner Nachforschungen sinnvoll war.

Wenn man sich so intensiv mit einer Person beschäftigt, hat man irgendwann das Gefühl, sie zu kennen. Babette war ihrer Zeit voraus, sie glaubte an eine Welt ohne gesellschaftliche Grenzen. Ihr Leben war schon damals der Beweis dafür, dass es möglich ist, über sich selbst hinauszuwachsen. Ich habe mich immer wieder gefragt, warum sie nicht schon früher entdeckt wurde. Max Braubach, ein Bonner Heimatforscher, hat sich 1947 und nochmals zwanzig Jahre später mit ihr beschäftigt. Ausgehend von Briefwechseln und Archivmaterial, zeichnete er als Erster ein Bild von ihr. Seine Quellen haben mir sehr geholfen, mich in die Zeit der Wende vom 18. ins 19. Jahrhundert einzufühlen. Es war mir wichtig zu verstehen, was die Menschen damals bewegte, die zu Beethovens engstem Freundeskreis gehörten, und wie sie mit den Auswirkungen der Französischen Revolution, die nun mal auch Teil dieser Geschichte ist, umgegangen sind. Zweifellos war Babette eine der weiblichen Hauptfiguren dieser Ära in Bonn. Auch noch als Gräfin verlor sie niemals den Blick für die Belange des einfachen Volkes, sie erinnerte sich stets daran, woher sie kam, und linderte Not und Elend. »Die Mutter der Armen«, so wie sie die Menschen nannten, folgte ihrem vierten Kind, im Alter von nur sechsunddreißig Jahren im November 1807, kurz nach dessen Geburt, in den Tod. Vorangegangen war wohl eine Lungenentzündung, die sie neun Tage ans Bett fesselte. Das geht aus dem Totenzettel hervor, der in der Kölner Universitätsbibliothek erhalten ist.

»Rein, klar und schön war ihr Leben, ihr Hinscheiden Verklärung«, schrieb ihr Ziehvater Crevelt tief erschüttert in einem Brief an seinen Freund Spiegel. Nicht nur für ihre Familie und ihren Mann, der sie stets wie eine wahre Fürstin behandelt hat, bedeutete ihr Tod einen entsetzlichen Verlust. Anton Karl Belderbusch hatte lange für die Anerkennung seiner Ehe gekämpft, vor dem Gesetz als auch bei seiner Familie, die eine unadelige Frau nicht akzeptieren wollte. In einem Brief an seinen Bruder erklärte er:

> *Meine Ehe ist eine gesetzliche Handlung und macht mich von Seiten meiner Seele und Gemüts so grenzenlos glücklich, dass ich nichts Ferneres wünsche.*

Nachdem nur drei Jahre später auch sein Sohn Karlchen starb, blieb Anton nur noch Tochter Joséphine, die das Ebenbild ihrer Mutter gewesen sein soll. Kaum sechszehn heiratete sie den Freiherrn von Boeselager. Leider starb auch sie im Kindbett. Ihre Tochter Antonia sollte Jahre später das Schicksal ihrer Mutter und Großmutter teilen, so dass es keine direkten Nachfahren von Babette mehr gibt.

Auch wenn sich ihr Lesezirkel nicht halten konnte, besteht die Bonner Lesegesellschaft nach wie vor. Eine Straße ist nach Babette benannt, und wer den Rathausplatz betritt, dem fällt die markierte Stelle auf, an der einst der Zehrgarten stand.

Wenn auch andere Damen rund um Ludwig van Beethoven bekannter geworden sind, so kommt man bei näherem Hinsehen nicht an Babette vorbei. Der Frau, die in dem Wirtshaus ihrer Familie einen einzigartigen Ort für intellektuellen Austausch schuf. Die Musik und Literatur liebte, und die mit Sicherheit auch Einfluss nahm auf das weltbekannte Musikgenie.

Es war mein innigster Wunsch, die Geschichte meiner entfernten Verwandten zu erzählen. Ich hoffe, ich wurde ihr gerecht.